Fintan   Kindler

Die Uhren

Ein Abriss der Geschichte der Zeitmessung

Fintan   Kindler

Die Uhren
Ein Abriss der Geschichte der Zeitmessung

ISBN/EAN: 9783337359584

Hergestellt in Europa, USA, Kanada, Australien, Japan

Cover: Foto ©Andreas Hilbeck / pixelio.de

Weitere Bücher finden Sie auf **www.hansebooks.com**

Benzigers
Naturwissenschaftliche Bibliothek.

Schon lange suchen glaubenslose Vertreter der modernen Naturwissenschaft die glänzenden Erfolge, die in der Erkenntnis der materiellen Welt errungen worden sind, zu verwerten, um geistige Strömungen zu erregen und Ideen zu verbreiten, die das Christentum unterwühlen sollen. Sogar scheinbar ganz harmlose Gegenstände müssen oft Gelegenheit bieten zu Ausfällen gegen Christentum und Kirche.

Dieser Tatsache gegenüber steht der gläubige Gebildete vielfach ratlos da. Er weiß zwar, daß ein wirklicher Widerspruch zwischen der Naturwissenschaft und der geoffenbarten christlichen Wahrheit unmöglich ist und daß die großen christlichen Gelehrten für die Harmonie zwischen Glaube und Wissen stets eingetreten sind. Will er aber über diese Fragen sich näher orientieren und sich ein eigenes Urteil bilden, so ist er auf gelehrte, meist sehr umfangreiche Spezialwerke angewiesen. Das Studium solcher Werke jedoch setzt wiederum besondere wissenschaftliche Vorstudien und großen Zeitaufwand voraus — Bedingungen, die den wenigsten Nichtfachleuten zusagen können.

Da möchte nun das vorliegende Unternehmen nach Kräften Abhilfe schaffen. Eine Reihe kompetenter Fachmänner hat demselben in dankenswerter Weise ihre Mitwirkung zugesichert. In zwangloser Folge soll eine gewählte Sammlung handlicher Bändchen erscheinen, die in gedrängter, knapper und doch erschöpfender Fassung (je 120–200 Seiten in kl. 8o) naturwissenschaftliche Fragen sowohl grundsätzlicher als auch rein wissenschaftlicher Natur behandeln. Bei den Fragen grundsätzlicher Natur wird es stets die Hauptaufgabe dieser Abhandlungen sein, das volle Beweismaterial für die christliche Naturanschauung in klarer, überzeugender Gestaltung dem Leser beizubringen. Die Darstellung soll so gehalten sein, daß jeder Gebildete ihr leicht zu folgen vermag. Den Text wird eine ausgiebige zweckdienliche Illustration begleiten.

Mitarbeiter und Verlagshandlung hoffen angesichts dieses Programms, für das Unternehmen auf die wohlwollende Aufnahme und allseitige Unterstützung jener Kreise zählen zu dürfen, für welche dasselbe geschaffen wurde.

Die Verlagshandlung.

Benzigers
Naturwissenschaftliche Bibliothek.

Die Uhren.

Ein Abriß der Geschichte der Zeitmessung.

Von

P. Fintan Kindler, O. S. B.

Mit 65 Illustrationen.

Verlagsanstalt Benziger& Co. A. G.

Einsiedeln — Waldshut — Köln a/Rh.

New York, Cincinnati, Chicago, bei Benziger Brothers.

1905.

Vorwort.

Die folgenden Ausführungen erheben keinen Anspruch darauf, eine vollständige Geschichte der Uhren zu liefern, eine solche würde viele Bände füllen; es sollen vielmehr nur die Hauptmomente in der Entwicklung der Zeitmessung kurz angedeutet werden. Ebensowenig will das Büchlein etwa „eine Lücke ausfüllen, einem dringenden Bedürfnis abhelfen," denn es gibt zahlreiche Werke, die unsern Gegenstand behandeln. Sie sind aber meist sehr umfangreich, und infolge dessen teuer, aus beiden Gründen also nicht für jedermann. Und doch sind es gerade die Uhren, welche von jeher mit Recht das Interesse des gebildeten Menschen erregt haben, denn auf wenige Gegenstände des täglichen Gebrauches ist so viel Scharfsinn, Fleiß und Mühe verwendet worden, als auf unsere Zeitmesser. Dieses Interesse hat auch bis heute nicht ab- sondern eher zugenommen, weil die modernen Verkehrs- und Erwerbsverhältnisse den Menschen immer mehr von einem richtigen Zeitmaß abhängig machen, ohne daß wir uns für gewöhnlich dessen bewußt wären. Klar wird uns diese Abhängigkeit meist nur im unangenehmen Falle des „zu spät" kommens. Auch ist es immer anregend, den Werdegang einer Kunst, und um eine solche handelt es sich hier, zu verfolgen und sich ein klares Bild zu machen vom Streben früherer Zeiten, wie von den Erfolgen der Gegenwart. Aus diesen und ähnlichen Erwägungen ist das vorliegende Schriftchen hervorgegangen.

Die Verlagshandlung hat keine Kosten gescheut, das Büchlein möglichst reich auszustatten, wofür derselben hier besonders gedankt sei.

9

Stift Einsiedeln, i. d. Schweiz.

Der Verfasser.

Inhaltsübersicht.

Illustrationsverzeichnis.

14

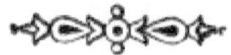

I.
Die Zeitmesser der alten Völker.

Die Worte der Genesis: „Es wurde Abend und es wurde Morgen, ein Tag", geben uns einen Fingerzeig über das zuerst angewandte Zeitmaß: den scheinbaren Umlauf der Sonne. Nach ihrem Auf- und Untergang berechnete der Mensch die Tage, ohne jedoch damit vorläufig ein eigentliches, genaues Zeitmaß zu haben. Mond und Sterne wurden ebenfalls schon in den ersten Zeiten beobachtet, um auf das „Wie spät ist es?" eine Antwort geben zu können. Der Wechsel des Mondes führte allmählich zum Begriff „Monat"; Sommer und Winter mit je sechs solchen Wechseln bildeten das Jahr.

Die fortschreitende Kultur verlangte aber bald eine genauere Messung; diese finden wir im Begriff „Mittag". Sein Ursprung ist wohl bei den Chaldäern, Babyloniern und Aegyptern zu suchen; die westlichen Völker, so z. B. die Römer, überkamen ihn erst ziemlich spät von den Griechen. Ein öffentlicher Diener der Konsuln mußte diesen Mittag ausrufen, sobald er von der Kurie aus die Sonne zwischen den Rostren und dem Gesandtenpalast stehen sah. In den zwölf Tafeln findet sich auch zuerst die Bezeichnung „ante meridiem" vormittags; man brauchte aber bei den Römern mit Vorliebe, wie aus vielen Stellen der antiken Texte hervorgeht, den Ausdruck „hora sexta" (sechste Stunde).[1]

Uebrigens mochte schon von Anfang an der Magen die Stelle einer ersten Tageseinteilung vertreten, wie denn auch nach Aulus Gellius[2] Plautus in einer verloren gegangenen Komödie einen Schmarotzer sagen läßt: „Daß die Götter den verdammen, der zuerst die Stunden erfand und deshalb

17

diese erste Sonnenuhr setzte, die mir Armen stückweise den Tag verkürzt. Als Knabe war der Bauch meine Sonnenuhr, unter allen die beste und richtigste. Ueberall mahnte diese zum Essen, außer wo nichts zu essen war; jetzt aber wird auch was da ist, nicht gegessen, wenn es der Sonne nicht gefällt" u. s. w. — Das Kriegswesen der Römer brachte bald auch die Einteilung der Nacht in sog. Vigilien, vier an der Zahl[3].

Als weiteres Mittel der Zeitbestimmung diente auch schon früher der Haushahn. Die Römer führten ihn mit sich auf ihren Kriegszügen, daher war er dem Mars geweiht. Weil er zweimal kräht, das erstemal um Mitternacht, dann vor Tagesanbruch, so ließ sich mit dieser Uhr allenfalls auskommen, so lange keine große Genauigkeit erforderlich war, wie ja auch jetzt noch der Hahn bei den Landleuten vielfach als Wecker dient. Uebrigens blieb dieses streitbare Tier noch lange Begleiter der Heere; so führten in der ersten Hälfte des 15. Jahrhunderts die Burgunder bei der Belagerung von Calais unter Philipp dem Guten viele Hähne mit sich, damit sie ihnen die Mitternacht und den Beginn der Dämmerung anzeigten. Zum gleichen Zwecke nahmen auch die Seefahrer Hähne mit sich[4].

Viel leichter aber und genauer läßt sich irgend eine Tageszeit aus der Länge des Schattens, d. h. aus der Sonnenhöhe bestimmen. So finden wir auch tatsächlich in den ältesten Nachrichten neben den später zu erwähnenden Wasseruhren Sonnenuhren genannt. Sonnen- und Wasseruhren sind also die ältesten Zeitmesser.

Die Erfindung der Sonnenuhr liegt vollständig im Dunkeln; vielleicht benutzten die Aegypter die Obelisken als Sonnenzeiger, vielleicht ist sie babylonischen Ursprungs. Gewöhnlich wird als ihr Erfinder der Chaldäer Berosus (ca. 600 v. Chr.) genannt,[5] der seine Heimat verlassend, auf der Insel Kos, gegenüber Milet, eine Schule errichtete und so die

Kenntnis der Sonnenuhr den Griechen vermittelt hätte.[6]

Ursprünglich diente ein Stab oder eine Säule als Sonnenzeiger (Gnomon), auch der menschliche Körper wurde dazu benützt. Eine der ältesten Sonnenuhren, die erwähnt wird, ist jene des Königs Achaz (4. Könige 20, 9–11; Is. 38, 8.), welche für den Gebrauch des Hofes bestimmt war; nach und nach kamen auch auf die öffentlichen Plätze der Städte Sonnenuhren. Von derartigen Uhren haben uns die alten Schriftsteller viele Nachrichten überliefert. So läßt z. B. Aristophanes in den „Ecclesiazusen" die Praxagora, eine Schwärmerin für Frauenemanzipation, ihrem Manne auf die Frage, wer denn unter dem neuen Regiment das Feld bestellen müsse, antworten: „Die Sklaven. Du aber hast nichts zu besorgen, als gebadet und gesalbt zum Essen zu kommen, wenn das Stoicheion (der Schattenzeiger) 10 Fuß mißt." Der Erklärer sagt dazu, daß man damals die Tageszeit, zu der man sich zum Essen bestellte, durch die Länge des Schattens angab. Ebenso hat uns Athenäus ein Fragment des Menander aufbewahrt, worin ein Schmarotzer geschildert wird, dem das Ungeschick widerfährt, morgens beim Aufstehen den hellen Mondschein für die Nachmittagssonne anzusehen; eiligst mißt er den Schatten, und da er ihn länger als 12 Fuß findet, so läuft er aus Leibeskräften, um — bei Tagesanbruch an dem Orte anzukommen, wohin er auf den Abend geladen ist. — Der Komiker Eubulos (Athen. I, 8.) läßt den Philokrates den Schatten, statt vor Sonnenuntergang, nach Sonnenaufgang messen; dieser mißt 22 Fuß. Er ist aber auf 20 Fuß zum Mahle bestellt, und entschuldigt sich mit Geschäften, die ihn zurückgehalten hätten.[7]

Der Schatten wurde ursprünglich durch Abschreiten, Fuß vor Fuß, gemessen, nachdem man sich vorher genau die Stelle merkte, wo der Schatten des Kopfes war. Salmasius bemerkt hiezu, daß die Ungleichheit des Schattens bei verschiedener Körperlänge sich durch das Fußmaß zum guten Teile wieder ausgleiche, indem ein konstantes Verhältnis bestehe zwischen der Körperlänge eines Menschen und seiner Fußlänge. Diese Meßmethode findet sich sogar bis ins Mittelalter hinein, so z. B. in der Gnomonik von Schoner, einem im 16. Jahrhundert erschienenen Werke über Sonnenuhren. Später verzeichnete man die Grenzen des Schattens auf dem Boden vor dem Sonnenzeiger, wie dies der Fall war bei dem Obelisken, den Augustus auf dem Marsfelde errichten ließ. Plinius berichtet hierüber:[8] „Den Obelisk auf dem Marsfelde hat der göttliche Augustus auf eine merkwürdige Art nutzbar gemacht: er dient nämlich als Zeiger der Länge des Sonnenschattens und also der Tag- und Nachtlängen. Er ließ nach Verhältnis der Höhe des Obeliskus einen Stein legen (nordwärts) von solcher Länge, daß ihm der Sonnenschatten am kürzesten Tage in der 6. Stunde (zu Mittag) gleich wurde. Auf diesem waren metallene Linien eingelegt, nach welchen man das Ab- und Zunehmen der Schattenlänge wahrnehmen konnte. Was dabei besonders merkwürdig ist und dem erfinderischen Genie des Mathematikers Facundus Novus Ehre macht, ist dieses: Auf die Spitze (des Obelisken) setzt er eine vergoldete Kugel, weil sich der Schatten am Scheitel einer Kugel beisammen hält, während er, von einer Spitze geworfen, sich regellos zerstreut; der menschliche Kopf soll ihn, wie man sagt, auf diese Idee gebracht haben."

Aus dieser Stelle geht hervor, daß vor dem Obelisk eine Art Zifferblatt angebracht war, mit Ziffern aus Erz; daß ferner die Spitze desselben mit einer Kugel versehen war, welche den Schatten sammelte, d. h. genauer abgrenzte als die Spitze, und daß endlich diese Messung des Schattens analog war jener, bei welcher als Endpunkt der Kopf des Menschen genommen wurde. — Selbstverständlich gibt aber ein und derselbe Schattenzeiger zu verschiedenen

Jahreszeiten auch verschiedene Schattenlängen; man mußte also den Zeiger öfters auswechseln, wenigstens zweimal im Jahre. Leicht ließ sich auch für einen bestimmten Sonnenzeiger der Schatten ein für allemal feststellen durch Kreise, die man konzentrisch zum Gnomon zog, wodurch das Abschreiten wegfiel. Aber auch so war die Zeitbestimmung noch eine sehr rohe, und es trat an Mechaniker und Mathematiker die schwierige Aufgabe heran, eine Sonnenuhr zu konstruieren, welche den zu verschiedenen Zeiten ungleichen Bogen der Sonne in gleiche Teile teilte und so den Schattenweg zu einem getreuen Abbild des Sonnenweges machte. Bald wurden auch Schattentabellen für alle Monate des Jahres angefertigt, woraus man jederzeit eine beliebige Tagesstunde aus der Länge des Schattens berechnen konnte.

Ohne hier auf Einzelheiten in der Konstruktion näher einzugehen, sei nur noch bemerkt, daß Sonnenuhren in Form hohler Halbkugeln im Altertum sehr verbreitet waren. Vitruv (l. IX c. 8) bezeichnet eine solche Uhr als „halbe Hohlkugel viereckig und in einem der Polhöhe entsprechenden Winkel geschnitten." Es möge hier die Abbildung (Fig. 1) einer antiken Sonnenuhr folgen, mit der Beschreibung, wie Bilfinger sie gibt (l. c. S. 25). „Man denke sich eine ausgehöhlte Halbkugel, genau wagrecht gestellt und mit der Höhlung dem Zenith zugewendet. Im Zentrum sei irgend ein kleiner schattenwerfender Gegenstand, etwa ein Kügelchen (oder wie gewöhnlich ein gegen die Mitte der Höhlung ragender Stift) angebracht. Sobald die Sonne am Horizont erscheint, wird sich auch am Horizont der hohlen Halbkugel, nur an der entgegengesetzten Seite der Schatten des Kügelchens zeigen und dieser wird dann bis zum Untergang der Sonne im Inneren der Hohlkugel genau denselben Kreis beschreiben, den die Sonne am Himmel macht, nur in umgekehrter Richtung. Bezeichnet man im

Inneren des Hemicycliums den Weg des Schattens durch eine bleibende Linie und wiederholt dieses an beliebig vielen Tagen, so hat man ebenso viele Tageskurven für die zu entwerfende Uhr gewonnen. Man wird sich aber nach der Gewohnheit der Alten mit drei Schattenkurven, für das Aequinoktium, für den längsten und den kürzesten Tag, begnügen und darf dann nur noch jede dieser Kurven in zwölf gleiche Teile teilen, die Schnittpunkte durch Stundenlinien miteinander verbinden, und im Prinzip ist die Uhr fertig."

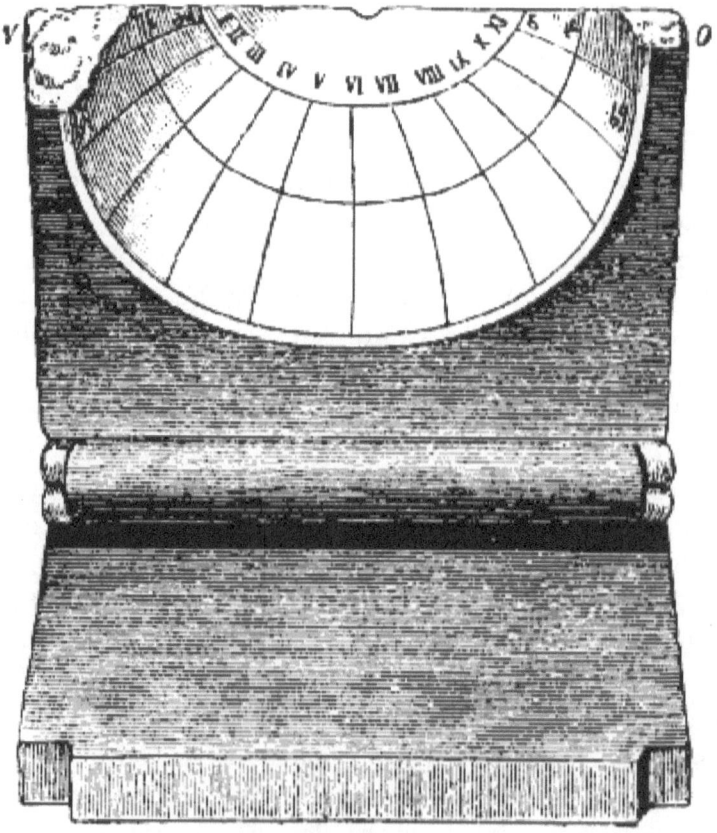

Fig. 1.

Die hier abgebildete Sonnenuhr stammt aus der „casa

dei capitelli figurati" und wurde von Avellino (Descrizione di una casa Pompeiana. Napoli 1837) veröffentlicht. Die Ziffern und Zeichen des Tierkreises sind nur des bessern Verständnisses halber beigefügt, fehlen also im Original, indem die Alten die Stunden wahrscheinlich abzählten, statt sie abzulesen; nur die Mittagslinie wurde besonders hervorgehoben. Außer dieser Art Uhren kannten die Alten noch viele andere. Bald konstruierte man auch tragbare Sonnenuhren, die man aufhing, vielleicht am Halse, wie später die mechanischen Taschenuhren. Darauf scheint auch eine Stelle bei Athenäus hinzudeuten, wo von einem Geizhals, der einen Oelkrug trägt, gesagt wird: „Er sah so oft nach seinem Oel, daß man glauben konnte, er trage eine Uhr." Es bezeichnet diese Verallgemeinerung der Uhren einen großen Fortschritt; denn die Sonnenuhren waren nicht bloß kostbare Instrumente, sondern mußten natürlich für gewöhnlich auf freien Plätzen aufgestellt sein; es war somit bei der eigentümlichen Bauart der Alten oft sehr umständlich, zu wissen, wieviel Uhr es sei. Reiche Leute hielten sich einen eigenen Sklaven, welcher ihnen die Zeit anzuzeigen hatte; oft bezahlten auch mehrere miteinander einen Stundenherold zum gleichen Zweck. Ganz reiche Männer erlaubten sich den Luxus einer kostbaren Uhr in ihrer Wohnung, wie z. B. Petronius von Trimalchio, einem zu großem Reichtum gelangten ehemaligen Sklaven berichtet, er habe seinen staunenden Gästen eine solche Uhr vorweisen können.[9]

Als Erbteil der Alten erhielten sich die Sonnenuhren bis weit in die neuere Zeit herein. Im Mittelalter und später wurde die Theorie derselben vielfach ausgebildet und vervollkommnet. Die bedeutendsten Mathematiker und Astronomen beschäftigten sich mit Gnomonik, der Lehre von den Sonnenuhren. Hier mögen bloß die Namen Purbach, Regiomontan, Stabius und besonders Sebastian

Münster (1489–1552) genannt sein, von denen der letztere allein drei Werke hierüber verfaßte, weshalb er oft der Vater der Gnomonik heißt.

Einen Fehler aber haben die Sonnenuhren bei aller Vollkommenheit, der sich auch gar nicht beseitigen läßt: sie zeigen bei trübem Wetter und bei Nacht nicht. Es lag nun wohl der Gedanke nahe, beim Anblick z. B. von langsam ausrinnendem Wasser, diese scheinbare Gleichmäßigkeit als Zeitmesser zu benützen, d. h. eine Wasseruhr zu konstruieren. Der klassische Name dieses Instrumentes „Klepshydra" ist vielleicht gerade von dem langsamen, gleichsam „verstohlenen" Ausfließen des Wassers hergenommen.

Wer die Wasseruhren erfunden, läßt sich nicht sagen. Sicher ist, daß die Chaldäer solche verwendeten; Macrobius berichtet nämlich von ihnen, daß sie ein bestimmtes Quantum Wasser in zwölf Teilen teilten, so daß jeder Teil während der Zeit ablaufen sollte, während welcher ein Zeichen des Tierkreises durch den Meridian ging. Aus vielen Gründen konnte aber diese Art der Zeitmessung bei den Alten nicht genau sein, denn abgesehen von der stets ändernden Druckhöhe und folglich veränderlichen Ausflußmenge, war die eigentümliche Stundeneinteilung ein großes Hindernis der Genauigkeit. Die Alten teilten bekanntlich den Tag und die Nacht das ganze Jahr hindurch in zwölf gleiche Teile, so daß die Dauer der Stunden beständig wechselte. Genannter Uebelstand wurde jedoch bald überwunden und die Wasseruhren kamen rasch zu ziemlicher Vollkommenheit. Bilfinger (l. c. S. 8) ist der Ansicht, daß die bekannte Klepshydra der attischen Gerichtssäle nicht ein eigentlicher Zeitmesser im heutigen Sinn gewesen, sondern nur zur rohen Abmessung der zum Sprechen eingeräumten Zeit überhaupt gedient habe. Sie bestand aus einem größeren, auf einem Dreifuß stehenden

Gefäß, welches durch eine enge Oeffnung das eingefüllte Wasser in einen darunter stehenden Behälter abgab. Aus verschiedenen Notizen geht hervor, daß Versuche angestellt wurden, wie viele solcher Wassermaße in einem Lichttag Raum fanden, und daß man, weil der kürzeste Tag als Norm angewendet wurde, nie in die Nacht hinein kam. Deshalb werden die Wasseruhren in einem Tacitus zugeschriebenen Werke mit Recht Zügel der Beredsamkeit genannt. Die eigentümlichen Ausdrücke, die sich auf Wasseruhren beziehen, sind dem Leser der alten Klassiker geläufig. So z. B. bei Aeschines: „erstes, zweites etc. Wasser" ebenso „clepshydras clepshydris addere," wenn der Richter in außerordentlichen Fällen doppelte Zeit bewilligte, oder „aquam sustinere," das Wasser aufhalten, beim Verlesen von Urkunden, Zeugenverhör u. s. w., bis der Redner wieder weiterfahren konnte. „Hic hæret aqua," „aqua mihi hæret," sagte man, wenn etwa durch ein Fäserchen, was leicht vorkam, die Ausflußöffnung verstopft war. Aquam perdere, hieß „in den Tag hinein reden."

Auch die Aegypter benützten schon Wasseruhren, wie z. B. die Sage vom Kynoskephalos (Hundskopf), von der Horapollo berichtet, beweist. Nach ihr hätte dieses Tier täglich zwölfmal sein Wasser lassen müssen und dabei geschrieen; daher stamme die Zwölfteilung. Deshalb wurde auch häufig auf die Wasseruhren dieser Kynoskephalos gesetzt. Sie gebrauchten die Wasseruhr auch zu astronomischen Zwecken; Ptolemäus tadelt zwar in seinem Almagest die Ungenauigkeit dieser Instrumente, indes sind doch die von den Aegyptern erzielten Resultate erstaunlich genau. Sie berechneten aus der Zeit, während welcher die Sonne ganz über den Horizont heraufsteigt, bezw. durch Vergleichung des Wasserquantums, das hiebei ausfloß, mit dem den ganzen Tag über ausfließenden, den Durchmesser der Sonne zu 28 und zirka 31 Minuten für Sonnennähe und

Sonnenferne; neuere Messungen ergaben hiefür 31 bezw. 32 Minuten![10]

Die Babylonier benützten schon 600 v. Chr. Wasseruhren, welche bei Sonnenaufgang gefüllt wurden; sobald sie leer waren, wurde dies durch Herolde in der Stadt bekannt gemacht, was täglich mehrere Male geschah. So konnte also jeder seine Uhr leicht selbst richten.

Plato (427–347 v. Chr.)[11] soll ebenfalls eine Wasseruhr verwendet haben und zwar als Wecker, so daß fälschlich dieser Gelehrte hie und da als deren Erfinder genannt wird. Vitruv gibt im 9. Buch seiner Architektur weitläufigere Nachrichten über die Wasseruhren und deren Konstruktion. Nach ihm wäre der Sohn eines Barbiers, Ktesibius aus Alexandrien (geb. ca. 150, oder nach anderer Angabe 247 v. Chr.), ein mechanisches Genie des Altertums, der Erfinder dieser Uhren. Wie bekannt, wird diesem gleichen Mann auch die Erfindung der Feuerspritze, d. h. der Druckpumpe und der Wasserorgel zugeschrieben.[12]

Die von Vitruv gegebene Beschreibung ist so kompliziert, daß die Uhr des Ktesibius jedenfalls nicht als erste derartige Vorrichtung angesehen werden kann. Sie zeigte nicht bloß die Tagesstunden, sondern auch den Monatstag, den Monat und sogar den Stand der Sonne im Tierkreis. Auch war sie mit einem Räderwerk versehen, und wenn nicht schon Aristoteles (384–322) Räderwerke erwähnte, könnte man Ktesibius für deren Erfinder halten.

Um dem Leser jedoch wenigstens einen Begriff von den Wasseruhren der Alten zu geben, lassen wir hier die Beschreibung Vitruvs folgen.[13] „Zuerst stellte Ktesibius eine Mündung her (im oberen Wassergefäß), indem er sie entweder in einem Stück Gold ausarbeitete, oder mit einem durchbohrten Edelstein versah, denn diese beiden Körper werden weder von dem Hindurchfließen des Wassers angegriffen, noch bildet sich an ihnen Unreinigkeit, welche das Mündungsloch verstopfen könnte. Indem nun das Wasser ganz gleichmäßig durch diese Mündung hindurchfließt, hebt es ein umgestürztes Becken, das von den Technikern „der Kork" oder „die Scheibe" genannt wird, auf welchem ein Stab angebracht ist, der mit gleichen Zähnchen besetzt ist, wie die damit in Verbindung stehende Drehscheibe (Rad), welche Zähne, ineinandergreifend, eine langsame, regelmäßige Drehung und Bewegung verursachen.[14] Andere damit in Verbindung stehende und in derselben Weise gezähnte Drehscheiben, die alle durch ein und dieselbe bewegende Kraft getrieben werden, bewirken durch ihre Drehung die verschiedenen Bewegungen, nach welchen Figuren sich bewegen, Kegelsäulen sich drehen, Kügelchen oder Eier fallen (Schlagwerk!), Blasinstrumente ertönen und andere Nebendinge mehr. Bei diesen Uhrwerken sind die Stunden entweder auf einer Säule oder einem Pfeiler verzeichnet und eine von unten heraufsteigende menschliche Figur zeigt den ganzen Tag über mit einem Stäbchen auf diese hin."

Weil aber, wie schon bemerkt, die Tages- und Nachtstunden bei den Alten nicht das ganze Jahr hindurch gleich blieben (Aequinoktialstunden), sondern beständig wechselten, so mußte natürlich auch die Regulierung des Wassers veränderlich sein, ebenso das Zifferblatt. Ersteres wurde nach Vitruv erzielt durch einen massiven Kegel, der in den mit Wasser gefüllten Hohlkegel genau paßte und durch einen Regulierstab höher oder tiefer gestellt werden konnte, wodurch die Oeffnung des Hohlkegels mehr oder weniger frei wurde. Das Zifferblatt war entweder auswechselbar oder es wurde theoretisch für das ganze Jahr konstruiert, indem man die Stunden des längsten und kürzesten Tages auf der Säule in zwei vertikalen Linien anbrachte und durch zur Basis der Säule etwas schräglaufende horizontale Linien mit einander verband. Der Zwischenraum wurde wieder durch die Monatslinien in vertikaler Richtung geteilt. So entstand eine Art Netz, wie bei den Sonnenuhren; durch Einstellen der Stundensäule auf die richtige Zeit ließ sich dann auch eine beliebige Tagesstunde ordentlich genau ablesen.[15]

Auch andere Uhren werden von Vitruv angeführt, sie sind jedoch, bei der dunkeln Ausdrucksweise dieses Schriftstellers, schwierig zu erklären. So z. B. das „horologium anaphoricum," die Aufzuguhr, mit Gewichten, welche sich aber doch wesentlich von unsern heutigen Räder- und Gewichtuhren unterscheidet.

Von alten indischen Wasseruhren berichtet Schlagintweit (Münchener Sitzungsberichte 1871. 2. S. 128–38). Sie bestehen aus metallenen hohlen Halbkugeln, die unten mit einer feinen Oeffnung versehen sind. Auf Wasser geworfen, füllen sie sich langsam und werden, wenn sie untersinken wollen, geleert und neu aufgesetzt. Ein aus Benares mitgebrachtes Exemplar brauchte bei einem Radius von 7 cm und 6 cm Höhe etwas über eine Stunde, bis es untersank. Die Zeit vom Auflegen bis zum Untersinken der Kugel nannte man Najika; dieselbe hatte wieder ihre Unterabteilungen.

Ob die Alten ihre Wasseruhren regelmäßig, auch nachts benützten, erscheint zweifelhaft, denn einmal finden wir z. B. bei Vitruv nie die Bezeichnung Nachtuhr, sondern nur: „horologium hibernum," d. h. eine Uhr, welche die Stunden auch bei trübem Wetter angibt; ferner zeigten diese Uhren bloß zwölf Stunden, und endlich war es im Altertum wohl nicht leicht, sich zu jeder Stunde der Nacht Licht zu verschaffen. Bei Sternenhimmel, und das ist in der Heimat der alten Völker doch die Regel, konnte man viel bequemer das schon von Hipparch (ca. 160–125 v. Chr.) erfundene Astrolabium verwenden, welches aus der Höhe eines

Gestirns in jedem Augenblick die Zeit anzugeben gestattet. [16] Eine Menge Wasseruhren der verschiedensten Konstruktionen, zum Teil mit Abbildungen, finden sich in C. Schott S. J., Hidraulica pneumatica. Würzbg. 1658.

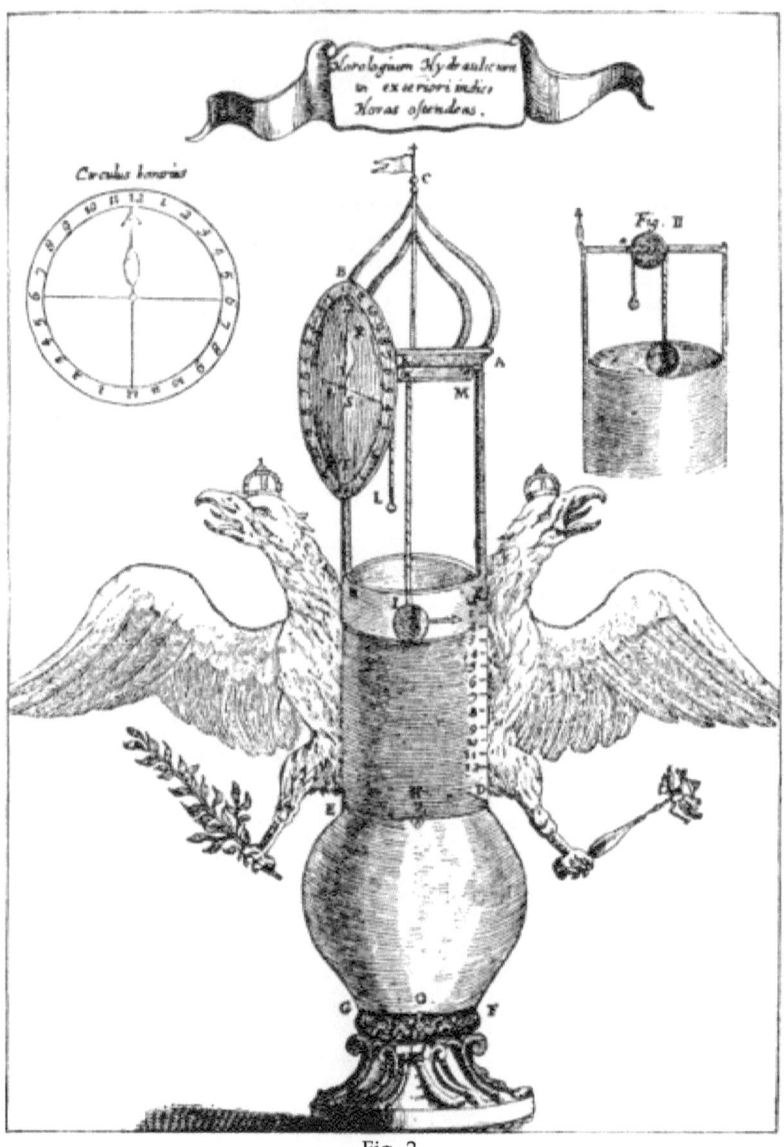

Fig. 2.

An der Vervollkommnung der Wasseruhren wurde bis
ins Mittelalter hinein, ja selbst bis in die neueste Zeit emsig
gearbeitet. Es seien hier nur genannt Hero, der Schüler des
Ktesibios, der auch eine Art Dampfmaschine erstellte; der

Philosoph Boëthius; Galilei; der Abbé Varignon (1654–1722); der schweizerische Gelehrte Johann Bernoulli und dessen Sohn Daniel, der 1725 den Preis der Pariser Akademie im Betrag von 2000 Franken gewann; die Aufgabe hatte gelautet: La perfection des Clepsydres ou des sabliers sur mer.[17] Auch der berühmte P. Athanasius Kircher (1601–1680) beschäftigte sich mit der Konstruktion von allerlei Wasseruhren; er verfertigte für Kaiser Ferdinand III. eine solche mit dem kaiserlichen Doppeladler (Fig. 2). Die Abbildung ist wohl ohne weitere Erklärung verständlich; der Schwimmer zeigt die Stunden; durch eine über die Rolle a (II) gehende Schnur wird ein weiterer Stundenzeiger bewegt. (Vergl. Kircher: Musæum Collegii Romani. Amstelodami 1680. p. 40).

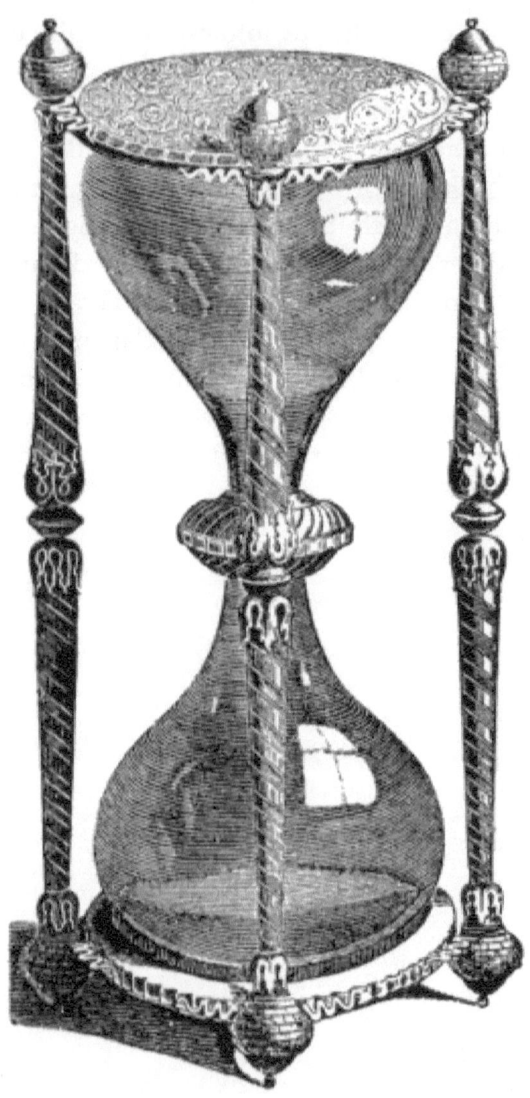

Fig. 3.

Außer den bisher behandelten Zeitmessern benützten die Alten auch noch die S a n d u h r e n, deren sich schon Archimedes bedient haben soll. Eine Sanduhr besteht bekanntlich aus zwei in ein Gestell eingesetzten, gleichen konischen Gefäßen, welche mit ihren offenen Spitzen gegen einander gekehrt sind (Fig. 3). Ist z. B. das obere mit feinem Sande gefüllt, so fließt dieser in einer bestimmten Zeit in das untere ab. Durch Umdrehung der Vorrichtung kann das Spiel von neuem beginnen. Die älteste bekannte Abbildung einer solchen Uhr liefert ein antikes Basrelief, die Hochzeit des Peleus und der Thetis vorstellend; unter anderen Figuren sieht man auch Morpheus mit einer Sanduhr in der Linken.[18] Die Größe dieser Uhren wechselt von einem Fuß bis zu wenigen Zoll Höhe, ebenso die Zeit, welche sie zu messen gestatteten; gewöhnlich gingen sie ½ bis eine Stunde. Sie wurden zu jeder Zeit verwendet, im Mittelalter bei Turnieren, bei Schützenfesten etc., selbst als die Räderuhren schon lange erfunden waren. Vielfach nahm man sie, ähnlich wie Messer und Pfriemen, auf Reisen mit. Eine solche Reisesanduhr, die von Erasmus herstammt, wird noch in Basel aufbewahrt; sie wurde in einem blechernen Futteral mitgeführt. In dem notariellen Verzeichnis der Ammerbachschen Sammlung von 1662 findet sich auch diese Uhr, mit dem sonderbaren Titel: „Erasmi bleyern Sanduhrlein von Ebenholz in einem Futter."[19] Zur Zeit Pascals (1623–1672) wurden Sanduhren auch in der Sorbonne gebraucht, um den Rednern die Zeit zuzumessen (Lettres provinciales, II). Dieser Gebrauch erhielt sich vielerorts noch bis tief in unser Jahrhundert hinein auf Kanzeln, in Gerichtssälen, bei Auktionen u. s. w. Heute findet sich der Gebrauch der Sanduhren noch etwa in der Küche beim Eiersieden, oder im Atelier des Photographen. Auch beim sogenannten „Logen," um die Geschwindigkeit eines Schiffes zu bestimmen, bedient man sich einer Sanduhr, die gewöhnlich 14 Sekunden läuft. Fig. 3 zeigt eine reich verzierte Sanduhr, französische Arbeit, aus dem 16. Jahrhundert.

Die Genauigkeit der Sanduhr läßt aber noch viel zu

wünschen übrig,[20] denn wie man sich leicht überzeugen kann, treten sehr oft Stauungen des Sandes auf, welche natürlich die Richtigkeit der Zeitmessung nachteilig beeinflussen.

Noch im ausgehenden 16. Jahrhundert fanden die Uhrmacher es nicht für unnötig, auf den feinen Uhrsand hinzuweisen, wie der Spruch zeigt, den ein zeitgenössischer Versmacher unter den bekannten Holzschnitt von Jost Amman setzte:

> Ich mache die reysenden Vhr/[21]
> Gerecht vnd Glatt nach der Mensur/
> Von hellem glaß vnd kleim Vhrsant/
> Gut/daß sie haben langen bestandt/
> Mach auch darzu Hültzen Geheuß/
> Dareyn ich sie fleissig beschleuß/
> Ferb die gheuß Grün/Graw/rot vnn blaw
> Drinn man die Stund vnd vierteil hab.

Viertelstunden konnte man auch an Sanduhren ablesen, wie noch erhaltene Exemplare zeigen; es waren in diesem Falle vier Stück aneinander gereihter Sanduhren. Die erste lief eine Viertelstunde, die zweite eine halbe, die dritte drei viertel, und die vierte eine ganze Stunde. Das Germanische Museum in Nürnberg besitzt eine solche Zusammenstellung.

II.
Uhren und Zeitmessung bis zum 12. Jahrhundert.

Was Geist und Fleiß des klassischen Altertums geschaffen, ging in den Stürmen der Völkerwanderung zum großen Teil unter; die wenigen Keime, die noch geblieben, fanden eine neue Pflanzstätte in den Klöstern. Dorthin zog sich auf viele Jahrhunderte hinaus Kunst und Wissenschaft zurück, und von da aus verbreiteten sie sich wieder nach und nach in die Welt, um neue Triumphe zu feiern.

Im vorigen Kapitel wurde darauf hingewiesen, wie die drei Zeitmesser der Alten vervollkommnet wurden bis in die neuere Zeit hinein, und zwar sind es während des ersten Jahrtausends fast ausschließlich Geistliche und Mönche, die sich damit beschäftigten. Wohl lebte man damals noch langsamer als jetzt und kannte die Hast des heutigen Erwerbslebens nicht, die Uhr aber diente gleichwohl als ein Regulator des menschlichen Lebens, „zum großen Nutzen des Menschengeistes erfunden," wie Cassiodor († um 570) sagt.[22]

Der hl. Benedikt dringt in seiner Regel oft darauf, daß alles zur bestimmten Zeit, „horis competentibus" geschehe (Vergl. S. Reg. c. 47). Zu den vorzüglichsten Pflichten der Mönche gehörte aber von jeher das gemeinschaftliche Psalmengebet, welches zu bestimmten Stunden des Tages und der Nacht verrichtet werden mußte. Natürlich benutzte man wo möglich zur Zeitbestimmung Sonnen- und Wasseruhren, wie auch der oben erwähnte Cassiodor (a. a. O.) seinen Mönchen sagt: „Wie Ihr wißt, habe ich

Euch eine Sonnenuhr hergestellt; ebenso eine Wasseruhr, welche Tag und Nacht die Zeit bestimmt, denn oft ereignet es sich, daß an einzelnen Tagen der Sonnenschein fehlt; dann vollbringt auf wunderbare Weise das Wasser auf Erden, was sonst die feurige Kraft der Sonne am Himmel wechselnd vollendet."

Cassian († ca. 435) bezeugt, daß die alten Mönche die Sterne beobachteten, um aus ihrer Stellung die Zeit zu entnehmen. Es wird nämlich derjenige ermahnt, dem die Sorge seine Mitbrüder zu wecken oblag, dies nicht nach Gutdünken zu tun, nämlich wann er aufwache, je nachdem er gut oder schlecht geschlafen, sondern fleißig nach den Sternen zu sehen; wenn auch die Gewohnheit, zur bestimmten Zeit aufzustehen, ihn gewöhnlich wecke. In Frauenklöstern besorgte eine Nonne dieses Geschäft. Mabillon berichtet in den Acta SS. O. S. B. von einer solchen, „daß sie aufstand und hinausging, um aus den Sternen zu sehen, ob es Zeit sei, das Zeichen zur Mette zu geben."

Oft wurden zwei Brüder als Wächter bestellt, die andern zu wecken. Diese nannte man „vigilgallos," was also, nur in anderer Form, unsern Nachtwächtern entspricht, die besonders früher die Stunden ausriefen. Ihnen oblag auch die Aufsicht über die Wasseruhr, wo eine solche vorhanden war.

In vielen Klöstern besorgte der Sakristan die Uhr. In den „Gebräuchen" von Hirschau (10. und 11. Jahrhundert) wird von ihm berichtet:[23] „Er besorgt und richtet die Uhr sorgfältig; weil es aber vorkommen kann, daß diese unrichtig geht (Wasseruhr), so soll er die Zeit abschätzen an der Kerze (in cereo) oder nach dem Lauf der Sterne oder des Mondes, damit er die Brüder zur bestimmten Zeit wecken könne. Es läute aber niemand mit der Schelle zur Mette, als nur er." Fast genau mit denselben Worten wird das Amt des

Sakristan geschildert in dem sog. Ordo Cluniacensis (Cluny), von einem Mönch Bernard im 11. Jahrhundert verfaßt (Herrgott: Ordo Clun. c. 51).

Erwähnt sei hier noch ein anderer interessanter Zeitmesser, die Oeluhr, welche Speckhart (Geschichte der Zeitmeßkunst, Bautzen, Verlag von E. Hübner, S. 175 u. ff.) folgendermaßen beschreibt: „Die Oeluhr besteht eigentlich nur aus einer Lampe, deren Glasbehälter unten eine kleine Abflußöffnung besitzt, durch die das Brennöl von einem Dochte angesaugt wird. Das Gestell der Lampe ist aus Zinn gearbeitet, ebenso die am Oelbehälter angebrachte Stunden-Skala. Letztere trägt die Stunden von abends VI bis morgens VIII Uhr. Die Stärke des Dochtes war so gewählt, daß das Oel in der Lampe von der Flamme in 14 Stunden aufgezehrt wurde. Füllte man abends VI Uhr den Oelbehälter bis zum obersten Teilstrich und brannte die Lampe an, so hatte man während der ganzen Nacht nicht nur Beleuchtung, sondern annähernd auch die Zeit, welche durch die Spiegelfläche des langsam sinkenden Oeles angezeigt wird.

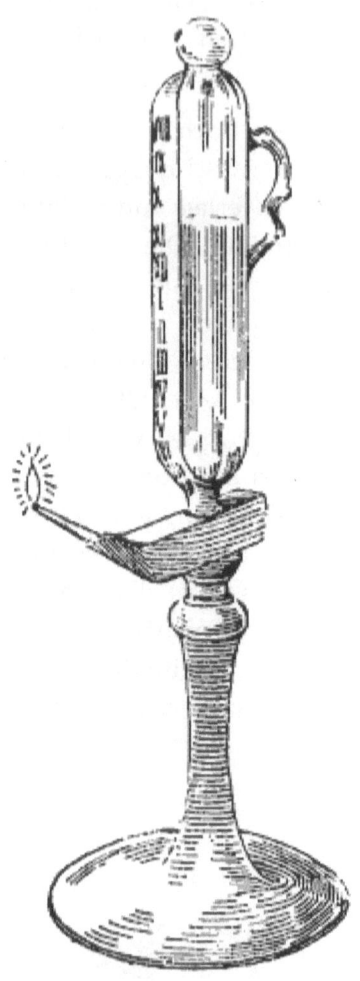

Fig. 4.

Der Oelbehälter bekam später die Form einer Birne, damit auch die einzelnen Stunden in möglichst gleicher Länge angezeigt wurden, weil der Druck des Oeles, wenn es aufgefüllt war, einen zu raschen Brand des Lichtes in einem ganz cylindrischen Glase erzeugte." Unsere Abbildung Fig. 4 zeigt diesen eigenartigen Zeitmesser, der, wenn wir nicht irren, 1900 in Paris ausgestellt war und der berühmten Junghans'schen Sammlung in Schramberg angehört.

Eine andere vielgebrauchte Methode, die Zeit zu messen, bestand in der Rezitation bekannter Gebete, die sich noch erhielt, als die Räderuhren schon lange im Gebrauch waren. Petrus Damiani († 1072) sagt, die Mönche möchten sich an eine bestimmte Methode des Psalmengebetes gewöhnen, wenn sie täglich wissen wollten, wie viel es an der Zeit sei. Wenn dann die Sonne nicht scheine oder die Sterne verdeckt seien durch Wolken, so hätte doch jeder eine Uhr, an der Art und Weise, wie er die Psalmen bete. In den Schriften der Mystiker treffen wir häufig auf ähnliche Zeitbestimmungen; es mögen hier nur einige Proben genannt werden. Die Nonne Adelheid Langman († 1375 im Kloster Engelthal bei Nürnberg) erzählt: „do sweig (er) und sprach ein wort niht, wohl als lang als daz man ein fünftzig Ave Maria gesprechen moht." Oder: „etwan gestillet ich, als umb einen de profundis," (war ich still, so lang als man ein de profundis beten mag). Mechthild von Magdeburg[24] († 1291) schreibt: „daß ich so lang gedenke daran, als daß man gesprechen mag Ave Maria"; „kum eines Ave Marien lang," oder: „sie pruft es wol, daz diu stund als lang wert, als daz man rasch ein Ave Maria gesprech oder lanksam ein halbs," u. s. w. Daraus ergibt sich, daß Uhren um diese Zeit entweder selten waren, oder daß man von der altgewohnten Weise, die Zeit zu messen, noch nicht abging. — Wenn wir aber in Christian Wolfs (1679–1754) Elementa Pyrotechniæ, Problem. XI, bei einem Rezept für Anfertigung von Feuerwerkskörpern und als Prüfmittel derselben, die Angabe finden, die Probe solle nicht eher aufhören zu brennen, „bis schnell das Apostolische Glaubensbekenntnis gebetet ist," so kann man sich kaum eines Lächelns erwehren beim Gedanken an die Mienen moderner Chemiker, denen bei einer analytischen Arbeit derartige Kriterien vorgeschlagen würden! — Nach dieser kleinen Abschweifung kehren wir zurück zur Geschichte der Uhren in den Klöstern des früheren Mittelalters.

Wo eine Wasseruhr vorhanden war, wandte man sie selbstverständlich an als die beste Zeitmessung. Hildemar (9. Jahrhundert) sagt in seiner Erklärung der Benediktinerregel: wer das nächtliche Psalmengebet vernünftig (rationabiliter) machen will, hat eine Wasseruhr nötig.

In Ermanglung von Wasser- oder andern Uhren gebrauchte man auch den Haushahn als Wecker. Schon Chrysostomus beschreibt in seiner 59. Homilie an die Antiochener das Leben der Mönche seiner Zeit mit den Worten: nachdem der Hahn gekräht, kommt sofort der Obere und weckt alle, mit festem Tritte den gemeinsamen Schlafsaal durchwandernd; doch ohne allzuviel Lärm zu machen, wie der gleiche an einer andern Stelle sagt.

Auch ein Brett, auf das geschlagen wurde, oder eine Schelle wurde als Weckvorrichtung gebraucht; eine kleine Glocke bezeichnet auch der Ausdruck „index," den Martene also umschreibt (Index. onomastic. t. IV): ein Zeichen, durch welches die Brüder zum göttlichen Dienste gerufen wurden. Es ist also unrichtig, wenn übersetzt wird „Uhrzeiger," wie Dufresne und Muratori tun.

Papst Paul I. übersandte an Pipin eine Nachtuhr, von deren Beschaffenheit wir jedoch leider gar nichts Näheres wissen. Eine Seltenheit war das Geschenk zweifelsohne, wenn es auch nicht, wie man schon angenommen hat, eine Räderuhr war.

Bekannt ist die Beschreibung der Uhr, welche Karl d. Gr. von dem Kalifen Harun Al-Raschid erhielt. Das Chronicon Turonense berichtet darüber: Im 7. Jahr der Regierung Kaiser Karls (807) schickte der König von Persien eine große Menge kostbarer Geschenke und eine Uhr, an welcher man die 12 Stunden ablesen konnte; es ertönte nämlich eine Cymbel und nach Verlauf der einzelnen Stunden traten nach und nach zwölf Reiter aus den Türen heraus; nach Ablauf der letzten Stunde zogen sich alle wieder zurück, indem sie die Türen schlossen. Diese Uhr hatte zwar Räder, da sich sonst der komplizierte Mechanismus nicht leicht erklären ließe, im übrigen war es eine Wasseruhr.

Als Erfinder der Räderuhren wird vielfach der Archidiakon Pacificus von Verona († 846) genannt. Muratori führt seine Grabschrift an,[25] worin es heißt, daß niemand vorher je eine Nachtuhr gesehen, und daß er sie als Erster erfunden habe.

Es scheint, um mit Muratori zu reden, seltsam, daß hier gesagt wird, man habe nie zuvor eine Nachtuhr gesehen, da doch, wie wir soeben gezeigt, Pipin eine solche erhielt, und Cassiodor gerade für nächtliche Zeitbestimmungen eine Wasseruhr verfertigt hatte. Vielleicht ist es nicht unrichtig, in dieser Inschrift eine Uebertreibung zu sehen, die also nicht so wörtlich zu nehmen wäre; eine Uhr konnte zu jener Zeit immerhin etwas so Seltenes sein, daß man sie verewigen wollte. Neu aber war die Erfindung kaum, und an eine Räderuhr zu denken, fehlen uns alle Anhaltspunkte. Wie der Ausdruck „Nachtuhr" zu erklären sei, ist schwer zu sagen, denn wenn z. B. irgend ein Ton oder Geräusch die Stunden angab, so geschah dies doch bei Tag und Nacht, warum also „N a c h tuhr?"

Räderwerke gab es in Verbindung mit Uhren schon frühe, sie dienten zum Betrieb der künstlichen Beigaben an den Uhren. Schon die Araber hatten solche. Gelcich (Geschichte der Uhrmacherkunst, S. 17 und 18) beschreibt eine derartige Uhr von Damaskus ausführlich.

Vom 11. Jahrhundert an findet man bald diesem, bald jenem Gelehrten die Erfindung der Räderuhr zugeschrieben, ohne daß mit auch nur einiger Wahrscheinlichkeit auszumachen wäre, wem wir diesen so wichtigen Schritt in der Herstellung der Zeitmesser verdanken. Sicherlich kannten die Alten das Räderwerk und verwendeten es auch. Eine Räderuhr unterscheidet sich aber von der Wasseruhr nicht etwa bloß durch die Räder, auch nicht dadurch allein, daß ein Gewicht oder eine Feder Ursache der Bewegung sei, sondern vor allem durch die Hemmung (échappement). Verbinden wir mit einer durch Gewichte in Umlauf versetzten Welle Räder und Getriebe, so haben wir ein durch Gewichte bewegtes Räderwerk, das aber so schnell abläuft, daß es zur Zeitmessung untauglich wird. Kommt aber die Hemmung hinzu, d. h. eine Vorrichtung, welche den Gang des Räderwerkes mäßigt und gleichförmig macht, dadurch, daß ein Hindernis von einem Zahn des letzten Rades weggestoßen wird, aber immer wiederkehrt, so haben wir eine Räderuhr, welche sich im Prinzip von den heutigen nicht wesentlich unterscheidet. Die Frage nach dem Erfinder der Räderuhr läuft also darauf hinaus: w e r h a t d i e H e m m u n g e r f u n d e n? Es bedurfte dazu jedenfalls eines mechanischen Talentes ersten Ranges und so treffen wir auch in der Geschichte der Uhren Männer, welche den gelehrtesten ihrer Zeit beizuzählen sind, und man darf, ohne zu irren, die praktische Beschäftigung mit der Uhrmacherkunst als den Prüfstein mechanischen Könnens in alter und neuer Zeit ansehen.

Gerbert[26] von Aurillac, einer der gelehrtesten Männer seiner Zeit (ca. 950–1003), als armer Hirtenknabe von den Mönchen zu Aurillac (Dép. du Cantal) aufgenommen und gebildet, wird sehr oft als Erfinder der Räderuhr genannt. Er soll seine mathematischen und mechanischen Kenntnisse bei den Arabern geholt haben; wurde Oberer des Klosters Bobbio in Italien, Erzbischof von Reims, Lehrer Ottos III., Erzbischof von Ravenna und endlich unter dem Namen Sylvester II. Papst.

Die Sage, daß Gerbert auf den arabisch-spanischen

Hochschulen studiert habe, wurde von dem engl. Geschichtsschreiber Wilhelm von Malmesbury[27] überliefert; derselbe berichtet auch allerlei Zaubergeschichten von ihm. Sevilla und Cordova, diese Hochsitze arabischer Wissenschaft, hat Gerbert nie gesehen (Vgl. Büdinger, S. 7 u. ff.), dagegen wird ihm allgemein die Einführung der sogenannten arabischen Ziffern zugeschrieben. Wenn aber auch gesagt wird,[28] er habe die Gewichtuhren und die Hemmung erfunden, so läßt sich dies nicht beweisen. Tiethmar, Bischof von Merseburg, sagt bloß (Mon. Germ. V, 835, 21): „Gerbert machte in Magdeburg eine Uhr, welche er richtig aufstellte mit einer Röhre und unter Zuhilfenahme eines gewissen Sternes, des Führers der Schiffer." Um mit dem letzteren zu beginnen, so ist der Stern, der Führer der Schiffer, offenbar der Nordstern; die Röhre diente dazu, auf diesen Stern zu visieren, war also eine Art Diopter. Wir können folglich hier an eine Sonnenuhr denken, deren Zeiger mit Hilfe des Polarsterns gerichtet wurde, oder auch an eine Art Sternglobus (wie ja Gerbert derartige Instrumente verfertigte), bei welchem die vorüberziehenden Sterne durch eine Röhre beobachtet wurden. Für eine Räderuhr aber spricht der vorliegende Text nicht. Es ist schwer zu sagen, wie die Verfasser der Hist. litt. de la France (t. VI, p. 68 und 609) diese Annahme aufrecht halten können.

Eine weitere Schwierigkeit bleibt auch noch zu lösen: angenommen, Gerbert habe die Räderuhr erfunden, wie kommt es, daß eine so wichtige und nützliche Sache für so lange Zeit vergessen wurde? Warum hat keiner der zahlreichen Schüler Gerberts dessen Erfindung weiter entwickelt, oder doch wenigstens erwähnt? Wie kommt es, daß noch 200 Jahre später Ludwig der Heilige eine Kerze als Zeitmesser benützte, um seine Lektüre während der Nacht zu regeln? Der Name „horologium" darf uns nicht schwankend machen, da er ja ganz allgemein für alle Uhren angewendet wurde.

Als gelehrten Uhrmacher finden wir noch Abt Wilhelm von Hirschau (Württemberg) erwähnt († 1091). Er verfertigte eine sehr künstliche Uhr, welche die Aequinoktien und Solstitien zeigte; die dürftige Nachricht, welche uns überliefert ist, erlaubt jedoch keinen Schluß auf die Konstruktion der Uhr. Allerdings findet sich in den Konstitutionen von Hirschau (l. II. c. 29) der Ausdruck: „nachdem die Uhr geschlagen" was aber noch nicht notwendig eine Gewichts- und Räderuhr voraussetzt.

Es läßt sich also gar nicht sagen, wer die Räderuhr erfunden habe, noch beweisen, daß sie vor dem 12. Jahrhundert aufkam. Diese Dunkelheit wird uns weniger befremden, wenn wir bedenken, wie schwer es oft wird, den Urheber einer nützlichen Maschine oder Erfindung zu nennen, selbst in unserer Zeit, wo doch die öffentlichen Blätter, Fachschriften und Patente große Sicherheit in dieser Hinsicht zu gewähren scheinen. Man denke nur an die so hartnäckigen Prioritätsstreitigkeiten, die alljährlich auf dem Gebiete der Naturwissenschaften auftauchen! —

Allgemein aber wird angenommen, und dies läßt sich auch mit ziemlicher Sicherheit beweisen, daß im 12. Jahrhundert die Räderuhren erfunden wurden. Von dieser Zeit an mehren sich nämlich die Nachrichten über Uhren, welche unmöglich durch Wasser getrieben sein konnten derart, daß man annehmen muß, die Erfindung unserer heutigen Zeitmesser falle ins 12. Jahrhundert.

III.
Anfänge und Entwicklung der Räder- und Gewichtuhren.

In den sogenannten „Gebräuchen" des Cisterzienserordens, die ungefähr um 1120 niedergeschrieben wurden, finden wir mehrfach Weckeruhren erwähnt. So heißt es z. B. c. 21, daß von der Messe des hohen Donnerstages an bis zum Karsamstag die Glocken bei keinem Gottesdienst geläutet werden dürften, und daß nicht einmal die Uhr (Schlaguhr) gehört werden solle. — Im 114. Kapitel wird dem Sakristan befohlen, daß er seine Uhr so richte, daß durch ihren Ton die Brüder im Winter vor der Matutin geweckt würden. In den Statuten des Prämonstratenserordens findet sich die Vorschrift: der Sakristan soll die Uhr richten und sie täglich vor der Messe schlagen lassen, damit er wach werde. Ebenso bestimmt das Chronicon Mellicense (Mölk, 12. Jahrhundert), c. 774: daß ein von den Obern zu bezeichnender Bruder, der eine Weckeruhr haben solle, die andern wecken und in jeder Zelle für Licht sorgen müsse; dieser Brauch hat sich bis heute in den Klöstern erhalten.

Die vollkommenste und berühmteste Uhr des 13. Jahrhunderts ist diejenige, welche Sultan Saladin 1232 dem Hohenstaufen Friedrich II. zum Geschenk übersandte. Trithemius sagt ausdrücklich, die Bewegung sei durch Räder und Gewichte vermittelt worden, und schätzt das Werk auf die für jene Zeit ungeheure Summe von 5000 Dukaten. Diese Uhr war eine astronomische, sie zeigte den Lauf der bekannten Planeten, sowie die Zeichen des Tierkreises, ebenso Tag und Stunde und zwar genau. Weil uns hier die

Räderuhr bereits in hoher Vollendung entgegentritt, glauben manche Schriftsteller, sie sei nicht eine europäische Erfindung, sondern stamme aus dem Orient.

Schon in diesem Jahrhundert treten die Zeitmesser in den Dienst der Gemeinden und geistlichen Genossenschaften. 1288 wurde unter Eduard I. von England in Westminsterhall eine Schlaguhr aufgestellt, deren Kosten aus Strafgeldern bestritten wurden. Ebenso verfertigte Richard Wallingford, ein englischer Benediktiner, Sohn eines Schmiedes und zuletzt Abt des Klosters St. Alban († ca. 1326), eine sehr künstliche Uhr, welche neben den gewöhnlichen Angaben (Planetenlauf u. s. w.) auch noch Ebbe und Flut anzeigte. Er hinterließ eine Beschreibung seines Werkes mit dem Titel „Albion" (Anspielung auf: „all-by-one" d. h. alles zeigt das Werk durch ein und dieselbe bewegende Kraft), welche sich noch jetzt auf der Bodleyanischen Bibliothek zu Oxford befinden soll.

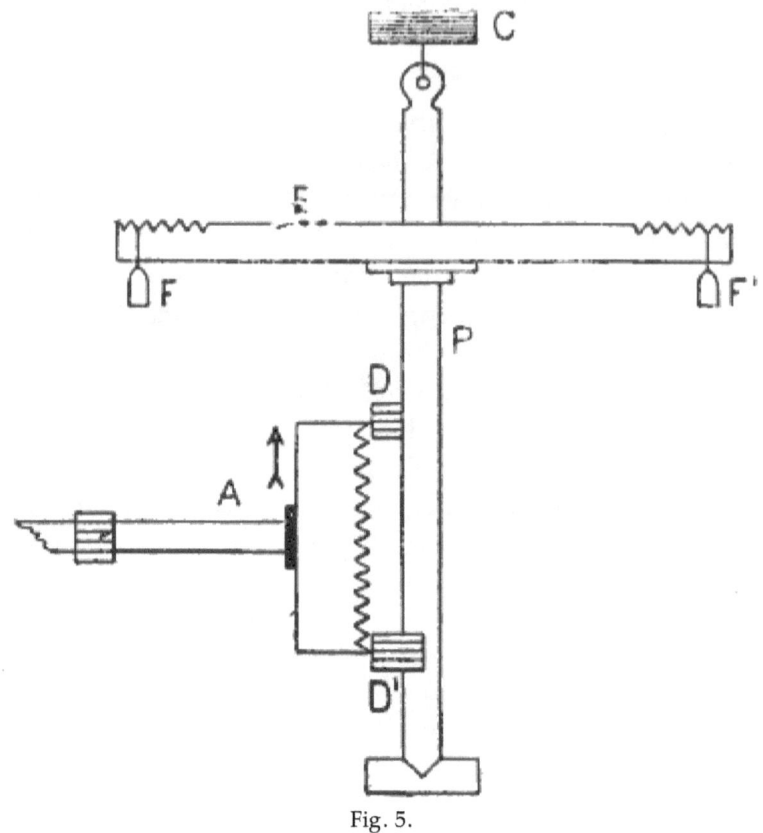

Fig. 5.

Bevor wir uns weiter mit der Entwicklung und Ausbreitung der Uhrmacherkunst beschäftigen, mag hier eine kurze Beschreibung des wichtigsten Bestandteiles jeder Räderuhr, der Hemmung folgen, speziell jener, welche bis zur Erfindung des Pendels ausschließlich zur Anwendung kam. (Siehe Fig. 5).

A ist das von der Triebkraft am weitesten entfernte letzte Rad, Steigrad genannt, wie es noch in den Spindeluhren verwendet wurde. B eine runde Stahlwelle oder Spindel, ist an einer Schnur aufgehängt, und das Ganze am Kolben C, einem Holz- oder Metallstück, befestigt. D und D' sind flache Stahlplättchen, die Spindellappen, welche an der Welle unter einem Winkel von etwa 100° befestigt sind. E ist die Unruhe, eine Stange aus Holz oder Eisen, auch Wage oder Balancier genannt. An ihr sind kleine Gewichte F und F' zu beiden Seiten der Welle angebracht.

Der Mechanismus ist nun folgender: das Gewicht treibt unmittelbar das erste Rad (Walzenrad) und mittelbar alle übrigen, zuletzt das Steigrad an. Als Bewegungsrichtung gelte die des Pfeiles, so daß also die oberen Zähne sich vom Beschauer weg, die unteren ihm zuwenden. Dem obersten Zahn stellt sich auf seinem Weg der Lappen D entgegen und wird weggedrängt, bis das Rad vorbei kann; er kommt aber nur so weit, als die halbe Entfernung zweier Zähne beträgt, weil dann der untere Lappen D' sich einem unteren Zahn entgegenstemmt und nun ebenso weggeschoben wird, wie kurz zuvor der obere. So wiederholt sich das Spiel beständig. An der Bewegung, welche die Spindel hiebei macht, nimmt natürlich auch der Wagebalken, die Unruhe teil. Sie dreht sich also, wenn ein oberer Zahn an den Lappen stößt, in der einen, und wenn ein unterer gehemmt wird, in der entgegengesetzten Richtung. So wirkt jeder Stoß eines Zahnes als Antrieb auf die Unruhe und zwar so lange, bis das Gewicht abgelaufen ist. Dies würde sehr rasch geschehen, wenn nur 2 oder 3 Räder verwendet würden; durch Zwischenglieder (Uebersetzungen) kann man das Fallen des Gewichtes, also auch den Gang der Uhr leicht bis zu einer gewissen Grenze verlängern. — Es liegt auf der Hand, daß die Unruhe um so langsamer schwingen wird, je weiter ihr Schwerpunkt nach außen liegt, oder kurz gesagt, je größer ihr Trägheitsmoment ist. Die Größe dieses Trägheitsmomentes kann aber beliebig verändert werden durch Verschiebung der Gewichte F und F'; dadurch wird auch die Uhr selbst reguliert. Geht sie z. B. vor, so werden die Gewichte nach außen, geht sie aber nach, gegen die

Spindel zu verschoben. (Auf ähnliche Weise wirkt bei
unsern Taschenuhren der sogenannte Korrektionsrechen,
durch Verkürzung, bezw. Verlängerung des schwingenden
Teiles der Unruhefeder).

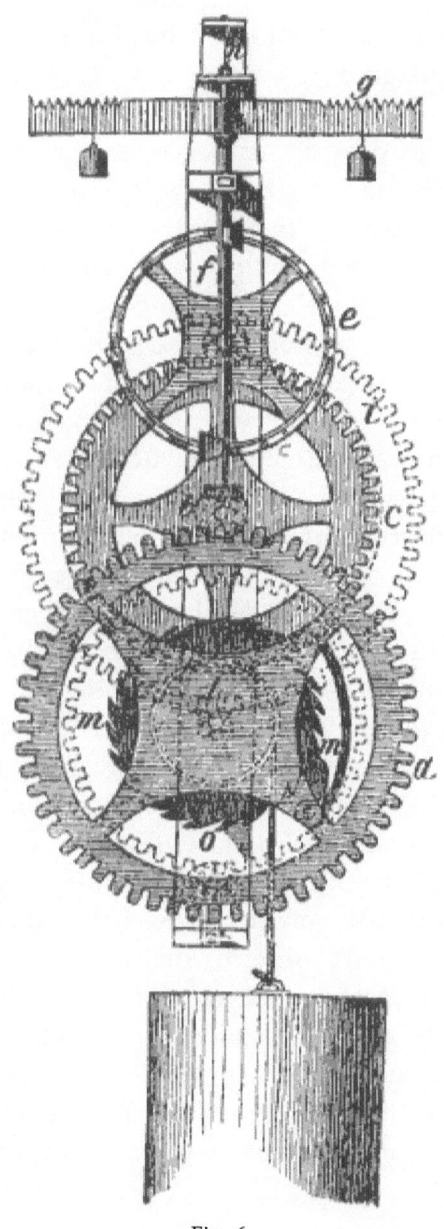

Fig. 6.

Mit der Erfindung der Hemmung war außerordentlich

viel gewonnen; das Gewicht konnte nur fallen, so oft ein Zahn am Lappen der Spindel vorbeiging und nur so lange, bis der entgegengesetzte Lappen den nächsten Zahn ergriff. Der nächste Zahn derselben Seite traf aber erst auf die Hemmung, nachdem der entgegengesetzte die Unruhe auf die andere Seite gedreht hatte. So machte die Wage noch einmal soviel Schwingungen, als das Kronrad (Steigrad) Zähne besaß. Um den Gang der Unruhe gleichmäßiger zu machen, ist die Spindel durch eine Schnur am Kolben C aufgehängt. Wenn nämlich die Unruhe sich nach einer Richtung dreht, wird die Schnur immer stärker gespannt, sie strebt also wieder und zwar mit stets vermehrter Kraft in ihren ursprünglichen Zustand zurückzukehren und hemmt so den Wagebalken. Wir haben also hier schon die Spiralfeder unserer Taschenuhren in ihrem ersten Anfang. — Es wird sich später noch Gelegenheit bieten, über die Mängel der alten Räderuhren zu sprechen; die Wagehemmung aber wurde bis zur Pendeluhr, und an den Schwarzwälderuhren bis zu Ende des 18. Jahrhunderts vielfach beibehalten. In Kabinetten und Sammlungen findet man noch viele derartige Uhren. Um eine genaue Vorstellung einer Waguhr zu ermöglichen, fügen wir hier zwei Ansichten einer solchen bei (Figur 6 und 7). Von der Größe alter Uhren kann man sich einen Begriff machen, wenn man hört, daß an der Uhr, welche Heinrich von Vick für Karl V. von Frankreich machte, das Gewicht des Schlagwerkes 5 Zentner betrug und in 24 Stunden 32 Fuß herabstieg; es gab aber auch Gewichte bis zu zwölf Zentnern. Auf manchen Türmen befinden sich noch solche Ungetüme von Uhren, ganz aus Schmiedeisen verfertigt, mit Rädern von 2–3 Fuß Durchmesser und Pendel von 20 bis 30 Fuß Länge.[29]

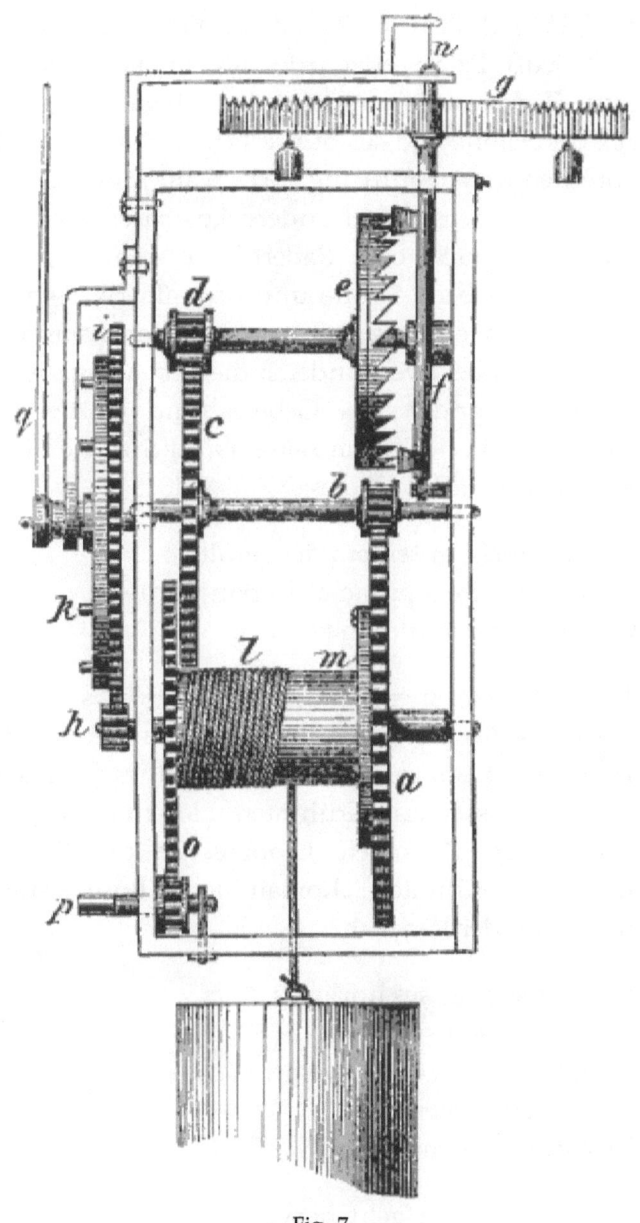

Fig. 7.

Nun zur Verbreitung der Uhren! Im Verlauf des 14. und

15. Jahrhunderts eroberten sie sich die ganze zivilisierte Welt, und in verhältnismäßig kurzer Frist war nicht bloß jede Stadt, jeder Palast oder jedes Kloster im Besitze eines derartigen Zeitmessers, sondern diese bildeten auch den Schmuck des Salons wie des bürgerlichen Hauses, natürlich in entsprechender Ausführung. Schon im jüngeren Titurel (ca. 1270 verfaßt) wird unter andern kostbaren Zieraten des hl. Graltempels auch eine Räderuhr erwähnt („orolei"), welche die goldfarbene Sonne und den silberweißen Mond in Bewegung setzte, ohne daß man von den Rädern etwas sah; goldene Cymbeln verkündeten die sieben Tagzeiten und die sonstigen Stunden des Gebetes und Gottesdienstes. Dante (1265–1321) erwähnt in seiner Göttlichen Komödie die Uhr mehrfach, so z. B. Paradies, XXIV. V. 13:

> E come cerchi in tempra di oriuoli
> Si giran si, che il primo a chi pon mente
> Quieto pare e lo ultimo che voli, ...

(„Und wie gemeßnen Ganges des Uhrwerks Räder sich drehen, so daß das erste dem Betrachter zu stehen scheint, und das letzte scheint zu fliehen." Philalethes[30]). Auch ein anderer Zeitgenosse des berühmten Florentiners, Jean de Meun, mit dem Zunamen Clopinel († ca. 1320), der Fortsetzer des berühmten „Roman de la Rose," singt (V. 21288 u. ff.) von der Räderuhr:

> Et refait sonner ses horloges
> Par ses salles et ses loges
> A roës (roues) trop sotivement (très-
>   adroitement)
> De pardurable movement.

Aus diesen Stellen geht hervor, daß schon im 13. oder zu Anfang des 14. Jahrhunderts die neuen Zeitmesser weit verbreitet waren. Vom alten Kulturland Italien wissen wir dies auch aus andern Quellen ganz bestimmt. So berichtet Fiamma, der Chronist des Klosters St. Eustorgius in Mailand, daß 1306 der Glockenturm einen neuen Stern erhalten habe und die eiserne Uhr vergrößert (?) worden sei (horologium ferreum multiplicatur). Dies ist, so viel bekannt, die älteste Uhr Italiens; es mag jedoch schon früher derartige Werke gegeben haben, denn Fiamma spricht von der erwähnten Uhr als etwas ganz Gewöhnlichem. Derselbe Schriftsteller sagt auch, daß unter der Regierung von Azo Visconti (1328–1339) auf dem Turm der St. Gotthardkirche eine bewunderungswürdige Schlaguhr erstellt worden sei; „es befindet sich an derselben ein sehr dicker Klöppel, welcher 24 mal auf eine Glocke schlägt, gemäß den 24 Stunden des Tages und der Nacht; derart nämlich, daß sie in der ersten Nachtstunde einen Schlag gibt, in der zweiten zwei u. s. w. und so Stunde von Stunde unterscheidet, was höchst notwendig ist für jeglichen Beruf."

Die berühmtesten Uhrmacher Italiens sind zwei Mediziner von Padua, Jakob und sein Sohn Johannes, aus der alten Familie de Dondis. Nach der Chronik dieser Stadt wurde auf Befehl Ubertinos von Carrara, dem Padua gehörte, im Jahre 1344 auf dem Stadthaus eine Uhr erstellt, die 24 Stunden zeigte. Sie war das Werk Jakob de Dondis, der zu jener Zeit lebte, wie aus seiner Grabschrift hervorgeht; sein Todesjahr fällt um 1350.

Johannes, der Sohn des vorigen, 1318–89, war als geschickter Uhrmacher noch viel berühmter. Er verfertigte eine Räderuhr, welche den Planetenlauf anzeigte und als eine Art Weltwunder angestaunt wurde. Von allen Seiten strömten Künstler und Astronomen herbei, das Werk zu schauen. Ein Freund und Zeitgenosse Johannes de Dondis, Philipp de Mazières hat uns in seinem Werke „Songe du vieil Pélerin" eine Beschreibung davon hinterlassen.[31] Nach derselben hätte das Werk aus sehr vielen (200) Rädern bestanden; alles aus Messing oder Kupfer von Johannes selbst gearbeitet während eines Zeitraumes von 16 Jahren. Michael Savonarola, der Großvater des berühmten Fra Girolamo, berichtet, daß das Werk nach dem Tode des Urhebers stille gestanden, daß aber niemand sich getraute, eine Reparatur vorzunehmen, bis endlich ein französischer Astronom es mit vieler Mühe wieder in Gang gebracht habe. Von dieser in ganz Italien und weit über dessen Grenzen hinaus berühmten Uhr erhielt die Familie de Dondis den Beinamen „ab Horologio" (degli orologi).

Johannes de Dondis war außer durch seine mechanische Geschicklichkeit noch berühmt als gelehrter Arzt und Astronom. Er genoß die Freundschaft Petrarcas (1307–74), welcher, obgleich erbitterter Feind aller Aerzte, Johannes hoch schätzte und mehrere Briefe an denselben richtete. In einem derselben sagt er, die Medizin sei für ihn (Johannes) doch nur ein Anhängsel, so daß er noch größer geworden, ja bis zu den Sternen gestiegen wäre, hätte nicht die unglückselige Arzneikunst ihn gehemmt. Petrarca bedachte seinen Freund im Testament mit 50 Dukaten, damit er sich einen Ring kaufe und ihn zum Andenken tragen möge.

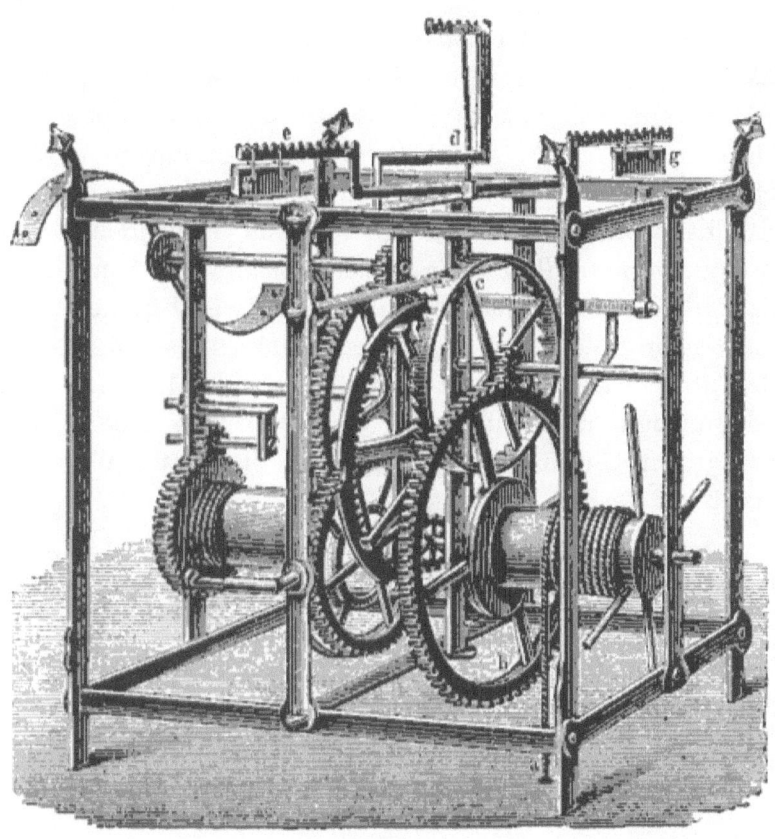

Fig. 8.

Zu den ältesten beglaubigten Uhren, die noch vorhanden sind, zählt jene von Dover-Castle aus dem Jahre 1348. Gerland bringt in Westermanns Monatsheften 1884 eine Abbildung davon (Fig. 8). Er sagt, daß dieses Werk fünf Jahrhunderte lang, von 1348–1872 die Stunden schlug. Nach dem gleichen Schriftsteller würde diese Uhr aus der Schweiz stammen, was aber von anderer Seite bestritten wird.

1353 ließ der Erzbischof von Mailand, Johann Visconti, eine Uhr in Genua errichten; sie wird als „ein schönes und genaues Werk" (pulcra et subtilis fabrica) gerühmt, das jede

Stunde des Tages und der Nacht schlug.[32] Drei Jahre später folgte Bologna dem Beispiele der Genuesen (Murat. l. c. t. XVIII, p. 444). „Am achten April wurde die große Glocke, welche auf dem Palaste des Messer Giovanni Pepoli, des Herrn dieser Stadt, sich befand, herabgenommen, in den Hof des Stadthauptmanns geführt und auf dem Turm daselbst aufgehängt; es war das die erste Gemeindeuhr von Bologna, sie schlug zum erstenmal am 19. Mai." Alle Bolognesen über 20 Jahren mußten an diese Uhr eine Steuer von einem Soldo und 6 Denaren bezahlen. — Die Herren der italienischen Städte wetteiferten im 13. und 14. Jahrhundert überhaupt mit einander, ihre Paläste mit prächtigen Uhren zu zieren, so daß diese bald allgemein verbreitet waren.

Zu den ersten öffentlichen Uhren Frankreichs zählt Dubois diejenige von Caen, welche 1314 auf einer Brücke daselbst aufgestellt wurde mit der Inschrift:[33]

> Puisque la ville me loge
> Sur ce pont pour servir d'orloge,
> Je feray les heures ouir
> Pour le kommun peuple réjouir.
> M'a faite Beaumont 1314.

(Da die Stadt mich auf diese Brücke stellt, als Uhr zu dienen, so will ich zur Freude des Volkes die Stunden hören lassen. Mich hat Beaumont gemacht 1314). Dieser Angabe widerspricht jedoch entschieden der Uhrmacher und Forscher Hainaut von Rouen. Nach ihm wurde eine Glocke „Uhr" genannt, weil sie dazu diente, gewisse Tageszeiten durch ihr Geläute dem Volke kund zu geben. Zudem war die Normandie, als Karl V. durch den gleich zu erwähnenden Heinrich von Vic 1370 für Paris eine Uhr anfertigen ließ, schon lange mit der Krone vereinigt. Sicher hätte man nun doch einen fähigen Inländer dem Fremden vorgezogen. Aus all dem geht hervor, daß eine eigentliche Uhr 1314 in Caen nicht existierte, daß aber auf einer Glocke Zeichen gegeben, resp. durch einen Wächter die Stunden geschlagen wurden, entweder nach dem Stande der Sonne, oder nach den Angaben einer Wasser- oder Sonnenuhr (Ausführliches über diesen Punkt siehe bei Saunier-Speckhart: Geschichte der Zeitmeßkunst. Bautzen. S. 207 u. ff.).

Dijon besaß eine sehr berühmte Uhr, welche Herzog Philipp der Kühne von Burgund von Courtray, dem ursprünglichen Standorte, 1382 auf Wagen verladen und samt der Glocke nach Dijon bringen ließ. Diese Uhr schlug alle 24 Stunden des Tages.[34] Hier finden sich auch zuerst zwei Automaten, sogenannte „Jacquemarts", ein Mann und eine Frau; später kam noch die Figur eines Kindes hinzu. Einige Autoren leiten das Wort Jacquemart ab von dem barbarischen lateinischen Ausdruck „jaccomarchiadus," was Panzerhemd heißen soll; wahrscheinlicher ist jedoch die Ableitung vom Namen des ersten Erstellers Jaques Marck, eines Uhrmachers, der im 14. Jahrhundert lebte und diese Zugabe erfunden haben soll. (Jacquemart war auch ein Spottname der Nachtwächter.)

Fig. 9.

Geschickte Künstler waren aber in diesen Zeiten eine

Seltenheit. Karl V. von Frankreich ließ 1370 in Paris eine Uhr herstellen durch einen Deutschen, Heinrich von Vic oder Wick. Dieser erhielt als bescheidenen täglichen Lohn 6 Pariser Sous, nebst freier Wohnung im Turm, wo die Uhr aufgestellt werden sollte. Derselbe König ließ auf seinem Schloß Montargis (Loiret) durch Jean Jouvence 1380 eine Uhr errichten; 1372 erhielt Sens eine solche; Karl V. bezahlte die Hälfte der „lanterne." Auxerre folgte ungefähr um dieselbe Zeit; 1391 finden wir in Metz die neue Erfindung erwähnt. Die berühmteste Uhr Frankreichs wurde erst etwa 200 Jahre später erstellt in Lyon, durch den Basler Künstler Nikolaus Lipp. Sie galt als würdige Nebenbuhlerin des Straßburger Werkes.

Unsere Abbildung (Fig. 9) gibt eine Ansicht der berühmten Uhr, die in der ehrwürdigen Kathedrale in St. Jean aufgestellt ist. 1578 von Lipp verfertigt, wurde sie im Jahre 1660 von Wilhelm Nourisson repariert und beträchtlich vervollkommnet; 1780 wurde eine neue Reparatur nötig, welche Charny besorgte, zuletzt besserte M. Maurier das alte Werk aus. Wie die meisten derartigen Kunstuhren zeigt auch das Werk des Basler Künstlers den Lauf der Gestirne sowie einen ewigen Kalender. Stunden und Minuten, Tag, Monat und Jahr, die Mondphasen etc. werden angegeben, die Wochentage sind bezeichnet durch Figuren, die um Mitternacht wechselnd, in einer Nische erscheinen. Die Bewohner Lyons sind ebenso stolz auf ihre Uhr, als die Straßburger auf das berühmte Werk des Dasypodius.

Leider gingen viele derartige Kunstdenkmäler im Sturme der Revolution unter, selbst in unserer Zeit zerstört hie und da ein unbegreiflicher Vandalismus den einen oder andern Ueberrest frühen Kunstfleißes der Vorfahren. So hatte, um nur ein Beispiel zu nennen, die berühmte Uhr von Bourges von 1423 bis 1872 allen Gefahren getrotzt, um dann auf Befehl eines aufgeklärten Magistrates ohne Grund zerschlagen und zum alten Eisen geworfen zu werden! Einzig das Zifferblatt blieb und dient jetzt einer modernen Fabrikuhr. Verfertiger des Werkes war Jean Furoris, Canonicus von Paris und Reims; der Preis stellte sich auf 60 Goldgulden, die durch allgemeine Beisteuer aufgebracht wurden. Das Ganze bestand aus 26 Rädern und Scheiben.

Wenn schon 1370 ein Deutscher Karl V. eine Uhr erstellte, und 200 Jahre später ein Basler Lyon durch sein Kunstwerk berühmt machte, wenn 1368 Eduard III. von England drei Uhrmachern, die er aus Delft berufen hatte, seinen Schutz angedeihen ließ, so läßt dies alles schließen, daß auch in deutschen Landen die Uhrmacherkunst schon sehr frühe Wurzel gefaßt und sich rasch zu hoher Blüte entwickelt habe. In der Tat beweisen vielfache Nachrichten, daß in Deutschland die Uhren im 14. Jahrhundert bekannt waren. So erhielt, um einige Namen anzuführen, 1368 Breslau sein erstes Schlagwerk durch Meister Schwelbelin; Frankfurt a. M. 1383 durch Johann Orglocker aus Hagenau; 1359 ist die Frankenberger Pfarrkirche im Besitze einer Uhr; 1396 der Dom zu Magdeburg; 1395 Speier; 1398 Augsburg; Mainz 1369; Kolmar 1370; Köln ca. 1385; Metz 1391 u. s. w.

Das Germanische Museum in Nürnberg besitzt eine der ältesten Räderuhren, die noch erhalten sind (Fig. 10). Sie stammt aus dem Jahre 1392 und gab auf dem südlichen Sebaldusturme stehend, dem Wächter die verflossenen Stunden an, damit er sie durch Schläge auf die große Glocke der Stadt verkünde. Es ist das Verdienst des bekannten Geschichtsforschers auf dem Gebiete der Uhren, Hofuhrmacher G. Speckhart in Nürnberg, dieses Stück gerettet zu haben. Wir geben im Folgenden die Beschreibung kurz nach den Ausführungen des genannten Forschers (Saunier, a. a. O. 235 u. ff.). Die Uhr ist ganz aus Eisen gebaut, ihre Höhe mißt 40 cm. Das Zifferblatt hat einen Durchmesser von 28 cm. Es war am Umfang mit 16 Nieten versehen, die oberste, da wo jetzt die Ziffer 12 angebracht wird, war mit einem Stachel versehen. Speckhart entfernte den Anstrich von 2 Zifferblättern, bis er das ursprüngliche aufdeckte. Die Uhr zeigte 16 Stunden, ging also nach der sogenannten „großen (Nürnberger) Uhr," welche den Tag von Sonnenuntergang bis Sonnenaufgang maß. Die Nieten dienten dem Wächter in der Dunkelheit, um die Zeit abzulesen, der Stachel war der Anfangspunkt der Zählung. Ein Schlagwerk ist nicht vorhanden, wohl aber ein Wecker, der alle Stunden abläuft. Man mußte sich also bis zur Erfindung der selbstständigen Schlaguhren auf diese Weise behelfen und kam auch ganz gut zustande damit.

Fig. 10.

In der zweiten Hälfte des 14. Jahrhunderts treffen wir auch in der Schweiz in den meisten größeren Städten Räderuhren.

So in Basel 1381. Vergl. Fechter: Basler Taschenb. 1852. Dort wird auf ein Urteil hingewiesen, das gegen einige wegen nächtlicher Ruhestörung gesprochen wurde, weil sie nachts „da die Glogge zwey geslagen hatte den Lüten uf Colahüsern und zu Crüze ir thüren ufbrachent." Ebenso findet sich in den Rechnungen der Münsterfabrik folgender Posten: pro materia dicta „möschin trat" ad horologium. Nach Boos (Geschichte der Stadt Basel, 1877, I. S. 239) erhielt auch der Martinsturm gegen Ende des 14. Jahrhunderts eine Uhr, die 1475 verbessert und auf den Georgsturm verbracht wurde. 1407 wird ein „Orlei" auf dem Rathaus erwähnt.

Eine Eigentümlichkeit der Basler Uhren, daß sie nämlich eine Stunde vorausgingen, hat Simrock in dem launigen Gedichte: „Die Basler Uhr" behandelt, von welchem wir hier einige Strophen anführen wollen:

Wenn wir die Basler necken,
So ist's um ihre Uhr,
Sie sei in ein jedem Stücke
Wohl hundert Jahr zurücke
Und vor ein Stündchen nur.

Simrock berichtet, wie 1271 die Stadt einst um 12 Uhr nachts überfallen werden sollte, was der Glöckner noch kurz vor Mitternacht erfuhr; rasche Tat war jetzt nötig:

So schlug es gar nicht Zwölfe
und auch nicht wieder Elfe,
Es schlug gleich Eins vom Turm.

Damit war der Ueberfall vereitelt.

Die (Uhr) ließ man zum Gedächtnis
Nun gehen immer so,
und noch in unsern Tagen
Die Basler Glocken schlagen
Eins mehr als anderswo.
Doch auf dem Turm der Brücke
Da guckt ein Kopf hervor,

Der 60 Mal die Stunde
Die Zunge reckt im Munde
Den Feinden vor dem Tor.
und neckt ihr nun die Basler,
Verdirbt man euch den Spaß;
Sagt ihr, sie sei'n zurücke,
Führt man Euch auf die Brücke
Und sagt: „Wie g'fallt euch das?"

Ueber den Grund dieser Abnormität sind die Geschichtsschreiber der Stadt nicht einig. Groß (Kurtze Basler Chronik, 1624) sagt, es sei um 1433 diese Aenderung eingeführt worden, „zur Beförderung des Konziliums, daß, da es sonst 12 Uhr schlagen sollte, die Uhr eins geschlagen … J. Stumpfius haltet dafür, diese Aenderung werde gehalten zu einem ewigen Gedenkzeichen eines mordtlichen Ueberfalls wider die Stadt" (S. 76). Daniel Bernoulli hielt die ungenaue Orientierung des Münsters und die hieraus erfolgte unrichtige Konstruktion der Sonnenuhr, nach welcher die Stadtuhr gerichtet wurde, für die Ursache. Streuber (die Stadt Basel) (S. 377 ff.) schreibt hierüber: „Eine Eigentümlichkeit Basels, die bis zum Jahre 1798 bestanden, war, daß die Uhren eine Stunde früher zeigten, als anderswo. Vergebens suchte der Rat im November 1778 die Sonderbarkeit abzuschaffen, schon im Januar 1779 mußte der alte Stundenschlag wieder eingeführt werden. Den Grund dieser sonderbaren Abweichung der Basler Stadtuhren von allen übrigen kennt man nicht. Daß man bei einer Verräterei 1271 den Zeiger vorgerückt, ist ebenso unbegründet, als daß die besondere Stundenrechnung daher rühre, daß die erste Sonnenuhr unrichtig auf die östliche Lage des Chores gegründet worden sei. Die älteste Schlaguhr Basels ist erweislich aus dem Jahre 1380. Da diese Uhren aber von untergeordneten Personen, Schlossern u. s. w. gerichtet wurden, so schiebt man wohl am besten diese Unrichtigkeit auf Rechnung der Unkenntnis dieser Leute; einmal eingewurzelt, konnte sie nicht mehr ausgerottet werden."

Soweit Streuber. Hiezu bemerkt Speckhart (a. a. O. S. 222): „die oben ausgesprochenen Ansichten und Nachrichten über die sonderbare Schlagweise der alten Baseleruhr sind nicht stichhaltig. Die uns so eigentümlich berührende Schlaganordnung, nach welcher die alte Basler Uhr e i n s schlug, wenn alle Uhren der unter dem gleichen Längengrad liegenden Orte der Welt z w ö l f schlugen, scheint eine wohl erwogene und richtig begründete Bewandtnis zu haben.

Stellen wir uns vor, daß, wenn es bei uns 12 Uhr schlägt, der höchste Stand der Sonne, der Mittag eingetreten ist. Die Mittagsstunde, d. h. die 12. Stunde ist somit bei uns b e e n d i g t. Anders war das an der alten Basler Uhr: sie schlug 12 Uhr, wenn die 12. Stunde, die Mittagsstunde, ihren A n f a n g nimmt, also in dem Augenblick, wenn es bei uns 11 Uhr schlägt. Der Mittag, der höchste Stand der Sonne, fällt demnach bei der Basler Uhr nach Verlauf der 12. Stunde mit dem Glockenschlag e i n s zusammen. Beide Zählarten der Stunden sind richtig, denn die sich ergebende Differenz von einer Stunde liegt in Wirklichkeit gar nicht vor."

Als weitern Grund erwähnt Speckhart noch, daß die Stundenmeldung erst nach abgelaufener Zeit, eigentlich nur für den ersten Schlag gelte, die übrigen Schläge aber sozusagen zu spät kommen. Deshalb wäre es nach ihm richtiger gewesen, den abgelaufenen Mittag nur durch e i n e n Schlag zu bezeichnen, also da e i n s schlagen zu lassen, wo die gewöhnliche Uhr 12 schlägt. Diese Auffassung ist ja mathematisch unstreitig richtiger, es scheint uns nur fraglich, ob man früher, wo der Wert der Zeit lange nicht wie heute gewürdigt ward, so spitzfindig zu

Werke ging. Immerhin ist das eine Erklärung, die vieles für sich hat. Ein weiterer Umstand fällt nach unserem Ermessen noch schwer in die Wagschale zugunsten dieser Ansicht: eine von Stradanus gezeichnete Uhrwerkstätte aus dem 16. Jahrhundert zeigt eine Uhr mit der eigentümlichen Einteilung des Zifferblattes, daß da eins steht, wo unsere Uhren 12 zeigen. Auch eine Art „Lällenkönig" ist über der Mitte des Zifferblattes angebracht. Unsere Abbildung (Fig. 11) gibt diesen interessanten Stich wieder.

Der Kopf, den Simrock erwähnt, ist der berühmte „Lällenkönig," ebenfalls von einer Uhr getrieben. Er befand sich über dem Zifferblatt der Uhr des nun abgetragenen Rheintores von Großbasel, auf der Seite gegen Kleinbasel. Von Zeit zu Zeit streckte derselbe seine Zunge heraus und zog sie wieder ein. Diese Figur war zum Wahrzeichen Basels geworden und befand sich bis 1839 auf der Brücke: jetzt ist sie im mittelalterlichen Museum, wo sie zeitweilig ihre Tätigkeit wieder aufnimmt, aber nicht bloß zur Freude der Handwerksburschen und Kinder wie ehedem, sondern auch aller derjenigen, welche es bedauern, daß dem oft urwüchsigen, im ganzen aber harmlosen Humor der Alten keine Stätte mehr gegönnt wird im unruhigen Hasten unserer Tage.

Fig. 11.

Man erzählt auch, die Kleinbasler hätten sich durch eine noch derbere Karrikatur gegen Großbasel hin gerächt.

Für Luzern fertigte der Basler Heinrich Halder im Jahre 1385 eine Uhr an, welche zuerst „uf dem graggen turne" aufgestellt war und sich jetzt auf dem „Zytturm" befindet. (Vergl. auch v. Liebenau, das alte Luzern, an verschied. Orten). Der Meister hinterließ eine interessante Anleitung zur Regulierung und Behandlung dieser Uhr, aus welcher hier einige Sätze folgen mögen (Geschichtsfreund I, S. 87). „Als du das Vrleiy (Uhr) wit richten, und das nider gewe (Gewicht) uf ziehen, oder ab lan, so tuo das Frowen gemuete (die Wagunruhe) von dem Rade oder us dem Rade do es Inne gat, und behab das Kamprat sicher in der hant, oder das gewege verlieffe sich als balde, dass das werg vil liechte breche.... Und so das Frowen gemuete ze balde (schnell) gat, des dich dunkt, so henke di bli kloetzli vaste hin us an das redelin, und so es ze trege gat, so henke sie hin In an das redelin, hie mitte macht du es hindern und fürdern wie du wit, sunderlich darf es ze nacht fürderndes, wand das werg den merteil ze nacht treger got denne tages"

69

.... Im Jahre 1408 erhielt auch der Rathausturm eine Uhr. —
In Zürich schloß der Rat 1366 mit dem Werkmeister Konrad
von Klothen einen Vertrag über den Bau und Unterhalt
einer Uhr auf St. Peter. (Vergl. Salom. Vögelin, Das alte
Zürich; neue Auflage; 1879–90.)

Bern hatte in seinem Zytglockenturm, ungefähr aus der
nämlichen Zeit, eine Merkwürdigkeit ersten Ranges.

Fig. 12.

Diese Stadt hatte anfangs des 16. Jahrhunderts drei

71

Zeitglocken; eine auf Nydeck, eine im obern Spital und diejenige, welche uns hier beschäftigt. Aber auch diese Uhr war keineswegs die erste, denn schon eine Rechnung aus dem Jahre 1499 bemerkt, daß dem „Zitgloggenrichter" 4 pfd. verrechnet wurden. Ebenso 1519: „dem Zitgloggenmacher uff sin arbeit des w ä r c h s der Zitgloggen, mit sampt dem trinkgeld den Knechten 109 ℔ 10 ß." „Zitgloggenrichter" hieß der Angestellte, der die Uhr im Stand zu halten hatte. 1526 wurde Kaspar Bruner für dieses Amt gewählt. Er legte dem Rate bald ein Projekt für eine ganz neue Uhr vor, welches auch genehmigt wurde. „Ist mit Brunner dem slosser überkommen, daß er die reder zu der Zitgloggen machen soll, wie er die mustrung anzöngt, umb 1000 gulden (ca. 30000 Fr.) und ime alle fronvasten darzu 10 pfund geben und soll die zitgloggen richten wie vor und darzu acht haben, alls lang m. h. das gevellig." Höchst wahrscheinlich wurde alles, auch das Spielwerk von der Hand desselben geschickten Meisters gefertigt. Vollendet wurde das Werk schon 1530 (nicht erst 1534), wie eine am eisernen Gehäuse des Räderwerkes angebrachte Tafel zeigt: „Kaspar 1530 Bruner." Nur der geharnischte Stundenschläger scheint älter zu sein; er hieß „Hans v. Thann."[35]

Fig. 13.

Die älteste Beschreibung des berühmten Werkes stammt aus dem Jahre 1534. Der Ulmer Fischer bereiste als Handwerksbursche die Schweiz und zeichnete überall die Merkwürdigkeiten auf, die er gesehen. Die Zeitglockenuhr hat er sogar abgezeichnet; merkwürdigerweise zählt er die Ziffern von rechts nach links! Wir lassen diese Beschreibung in ihrem treuherzigen Wortlaute folgen:[36] ... „Jetzt will ich schreyben, wie fisierlich es vff ainander gadt vnd folgt also: wan es will anfahen schlahen, so sytzt ain guldiner han enbor vff dem dechle, der thutt die fligel auff vnd zu, sam (als ob) er flieg, vnd hangen an den fliglen vil schella. Wan nun der han hat auffheren schella, so stand darneben zwen thurnblaser, die fahen an zu blausen so artlich zusamen, als

73

ob sy leben. Wan sy nun ain weyl geblasen haund, so heren sie auff blasen vnd halten ain weyl still vnd sehen sich vm, darnach so thond sy die Kepf wider zum busaunen vnd blasen die backen auff vnd thrumeten zusamen wie forhin. Wan sy nun haben außgeblasen, so sitz ain narr oben uff dem dechle, der schlecht all fiertel stund, das erst fiertayl ain straych, das ander fiertayl zweu straych, das dryt fiertayl drey straych, vnd wan die drumeter außgeblosen haund fier straych. Wan nun der narr die fier straych hat außgschlagen, so ist ain großer geharnaster man zu aller oberst im thurn bey der stund, vnd so oft er ain straych thut, so sytzt ain alts mendle daniden vnder dem hamer vnd thurnblaser, das thut den mund auff vnd zu vnd zelt alle straych, die er thut. Vnd wan der geharnest man hat außgeschlagen, so hat das alt mendle ain stund (Sanduhr) in der hand, die kert es vm, vnd gadt also wesentlich uff ainander als ob es als lebendig sey. Vnd ist das, da dan der han vnd die drumeter, der narr vnd das alt mendle ist, das ist ain ercker, der fein firn thurn herausgadt wie ain ercker an aim hauß vnd fein inainander verfaßt, wie ich dan alle ding fleyßig vnd ordenlich fir augen gemalet vnd gstelt hab, sampt der stund und reder darin, auch die zwelff zaichen, die bloneten, die ob der stund staund, als Jupiter, Mars vnd Fenus ist nur sunst darzu gmalet, vnd auch die beeren vnd die zwen geyger ist als nur am thurn gmalet, aber die reder vnd die zwelff zaychen vnd Sun vnd Mon, das sellig gadt vm nach yrem lauff. Im 1534 jar haun ich zu Bern ain gantz jar gearbayt, da haun ich diesen thurn abgemalet."

Fig. 14.

Wie diese Beschreibung und die von Fischer gemachte

Zeichnung beweisen, ist die berühmte Uhr bis heute wesentlich die gleiche geblieben; nur der Erker (Fig. 14) ist ein anderer geworden, er baut sich jetzt aus zwei über einander gestellten Nischen auf; der Hahn steht zur Linken des alten Mannes, gegenüber einem Löwen. An Stelle der beiden Trompeter sind laufende Bären angebracht, welche stündlich unter dem Sitze des alten Mannes (Sonnenkönig) ihren Umzug halten. Gruner berichtet in „Merkwürdigkeiten der Hochlöbl. Stadt Bern" Zürich 1732, daß die Uhr lange Zeit still gestanden, ohne daß ein Meister sich gefunden hätte, der sie wieder herstellte. 1712 aber brachte ein Bauer aus Langnau im Amt Trachselwald sie wieder in Gang.

Das Aeußere des Turmes wurde leider 1770 „renoviert," wobei die alten Malereien verschwanden. Die Inschrift, welche damals angebracht wurde, lautet:

Bertholdus V Dux Zähringiæ, Rector Burgund. Urbis conditor Turrim et portam fecit MCXCI et renovata MDCCLXX (Berthold V. Herzog von Zähringen, Regent von Burgund, der Gründer dieser Stadt, hat diesen Turm und das Tor erbaut im Jahre 1191; die Renovation geschah 1770).

Solothurn, diese uralte Schweizerstadt, von der Glarean behauptet, daß sich diesseits der Alpen nur Trier an Alter mit ihr messen könne, besitzt auch eine merkwürdige alte Uhr. Sie befindet sich auf dem aus dem 12. Jahrh. stammenden Turm auf dem Marktplatz. Zum erstenmal wird dieses Gebäude 1408 in einem Protokoll als Uhrturm erwähnt. Im Jahre 1452 wurde daselbst eine Uhr aufgestellt, ebenso der Automat, welcher die Stunden schlägt. Joachim Habrecht (der Vater der beiden Habrecht, welche die Straßburger Uhr erbauten?) erstellte 1545 die jetzige Uhr. Sie hat 4 Zifferblätter, das gegen den Marktplatz sehende mit zwei Zeigern, die übrigen weisen nur die Stunden. Das Uhrwerk selbst stellt einen Würfel dar von 1,6 m Länge, 1,7 m Breite und 1,7 m Höhe. Die beiden Platten (Platinen), sowie die Räder bestehen aus Schmiedeisen, mit Ausnahme der Zähne des Hemmungsrades, welche stählern und einzeln durch Gewinde mit dem Radumfang verschraubt sind. Die Automaten werden vom Uhrwerk durch ein System von Hebeln betrieben. Es sind ein Kürassier, der die Viertel auf seinem Panzer schlägt; der König auf dem Throne, welcher alle Stunden das Scepter bis auf das Knie senkt und der Tod, der seine Sanduhr unmittelbar vor jedem Stundenschlag umstürzt. Oberhalb der Automaten befindet sich eine Kugel zur Darstellung der Mondphasen, die sich an einem Sternhimmel bewegt.

Fig. 15.

Das astronomische Zifferblatt (Fig. 15), ist unter einem Schutzdach angebracht und über 30 Quadratmeter groß; allein der Stundenkreis hat über 4 m Durchmesser. Wie die

Abbildung zeigt, ist er in 2 mal zwölf Stunden geteilt. Von den 3 Zeigern gibt der größte, in eine Hand endigend, mit Zeiger und Mittelfinger die Stunden an. Der Mondlauf im Tierkreis ist durch den zweiten Zeiger dargestellt und hat monatlichen Umlauf; der letzte gibt den Sonnenlauf während eines Jahres an. Diese Zeiger haben ein eigenes Räderwerk, welches von der Uhr mittels Stangenübertragung bewegt wird. Die Malereien stammen aus dem Jahre 1583 und wurden von dem Meister Heinrich Nikolaus Knopf ausgeführt; 1880 restaurierte sie H. Jenny von Solothurn. Besonders treten S. Urs und Victor, die Patrone der Stadt hervor.

Hier sehen wir auch noch die Eigentümlichkeit, daß der Viertelstundenzeiger kürzer ist als der Stundenzeiger; die Viertelteilung stammt erst aus dem Jahre 1642. Die auf unserer Abbildung sichtbare Türe diente zum Richten der Zeiger von innen aus. — Die Solothurner Uhr ist neben derjenigen zu Bern eine Merkwürdigkeit der Schweiz; möge sie sich noch recht lange erhalten als Wahrzeichen der Stadt und des historischen Sinnes ihrer Bewohner.

Ein Zeitmesser darf hier nicht übergangen werden: die berühmte Uhr von Straßburg, welche im ganzen Mittelalter und bis in unsere Zeit den Stolz und die Freude dieser Stadt bildete. Auch heute noch wird wohl kaum ein Tourist versäumen, dem äußerst interessanten Werke seinen Besuch abzustatten. Es galt als eines der 7 Wunderwerke Deutschlands; an dem Portal des Domes zu Mainz stand zu lesen: Die 7 Wunderwerke Deutschlands sind: der Straßburger Turm, der Kölner Chor, die Straßburger Uhr, die Orgel von Ulm, die Frankfurter Messe, Nürnberger Kunstwerke und das Augsburger Rathaus.[37] Diese Uhr wurde von Fischart in ziemlich hölzernen Versen besungen; auch Frischlin, Xylander, Cell, Crusis u. a. erwähnen sie in ihren Gedichten. Die neue Uhr fand ihren Sänger in Bilharz:

Die astron. Uhr von Straßburg, Gedicht in alemannischer Mundart, 1872.

Die erste Münsteruhr zu Straßburg wurde 1352 begonnen und 2 Jahre später unter Bischof Johann von Lichtenberg von einem unbekannten Meister vollendet. 1399 mußte sie repariert werden und ging später nach und nach zugrunde. Das Gehäuse bestand ganz aus Holz und umfaßte drei Abteilungen: zu unterst war der gewöhnliche Kalender, in der Mitte das Astrolabium samt Stundenblatt; oben waren verschiedene Automaten angebracht. Im Jahre 1547 beschloß die Stadtbehörde nach dem Beispiel anderer Städte (Bern erhielt 1527 eine „gar schöne" Uhr für den Zytglockenturm von einem auswärtigen Künstler; 1538 erstellte Hans Luther von Waldshut eine neue Uhr auf St. Peter in Zürich um 2394 ℔, 9 Schillinge und 2 Heller, wofür er das Bürgerrecht erhielt u. s. w.), auch eine neue, der alten würdige Uhr anzuschaffen. „Drey fürnemme, gelehrte und verständige Mathematici, Dr. Michael Herus, Nicolaus Brucknerus, Christianus Herlinus und neben ihnen andere Handwerksleut" wurden beauftragt, die Uhr in Angriff zu nehmen, „und ward das Werk so weit gebracht, das der Uhrenmacher ettliche redder, und das gestell verfertigt hat, der Steynmetz das geheuß auffgefürt, bis gar nach an den helm, die Mathematici das Astrolabium auffgerissen haben: aber solches werk ist darnach durch ettlicher absterben unnd anderer ungelegenheit verhindert, unnd also unaußgemacht verblieben."[38] So stockte die Arbeit, bis 1570 Konrad Dasypodius (Rauchfuß) von Schaffhausen, der Nachfolger Herlins als Professor der Mathematik in Straßburg, die Sache wieder aufnahm. Er erweiterte den ursprünglichen Plan und führte ihn auch aus; den mechanischen Teil übernahmen zwei Landsleute, Isaak und Josias Habrecht aus Schaffhausen, (letzterer erstellte auch 1580 die Uhr auf dem Rathause in Ulm), während zwei andere Schaffhauser, die Maler Tobias und Josias Stimmer das Gehäuse ausschmückten. M. David Wolkenstein aus Preßlaw unterstützte den durch allzugroße Arbeitslast krank gewordenen Freund Dasypodius bei der Vollendung der Uhr; 1574 war sie fertig gestellt und zur allgemeinen Zufriedenheit ausgefallen. Das Werk war sehr künstlich gearbeitet, es zeigte an einem Globus von drei Fuß Durchmesser alle täglichen Erscheinungen an Sonne, Mond und den sämtlichen 1022 auf dem Globus verzeichneten Ptolemäischen Sternen. Mehrere Scheiben zeigten z. B. den immerwährenden Julianischen Kalender, die Mondphasen, die Zeichen des Tierkreises u. s. w. Automaten fehlten natürlich auch nicht, so z. B. ein Hahn, der anfangs jeden Mittag krähte, später aber, als 1640 der Blitz in ihn schlug, nur mehr an den Sonn- und Feiertagen. Der bildliche Schmuck war sehr reich; das Porträt des Astronomen Copernicus, das Stimmer nach einer Vorlage aus Danzig gemalt, gab Veranlassung zur Sage, jener hätte die Uhr verfertigt. 1669 und 1732 wurden Ausbesserungen vorgenommen; 1789 stand die Uhr still. Als 1838 die neue Uhr in Arbeit genommen wurde, fügte man den Mechanismus und die übrigen Teile der alten wieder zusammen und stellte sie im Frauenhause in Straßburg aus, wo sie noch zu sehen sind. Die jetzige Uhr wurde 1842 vollendet von J. B. Schwilgué; sie ist wohl allgemein bekannt, so daß hier von einer nähern Schilderung abgesehen werden kann. Das Gehäuse ist das alte von 1574, weshalb wir hier eine Abbildung desselben geben (Fig. 16). Es sei nur noch bemerkt, daß diese nach allen Anforderungen der modernen Wissenschaft konstruierte Uhr bis zum Jahre 9999 richtig zeigt und dann erst eine Ziffer geändert werden müßte, falls es möglich wäre, daß ein Werk so lange dauern kann.

Eine Sage, die sich an die Straßburger Uhr knüpft, sei

hier noch erwähnt, die Blendung des Meisters nach Vollendung seines Werkes, damit er kein ähnliches mehr erstellen könne. Gleiches wird auch von Lipp, dem Erbauer der Lyoner Uhr erzählt, aber mit ebenso geringer Berechtigung. Dieser lebte hochgeehrt und reich belohnt in Lyon; Isaak Habrecht starb in Straßburg 1610 als Stadtuhrenmacher; sein Bruder Josias in Kayserswerk; er hatte eine blinde Schwester, welcher Umstand vielleicht zur erwähnten Sage Veranlassung gab.

Fig. 16.

Die Künstler des Mittelalters waren noch nicht

beeinflußt von einem so unruhigen Gewerbsleben, wie es sich heute überall geltend macht. Sie konnten ihre Arbeiten in aller Muße vollenden. In unserer modernen Zeit, wo ein Fortschritt sozusagen den andern verdrängt, hat man auch nicht mehr so viel Verständnis für Werke, deren Ausführung jahrelange geduldige Arbeit und mühevolles Studium erfordert. Die Eindrücke kommen zu rasch und verwischen sich entsprechend schnell wieder, wir sind eben in gar vielen Punkten blasiert geworden. Dennoch hat es bis in die neueste Zeit Meister gegeben, welche ihr Können an Kunstuhren erproben wollten und es mit dem besten Erfolge auch getan haben. Bevor wir das Gebiet der alten Kunstuhren verlassen, möge es deswegen gestattet sein, der Zeit vorgreifend, zwei neuere Werke kurz anzuführen.

Hier ist besonders zu nennen die astronomische Uhr von C. Julius Späth in Steinmauern (bei Rastatt), welche u. a. das Osterfest selbsttätig darstellt. Der Erfinder verwandte 19 Jahre auf die Erbauung dieses Werkes, das aus 2200 Teilen besteht. — Eine andere Uhr, die hier noch genannt sein soll, ist jene von Hofuhrmacher Gustav Speckhart von Nürnberg. Sie wurde erstellt im Auftrage von C. Marfels in Berlin und bildete auf der Ausstellung von Chicago 1893 eine Zierde des „Deutschen Hauses." Zur Darstellung kommt das Passionsspiel von Oberammergau. Das Innere der Uhr zählt 13 Uhrwerke; eines für die Musik, neun zur Bewegung der Gruppen, sowie eines für den Hahnenschrei und Stunden und Viertelschlagwerk. Das Kunstwerk wurde 1897 durch einen Brand vernichtet, aber zum zweiten male hergestellt; 1900 vertrat es würdig deutschen Kunstfleiß auf der Ausstellung zu Paris. Gegenwärtig befindet sich die Uhr im Museum für Zeitmeßkunde in Schramberg.

Vom 15. Jahrhundert an gab es bald keine bedeutendere Stadt mehr, die nicht ihre Uhr gehabt hätte; nach allen

Richtungen der Windrose breiteten sich die neuen Zeitmesser aus. Es kann nicht unsere Aufgabe sein, eine Aufzählung der in diesem Zeitraum erstandenen Uhren zu geben, weshalb hier nur noch einige Länder genannt sein mögen. Im Norden finden wir in der alten Universitätsstadt Lund eine Uhr mit vielen Automaten aus gediegenem Silber. Als 1658 die Provinz Schonen an die Schweden kam, wurde das kostbare Kunstwerk sogleich eingeschifft, das Fahrzeug versank aber im Sturme und so ruht der Schatz schon lange auf dem Meeresgrunde. Auch Upsala hatte schon frühe Uhren, wie Erzbischof Olaf Magnus († 1544) berichtet. Er sagt,[39] zwar hätten die nordischen Völker die Uhren erst später erhalten, ebenso die Glocken; jetzt aber gebe es in diesen Ländern so gute und richtig gehende Uhren, sowohl einheimischen als fremden Ursprunges, daß nur noch die richtige Wartung für dieselben erfordert werde.[40]

In England waren im 14. Jahrhundert die Uhren schon verbreitet. Es läßt sich dies schließen aus einigen Stellen Chaucers (ca. 1340–1400), des Vaters der englischen Dichtkunst, der in seinen Canterbury Tales (V. 14859 und 60) singt:

> Full sickerer was his crowing in his loge,
> As is a clock, or any abbey orloge.

(Viel sicherer konnte man nach seinem Krähen, als nach der Kirchen- oder Abteiuhr gehen.) Bekannt ist auch, daß Shakespeare die Uhren öfter erwähnt.

In Spanien stellte man die erste Uhr zu Olite auf. Sevilla erhielt 1400 eine solche; 1402 Moskau, durch einen serbischen Künstler Lazarus.

In den ersten Zeiten der Uhrmacherkunst stellten sich die Uhren natürlich teuer, da sie einerseits große Kenntnisse bei dem Ersteller voraussetzten, anderseits waren der bedeutenden Größe wegen die Materialkosten nicht gering. Später jedoch verfertigte man sie kleiner und billiger, so daß gegen Ende des 15. Jahrhunderts auch Privatleute im Besitze von Uhren sind. Auch verschwinden nach und nach die Gelehrten und Astronomen als Uhrmacher, an ihre Stelle treten die Schlosser und später die eigentliche Uhrmacherzunft.[41] Wenn nun auch die Herstellung der Zeitmesser handwerksmäßig betrieben wurde, so entbehrten sie vielfach doch nicht des künstlerischen Schmuckes, weshalb solche alte kleinere Uhren sehr gesucht und wichtig sind für das Kunsthandwerk. Mancherorts finden sich, besonders aus der Zeit der Renaissance, wahre Perlen der Kleinkunst unter den Uhren vor.

Die Obrigkeit beschäftigte sich bald mit der Organisation der Uhrmacher. Sehr ausführliche, zum Teil strenge Bestimmungen enthält die Zunftordnung der Pariser Uhrmacher vom Jahre 1544, welche im folgenden der Hauptsache nach angeführt werden.

1. Es ist weder einem Goldschmied, noch sonst jemand erlaubt, Uhren oder Bestandteile derselben herzustellen, feil zu bieten oder zu verkaufen, unter Strafe der Einziehung seiner Waren und einer Buße in Geld; außer er habe sich als Meister in die Zunft aufnehmen lassen.

2. Niemand darf als Meister aufgenommen werden vor Ablegung einer Prüfung und Fertigstellung eines Probestückes in der Werkstätte eines Aufsehers.

3. Das zu liefernde Meisterwerk sei wenigstens eine Weckeruhr.

4. Die Meister dürfen keine Lehrlinge annehmen für auf weniger als 8 Jahre; einen zweiten erst, nachdem der andere 7 Jahre seiner Lehrzeit hinter sich hat.

5. Kein Lehrling darf älter, kein Meister jünger als 20 Jahre sein.

6. Jeder Meister kann alle Bestandteile von beliebigem Metalle oder Stoff anfertigen, sich auch überall niederlassen, wo er will. — Die beeidigten Zunftaufseher können zu jeder Zeit jede Werkstätte besuchen und dürfen schlecht gearbeitete Ware wegnehmen u. s. w.

Aehnliche Bestimmungen mögen auch in den Zunftsatzungen anderer Länder sich finden.[42]

Auf diese Weise konnte es nicht ausbleiben, daß die neue Uhrmacherkunst zu hoher Blüte gelangte; die Uhren wurden so gut hergestellt, als es eben der damalige Stand der Kenntnisse und die vorhandenen mechanischen Hilfsmittel gestatteten. Deshalb sagt der Bischof Simon Majolus (lebte gegen Ende des 16. Jahrhunderts), daß die Uhren seiner Zeit sehr vollkommen seien, sie leisteten alles für den Menschen, es fehle nur noch, daß sie auch für ihn studierten.

Wenn die ersten Räderuhren oft kolossale Dimensionen aufwiesen, so gaben die Zimmeruhren den unsrigen an Kleinheit nichts nach, übertrafen sie aber meistens durch oft bewunderungswürdige Feinheit und Schönheit des Schmuckes. Gezählt wurde gewöhnlich von 1–24; diese Weise hat sich bekanntlich in Italien bis in die neuere Zeit erhalten und ist neuerdings in einzelnen Ländern für den Eisenbahnverkehr wieder eingeführt worden. In den nördlichern Gegenden kam später die bequemere Zählung von zwei mal zwölf in Aufnahme, jedoch nicht erst nach der Reformation und vielleicht als eine Folge derselben, sondern teilweise schon viel früher. Am Rhein z. B. treffen wir die Halbierung schon 1395 und vielerorts im ersten Viertel des 15. Jahrhunderts.[43] In Breslau dagegen wurde erst 1580 durch Ratsbeschluß die halbe Zählung eingeführt (Gelcich, S. 26). Derartige Uhren nannte man „halbe," im Gegensatz zu den „ganzen," deren Zifferblatt 24 Stunden zeigt. L. Guicciardini, der Neffe des berühmten Francesco

Guicciardini rühmt in seiner „Description de tous les Pais-Bas" (Anvers 1582, p. 57) die weit bequemere Zählweise der deutschen Völker zu zweimal zwölf Stunden gegenüber der italienischen mit 24.[44]

Bei den ältesten Zimmeruhren drehte sich nicht der Zeiger (ursprünglich nur einer), sondern das Zifferblatt bewegte sich um sich selbst. Statt der Wagunruhe findet sich im Laufe des 15. Jahrhunderts die Radunruhe, oft mit Zinnen versehen, wodurch der Gang der Uhr sehr belebend wirkte. Nach und nach kommt auch das Gehäuse auf, welches das Getriebe verhüllt. Ebenso soll schon im 15. Jahrhundert der geradlinige Balancier (ein kurzes Pendel, das vor dem Zifferblatt schwingt und sich auch noch bis ins 18. Jahrhundert erhielt) aufgekommen sein. Bei den Tischuhren des 16. und 17. Jahrhunderts kommt es oft vor. — Von der Mitte des 16. Jahrhunderts an werden Uhren erwähnt, welche auch Minuten und Sekunden anzeigen. Eine solche aus der Zeit von ca. 1540–1550 besitzt das germanische Museum in Nürnberg. Sie hat 3 über einander angeordnete Zifferblätter: das oberste zeigt die Stunden, das mittlere die Minuten, das dritte mit dem Bilde der strahlenden Sonne gibt Sekunden. Der Sekundenzeiger ist auf dem Steigrad, das 30 Zähne hat, aufgesetzt, die Zeitsekunde wird also ruckweise angegeben, nicht wie bei unsern modernen Taschenuhren, deren Sekundenzeiger eine fortdauernde Bewegung besitzt.

Der große Aufschwung, den die Uhrmacherkunst im 14., 15. und 16. Jahrhundert genommen, gereicht den Meistern jener Zeit zur Ehre, nicht minder aber den Fürsten, welche derartige Bestrebungen tatkräftig unterstützten. Schon früher wurde als Förderer Karl V. der Weise von Frankreich genannt; es sind hier noch aufzuführen Maximilian I., Gian Galeazzo Visconti, Franz I., Kaiser Karl V. von Spanien, welcher sich wie bekannt nach seinem

Rücktritt von der Regierung, in St. Just im Verein mit dem Mathematiker Janellus Turianus viel mit der Verfertigung von allerlei Uhren und andern mechanischen Kunstwerken beschäftigte. Heinrich VIII. von England, Karl IX., Heinrich III. und IV. von Frankreich waren ebenfalls Gönner der Uhrmacherkunst.

All' das konnte jedoch nicht hindern, daß die damaligen Uhren ungenau waren; es gab ja noch keine Maschinen, sondern alles mußte mühsam ausgezirkelt und von Hand bearbeitet werden. Die Waghemmung leidet an manchen Fehlern; bei der oft unverhältnismäßig großen Zahl von Rädern mußte auch die Reibung entsprechend ausfallen, was wiederum kolossale Gewichte bedingte, diese aber nutzten das Werk rasch ab, u. s. w. Wir dürfen in keinem Fall an die Genauigkeit unserer gewöhnlichen heutigen Uhren denken, auch wenn eine berühmte alte Uhr in Frage kommt.

Wenn nun trotzdem schon frühe versucht wurde, die Uhren als Zeitmesser bei astronomischen Untersuchungen anzuwenden, so darf es uns nicht auffallen, Klagen über die Unvollkommenheit derselben zu vernehmen und große Ungenauigkeit im Gange festgestellt zu sehen. Als Erster benutzte, so viel bekannt, Bernhard Walter[45] aus Nürnberg (1430 bis 1504) eine Räderuhr zu astronomischen Beobachtungen, ungefähr vom Jahre 1484 an. Seine Uhr hatte ein Stundenrad mit 56 Zähnen; aus der Anzahl der Umdrehungen dieses Rades beobachtete er die Zeit, welche zwischen dem Erscheinen Merkurs und der Sonne verstrich. Diese Uhr soll ganz genau (ad unguem) gegangen sein.

Die Beobachtungen sind aufgezeichnet in der 1666 und später noch mehrfach erschienenen „Geschichte des Himmels" des Jesuiten Albert Curtius, der aber durch Buchstabenversetzung seinen Namen in Lucius Barettus umwandelte. Den Hauptinhalt des Werkes bilden außer den bis dahin bekannten Beobachtungen der Alten, die

Ergebnisse der Tätigkeit Tycho Brahes. Die auf Bernhard Walter bezügliche Stelle findet sich a. a. O. S. 52: „Im Jahre Christi 1484: Beobachtungen zu Nürnberg. Am 16. Januar habe ich ☿ (Merkur) beobachtet, nachdem ich die Uhr, welche von Mittag zu Mittag ganz genau gegangen, gerichtet hatte. Ich sah aber morgens früh den Merkur in Berührung mit dem Horizonte. Im selben Augenblicke hing ich das Gewicht der Uhr ein (appendi pondus horologii), welche ein Stundenrad von 56 Zähne hat. Dieses machte einen Umlauf und dazu noch 35 Zähne, bis der Mittelpunkt der Sonne im Horizont erschien. Daraus folgt, daß an diesem Tage der Merkur um 1 Stunde und 37 Minuten vor der Sonne aufging, was mit der Berechnung ziemlich stimmt."

Auch Mästlein oder Möstlein (1550–1631), der berühmte Astronom und Mathematiker zu Tübingen und Lehrer Keplers, benützte eine Räderuhr zu astronomischen Beobachtungen. Von dieser Uhr sagt Mästlein, das größte Rad, welches in zwölf Stunden einen Umlauf macht (Stunden- oder Zeigerrad) habe 42 Zähne; der Trieb, welcher in dasselbe eingriff, 3 Zähne; auf derselben Achse war das Bodenrad, an welchem das Gewicht hängt, mit 64 Zähnen. Sein Trieb hatte 8 und das nächste Rad 54 Zähne. Das vierte und letzte Rad mit einem Triebe von 6, zählte 21 Zähne und gab 42 Doppelschläge. Durch Rechnung ergibt sich, daß stündlich 3528 Schläge gehört werden. Nach der Annahme Mästleins bewegt sich nun der Himmel von einem Schlag zum andern um 15″ 18‴; daraus berechnete er den Durchmesser der Sonne zu 34′ 13″, indem er die Anzahl Schläge zählte, während welcher die Sonne durch einen Meridianfaden ging. Am 6. Dezember wurden die Beobachtungen wiederholt, es ergaben sich aber jetzt nur mehr 137, statt wie früher 146 Schläge, so daß für den Sonnendurchmesser 32′ 6″ erhalten wurden. Später erhielt derselbe Astronom bloß 129 Schläge, also 29,75'.

Mästlein schloß mit Recht aus dieser Verschiedenheit, daß die Uhr ungenau sei; er sagt auch, sie sei einmal innert 24 Stunden ¾ Stunden zu spät gegangen. Dies war auch bei der angegebenen Konstruktion des Werkes gar nicht anders möglich.

Neben Mästlein benützte der fürstliche Astronom Landgraf Wilhelm IV. von Hessen Räderuhren. Er sowohl, als sein mathematischer Gehülfe, Christoph Rothmann, rühmen die Genauigkeit ihrer Instrumente, welche der Schweizer Jost Bürgi, von dem später die Rede sein wird, verfertigt hatte. Tycho will aber nicht recht an diese Genauigkeit glauben.

Dieser Gelehrte, der „König der Astronomen," fällt ein ganz anderes und wohl begründetes Urteil über damalige Uhren als astronomische Instrumente.[46] Seine Hilfsmittel waren so sorgfältig gearbeitet, als es damals nur möglich war. Eine Beschreibung derselben besitzen wir von Tycho selbst, welche er durch seinen deutschen Sekretär für Wilhelm von Hessen, mit dem er in lebhaftem Briefwechsel stand, hatte anfertigen lassen. (Vergl. Epistolarum Astronomicarum libri. Uraniburgi Daniæ, p. 219). „Ein zusammengefaßte Beschreibung, welche kürtzlich inhelt, was für Astronomische Instrumenten der Edel und Wohlgeborne Tycho Brahe hat anrichten lassen. ... VII. bey diesem Observatorio ist ein groß Horologium (Uhr), welchs die Stunden, Minuten und Secunden zeigt, und das paucis exceptis, durch einige rotam Orichalcicam, welche zwey Cubitos in Diametro hat vnd in 1200 Zehne gar fleißig außgeteilt (sic!). Hat auch darneben zwey ander kleinere Horologia, die deßgleichen Horas, Minuta vnd Secunden zeigen." Diese drei Uhren waren in der Uranienburg selbst aufgestellt; der Bericht spricht aber noch von den Instrumenten, „so außerhalb dem Schloß in unterirdischen

Gewölben ordiniert sein." „In dem Nordwesterwinckel hangen zwey Vhrwerk bey dem Tisch, welche die Horas, Minuta und Secunda außweisen, also daß der die Observationes anschreibt, dabey sitzen, vnd das Momentum, wann die Observatio geschiecht, flux anmerken kan." Tycho benützte also wenigstens fünf Uhren.

Die Gründe der Ungenauigkeit aller damaligen Räderuhren für astronomische Beobachtungen werden gut angegeben. „Mit welch' mechanischer Sorgfalt solche Uhren auch immer gearbeitet sein mögen, so sind sie doch wegen Veränderung in Luft und Wind selbst veränderlich, und es gibt keine Abwehr dieser Unbeständigkeit, wenn sie zur Winterszeit in geheizten Zimmern aufgestellt sind; selbst dann nicht, wenn die Temperatur so viel als möglich gleich gehalten wird. (Es gab damals noch keine Thermometer!) So werden sich Schwankungen des Ganges zeigen. Leicht kann es sich auch treffen, daß einige Zähnchen oder Räder ungleichmäßig gearbeitet sind, so daß sie die Regelmäßigkeit des Ganges, wenn auch nur wenig, stören, auch wenn die Uhr anfangs genau mit der Sonne oder den Sternen übereinstimmte. Ja selbst die Schnur, an welcher das Gewicht hängt, beschleunigt den Gang, wenn viel davon abgewickelt ist, mehr, als wenn das Gewicht noch hoch hängt. Wenn dieser Unterschied auch gering sein mag, so stört er doch, da ja eine Differenz von 4 Sekunden an der Uhr, bei einem Sterne schon eine Minute ausmacht. Auch andre Gründe raten, den Uhren nicht zu trauen."[47]

Es war also notwendig, um zu einigermaßen genauen Resultaten zu gelangen, die Uhr fleißig zu korrigieren. Dies geschah entweder durch Sternbeobachtungen, oder durch Feststellung des Sonnenstandes. Tycho beobachtete besonders mit zwei Uhren, einer größeren und einer kleineren; es finden sich aber doch Fehler von mehr als zwei Stunden angemerkt von einem Tag zum andern. Das

Beobachtungstagebuch ist von derartigen Bemerkungen voll. Natürlich hatte da auch der Uhrmacher vollauf Arbeit, und die Astronomen gerieten in große Verlegenheit, wenn ihnen ein solcher fehlte. So ersucht auch Tycho einmal dringend Wilhelm von Hessen um baldmöglichste Zusendung eines geschickten „Automatopæum sive Horologiarium" (Uhrmacher), da der frühere, Crole, gestorben sei.

Es darf uns also nicht wundern, wenn Tycho, dieser ausgezeichnete Astronom, nach einem Ersatz der Räderuhren sich umsah, allerdings mit negativem Erfolg. Er schildert diese Bemühungen in humorvoller Weise. Zuerst wurde ein Versuch mit Quecksilber gemacht, das durch 3 bis 4malige Sublimation mühsam gereinigt wurde. Es sollte eine Art Wasseruhr hergestellt werden, wobei Tycho noch die Vorsicht benützte, das Niveau der Flüssigkeit konstant zu erhalten. Das in einer bestimmten Zeit ausgeflossene Quecksilber wurde gewogen, und man suchte danach zu bestimmen, wie viel in einer Stunde, Minute oder Sekunde ausfließen könne. Aus dem Gewichte wurde also die Zeit bemessen, um so auf eine genauere Bestimmung der Rektaszension eines Sternes etc. zu kommen. Tycho sagt mit Recht: „Gewiß eine mühevolle und teure Arbeit. So erfüllte sich auch hier der Spruch des stagirischen Philosophen (Aristoteles): Es findet sich in Merkur (Quecksilber), was immer ein Weiser suchen mag." Merkur der Planet bewährte indes auch hier wieder seine Feindschaft gegen die Astronomen!

Auch mit Bleikalk (oxydiertem Blei) versuchte Brahe durch Konstruktion einer Sanduhr zu bessern Ergebnissen zu gelangen. Er wollte Merkur und Saturn vereinigen, da ja nach der Meinung der Astrologen, deren Verbindung (Konjunktion) die günstigste sei. Alles umsonst! „Aber nicht bloß der verschmitzte Merkur vereitelte meine

Bemühungen, so wie er am Himmel die Astronomen, auf Erden die Chemiker narrt, sondern sogar der sonst so ernste und bedächtige Saturn[48] ließ von seinem arglistigen und heimtückischen Gebaren nicht ab, so daß schließlich die ganze Arbeit vereitelt wurde. Dies alles erwähne ich nur deswegen so weitläufig, damit die Freunde der Astronomie ersehen, wie schwierig es sei, die Stellung auch nur eines einzigen Sternes am Himmel in bezug auf die Solstitien oder Aequinoktien im voraus zu berechnen", und fügen wir noch bei: wie viel besser wir mit unsern weit genauer gehenden Uhren gestellt sind, als es bei diesem großen Astronomen vor 300 Jahren der Fall war.

Nach all' dem wird das Mißtrauen Tychos gegen die angebliche Genauigkeit der hessischen Uhren begreiflich, und müssen uns auch die noch um 100 Jahre ältern Angaben Walthers über seine genau gehende Uhr sehr verdächtig erscheinen.

Kehren wir nach diesen Bemerkungen zur weitern Entwicklung der Räderuhren zurück!

Wenn auch die Dimensionen der Uhren nach und nach auf ein immer bescheideneres Maß zurückgeführt wurden, so blieb man dabei doch nicht stehen, sondern suchte sie so klein zu machen, daß dieselben auch auf Reisen, ja sogar in der Tasche bequem nachgeführt werden konnten. Es waren jedoch hier ganz bedeutende Schwierigkeiten zu überwinden, bevor das Ziel einigermaßen erreicht war. Einmal fiel natürlich das Gewicht als treibende Kraft ganz weg, und es mußte für passenden Ersatz gesorgt werden. Dies geschah durch die gespannte Stahlfeder, welche vermöge ihrer Elastizität das Räderwerk zu treiben im stande ist. Sie wurde ursprünglich an eine der 4 Säulen, zwischen denen sie ruhte (das Federhaus entstand erst später), mit dem einen, und mit dem andern Ende an dem Wellbaum befestigt. Oben saß das sogenannte Stirnrad, welches die übrigen Räder in Bewegung setzte. Von nachteiligem Einfluß auf die Genauigkeit einer solchen Uhr war der Umstand, daß sie beim Aufziehen der Feder still stand; dem wurde abgeholfen durch Einführung des „Gesperres," bestehend aus Sperrrad und Sperrkegel. Beide befinden sich außerhalb der Platinen (Platten, zwischen denen das Räderwerk angeordnet ist); das Rad läßt wohl die Bewegung zum Spannen der Feder zu, verhindert aber durch Einklappen des Sperrkegels die entgegengesetzte.

Eine andere Schwierigkeit bestand in der geringen Größe der Räder einer Taschenuhr. Wenn das Werk erträglich genau gehen sollte, so mußten alle Teile sehr fein gearbeitet sein; gewiß keine kleine Aufgabe bei dem damaligen Stande der Werkzeuge.

Eine Feder wirkt um so kräftiger, je stärker sie gespannt ist; also müßte an und für sich eine Federuhr anfänglich sehr rasch, nach und nach aber immer langsamer gehen. Diesem Uebelstand wurde abgeholfen durch die sogenannte Schnecke. Es ist dies, wie jedermann bekannt, ein kegelförmiger Körper, welcher an seiner Oberfläche mit schraubenförmigen Windungen versehen ist. Trommel (Federhaus) und Schnecke stehen nebeneinander und sind durch eine Schnur, Darmsaite oder Kette verbunden, von welcher das eine Ende am oberen Teil der Trommel, das andere am unteren Teil des Kegels befestigt ist. Wird nun die Feder aufgezogen, so strebt sie sich wieder auszudehnen, also die Trommel in entgegengesetzter Richtung zu drehen. Wegen des Sperrrades ist dies aber nicht möglich, ohne daß zugleich auch die Schnecke sich drehe, wodurch allmählich die Kette von oben nach unten auf die Trommel sich abwickelt. Nun wirkt nach den Gesetzen der Mechanik eine Kraft um so intensiver, je länger ihr Arm ist. Sollte also der Antrieb der gespannten Feder anfangs und gegen Ende hin sich annähernd gleich bleiben, so mußte sie zuerst am kürzeren und nach und nach an einem immer längeren Hebelarme tätig sein (Fig. 17). Dieser Zweck wird durch die geniale Konstruktion der Schnecke erreicht, welche dem Scharfsinn ihres unbekannten Erfinders alle Ehre macht.

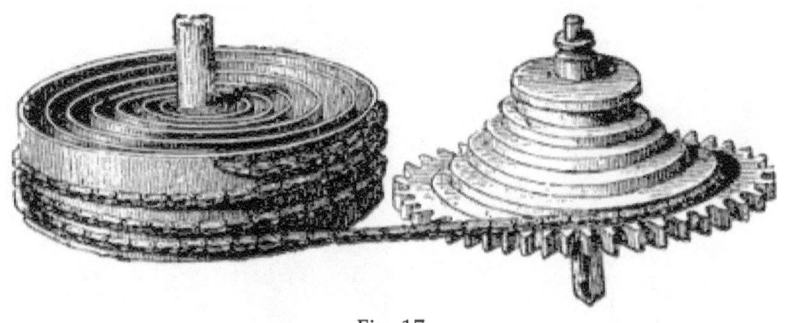

Fig. 17.

Ebenso wie die Erfindung der Schnecke, ist auch jene der Uhrfeder in tiefes Dunkel gehüllt. Sicher ist, daß Henlein, wie es weiter unten ausführlicher besprochen werden soll, Taschenuhren ohne Gewicht, also mit Federn herstellte. Es scheint auch ohne weiteres klar, daß einem Schlosser, und aus diesen gingen ja die Uhrmacher hervor, der Gedanke kommen konnte, die Feder, welche schon längst in den Türschlössern angewendet wurde, auch bei der Uhr als Ersatz des Gewichtes zu verwerten. Die Franzosen allerdings schreiben diese Erfindung einem Landsmann unter Karl VII. (gest. 1461) zu, ohne daß jedoch bis jetzt eine sicher beglaubigte Uhr aus jener Zeit zum Vorschein gekommen wäre. Wir geben hier die Abbildung eines alten Tischührchens, das die Jahreszahl 1504 eingeritzt trägt und in so fern einigen Anhalt gäbe für die Erfindung der Feder. Fig. 18 stellt das Aeußere dar; Fig. 19 den inneren Mechanismus, von unten gesehen. Zum Gebrauche der Uhr während der Nacht sind auf dem Zifferblatt Knöpfe angebracht, unter der Ziffer 12 ein etwas größerer. Ein in Fig. 18 sichtbares Türchen bei A (mit der Jahrzahl und einem durchstrichenen S) läßt den Gang der Uhr beobachten. Jedenfalls ist dieses Werk sehr merkwürdig und gehört zu den ältesten, die noch vorhanden sind.

Fig. 18.

Die Hemmung der ersten Taschenuhren war ähnlich wie bei den Gewichtuhren, also ein schwingender Balken, entsprechend verkleinert und an den Enden verdickt nach Art eines Löffels, weshalb man sie auch Löffelunruhe nannte. Bald trat an ihre Stelle die ringförmige Unruhe, welche heute noch verwendet wird. Später kam noch die Spiralfeder hinzu, und diese beiden Stücke, Unruhe und Spiralfeder, bilden die eigentliche Hemmung der Taschenuhren.[49]

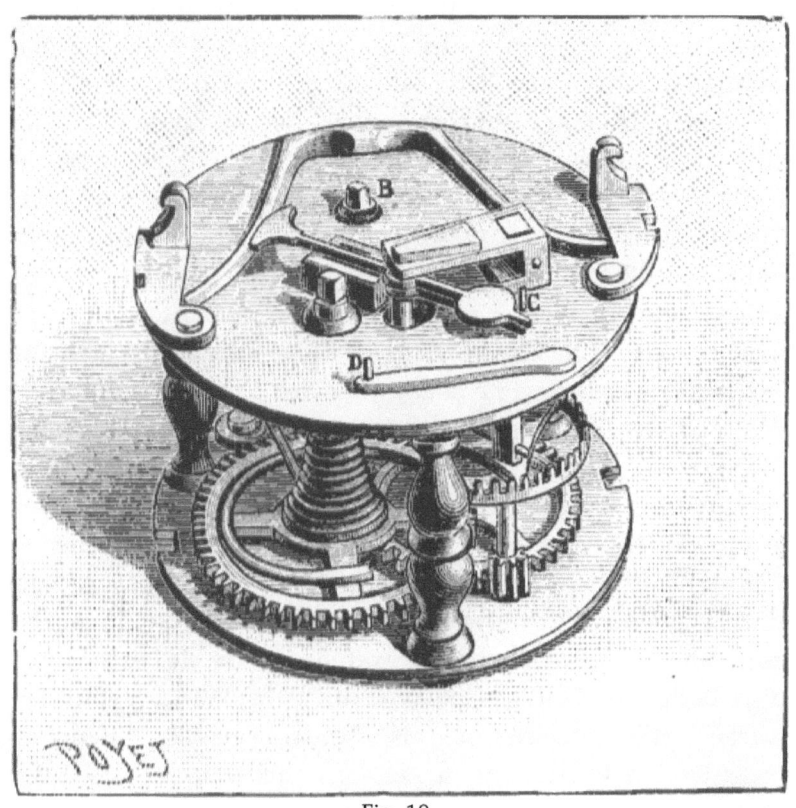

Fig. 19.

Wann wurde die erste Taschenuhr hergestellt? Diese Frage läßt sich, wie die bezüglich der Räderuhren, nicht genau beantworten. Allgemein wird als Erfinder dieser nützlichen Vorrichtung Peter Henlein aus Nürnberg und als Zeitpunkt derselben der Anfang des 16. Jahrhunderts genannt. Diese Annahme hat auch die meisten Gründe für sich, obschon Deutschland, England und Frankreich sich um die Ehre der Erfindung streiten; in Deutschland im besondern die Städte Augsburg, Straßburg und Nürnberg. Auch die Zeit findet sich verschieden angegeben; es scheint aber sicher, daß im 15. Jahrhundert kleine tragbare Uhren verfertigt worden seien.

Der Ausdruck „tragbar" hat zu Mißverständnissen Veranlassung gegeben, indem einige Stellen, wo von kleinen tragbaren Uhren die Rede ist, auf Taschenuhren gedeutet wurden. „Tragbar" hießen auch die Zimmeruhren, im Gegensatz zu den Turmuhren. So findet sich im Inventar Karls V. von Frankreich eine Uhr verzeichnet, welche einst Philipp dem Schönen (1285–1314) gehört haben soll; man hat diese Uhr ohne weitere Beweise als Taschenuhr angesehen. Hamberger und Beckmann betrachten auch die Uhr, welche Kaspar Visconti († 1499) besingt, als eine Taschenuhr.[50] Sie zeigte aber außer den Stunden auch noch den Planetenlauf, die jährlichen Feste und war mit einem Schlagwerk versehen; es ist also schwerlich an eine Taschenuhr zu denken.[51] Wir haben demnach hier eine Wohnungsuhr vor uns, „die damals in den verschiedenen Ländern Europas eben aufkamen und gegen die unbeweglichen Turmuhren „beweglich" und von einem Ort zum andern transportierbar waren, wenn sie auch noch durch das treibende Gewicht an eine Wand gebunden waren. Sie bezeichnen als solche gewiß einen so bedeutenden Fortschritt in der Uhrmacherei, daß sie einen Dichter gar wohl zu einem Lobgesang auf sie veranlassen konnten" (Friedrich a. a. O).

Speckhart erwähnt auch eine 1494 in die Sebalduskirche zu Nürnberg gestiftete Tafel, auf welcher ein gewisser Grundherr als Stifter einer Uhr gepriesen wird:

Herr Ulrich Grundherr war beflissen,
Uff eine Uhr, die hett ein Grund,
Die schlug viermal in einer Stund,
Teilt fein die Viertel alle aus,
Das bracht der Herr mit ihm zu Haus
und gabs den Herren zu verstahn,
Die hießen bald eins machen lahn.

Also auch eine tragbare Uhr, wenn auch noch nicht eine Taschenuhr. Du Verdier erzählt nach alten Chronisten aus der Zeit Ludwigs XI. (1461–1483) von einem Höfling, der ein leidenschaftlicher Spieler war und einst alles verloren hatte. Er trat in das Zimmer des Königs und nahm eine dort befindliche Uhr weg, indem er sie in seinem Aermel verbarg. Der Diebstahl wurde aber alsbald entdeckt, da die Uhr zu schlagen begann. Der König verzieh dem armen Schelmen und schenkte ihm die Uhr.[52] Ob dieses kleine Werk eine Taschenuhr gewesen, läßt sich wegen Mangel näherer Quellenangaben nicht feststellen.[53]

Bezüglich des Nürnberger Schlossermeisters Peter Henlein haben wir aber positive Nachrichten.

Ein Hauptzeuge in dieser Angelegenheit ist Johannes Cochläus, der bekannte Gegner Luthers. Im Anhang zu seiner 1511 erschienenen Cosmographia Pomponii Melæ, welche Willibald Pirkheimer gewidmet ist und von den Vorzügen Nürnbergs handelt, sagt er u. a. folgendes: „Es werden tagtäglich schwierigere Dinge erfunden; so hat Peter H e l e, ein noch junger Mann, Werke gemacht, welche selbst bei den größten Mathematikern Bewunderung erregen; denn aus wenig Eisen (parvo ferro) baut er Uhren mit sehr vielen Rädern, welche, wie immer gelegt, ohne jedes Gewicht 40 Stunden zeigen und schlagen, auch wenn sie auf der Brust oder in der Börse getragen werden." Aus dieser wichtigen Stelle ergibt sich, daß die Uhren klein und von Eisen waren; ferner, daß eine Feder das Räderwerk trieb. Vielleicht kam Henlein durch seinen Schlosserberuf auf den guten Gedanken, die Feder bei den Uhren zu verwenden. Ueber das Jahr der Erfindung erfahren wir durch Cochläus nichts; Speckhart ist geneigt, die Zeit von 1500 bis 1510 dafür anzusetzen. Die ersten Taschenuhren wurden wahrscheinlich als Reise- oder Kutschenuhren verwendet; eine solche von 36 Stunden Gehzeit aus dem Jahre 1560, bewahrt das Germanische Museum.

Cochläus schreibt Peter H e l e; andere Schreibweisen sind Heinlein, Henlein, Henle und statt Peter, Andreas Henlein. Es ist das Verdienst der Herren Dr. Mayer, früher Archiv-Sekretär in Nürnberg, und Dr. Locher, die richtige Schreibweise gefunden zu haben. Mayer durchforschte zu diesem Zwecke die Verzeichnisse Nürnberger Schlosser von 1462 bis 1548, ohne einen Peter H e l e zu finden, wohl aber wird öfter ein Peter H e n l e i n erwähnt. Dies ist also die einzig richtige Leseart.

Das Geburtsjahr unseres Meisters ist nicht bekannt. 1504 war Henlein in einen Raufhandel verwickelt, welcher mit einem Totschlag endete; Peter scheint jedoch nicht der Hauptschuldige gewesen zu sein, wenigstens wurde nur eine Geldbuße über ihn verhängt. Wir dürfen nun annehmen, daß Henlein damals ein erwachsener Bursche, in den zwanziger Jahren war. 1509 wurde er Meister, was ein Alter von wenigstens 30 Jahren erforderte. Er verehelichte sich, wann ist unbekannt; seine Frau hieß Kunigunde. Auch eines Bruders, Hermann Henlein, geschieht Erwähnung, welcher wegen Ermordung „eines jungen Bettelmaidle" zu Augsburg hingerichtet wurde. Das Todesjahr Henleins ist 1542; denn im ältesten Nürnberger Totenbuch findet sich vom 4. Juni bis 14. September genannten Jahres der Eintrag: „Peter Henlein, Vrmacher auff St. Katharina."

Wann Henlein seine erste Uhr verfertigte, ist ungewiß. 1511 wendet sich die Nonne Felicitas Grundherrin an ihren Vater Leonhard Grundherrn, mit der Bitte um einige „Orrlein." Sie wurde aber von ihrer Aebtissin getadelt, weil sie „um Lappenwerk" angehalten habe. Damals also waren die Taschenuhren schon käuflich zu haben.[54]

Die neue Erfindung verbreitete sich, wie leicht

einzusehen, ihrer ausgezeichneten Brauchbarkeit entsprechend sehr rasch; bei dem regen Verkehr Nürnbergs mit fast allen Ländern war dieses auch nicht schwer. Gemma Frisius (verdienter Schriftsteller über Astronomie und Kosmographie, 1508 bis 1555) gab 1530 eine Schrift heraus (Prinzipien der Astronomie und Kosmographie), worin er sagt, daß die kleinen oder Taschenuhren erst letzthin erfunden worden seien; sie hatten sich also in kurzer Zeit bis nach Holland verbreitet. Das South Kensington-Museum in London besitzt Taschenuhren englischen Fabrikates aus den Jahren 1539, 1540, 1541 und 1560. — Da die neue Erfindung hochgeschätzt war, wurden die Taschenuhren auch zu Geschenken verwendet. So sandte Friedrich Pistorius, letzter Abt von St. Aegidien in Nürnberg, gestorben 1553, an Luther eine Nürnberger Taschenuhr. Sie war diesem noch unbekannt und bewog ihn, Pistorius dafür besonders zu danken. In seinem Schreiben sagt er u. a.: ein höchst angenehmes Geschenk; so daß ich mich gezwungen fühle Schüler unserer Mathematiker zu werden, um alle die Gesetze und Regeln einer Uhr zu verstehen, denn vordem habe ich etwas derartiges nie gesehen oder beobachtet (Roth, Geschichte des Nürnberger Handels). Auch Melanchthon soll eine von Peter Henlein verfertigte Uhr besessen haben. Auch als Legate wurden Taschenuhren vermacht. Parker, Erzbischof von Canterbury, bestimmte in seinem Testament vom 5. April 1575 (Beckmann l. c. I. Bd.): „do et lego fratri meo Richardo baculum meum de canna Indica, qui horologium habet in summitate." Ebenso erhielt der schweizerische Humanist Glarean durch Oekolampadius, als Erasmus von Rotterdam gestorben, eine Taschenuhr als Andenken an diesen.

Fig. 20.

Ob noch von Henlein selbst herrührende Uhren vorhanden seien, ist schwer zu sagen. Sicher besitzen viele Sammlungen Taschenuhren aus der ersten Hälfte des 16. Jahrhunderts (S. Fig. 20). Die Sammlung der Gebr.

Junghans in Schramberg, das „Neue deutsche Museum für Zeitmeßkunst" bewahrt als eine Zierde eine Taschenuhr, die ganz von Eisen gefertigt ist und Henlein allgemein zugeschrieben wird. Sie mißt bei 2 cm Höhe 6 cm im Durchmesser und geht 40 Stunden. Die Form ist rund.

Fig. 21.

Eine sehr alte Uhr, die wohl in die Zeit Henleins zurückreicht, birgt die berühmte Sammlung Marfels in Berlin. Das Gehäuse besteht aus Bronze, die Form ist zylindrisch, das Werk ganz von Eisen. An den Zahlen des Zifferblattes sind erhöhte Knöpfe befestigt, so daß man im Dunkeln die Stellung des Zeigers mit den Fingern tasten kann. Bei der Zahl 12 ist statt des Knopfes eine Spitze angebracht. Den Dienst der Spirale versieht eine Schweinsborste (Fig. 21).

105

Fig. 22.

Als Uebergang zu den „Eiern" treffen wir dort auch
achteckige Uhren, welche ja neuestens wieder nachgeahmt
werden. (In dieser ganz aus Privatmitteln erstellten und
wohl vollständigsten und einzigen Sammlung der Welt
befinden sich Zeitmesser vom 12. Jahrhundert an bis herauf
zu den neuesten Erzeugnissen und aus allen möglichen
Materialien. Die Sammlung setzt sich zusammen aus der
Speckhartschen Kollektion, der Sammlung Marfels in Berlin,
über welch' letztere im Verlag der Deutschen
Uhrmacherzeitung eine Schrift von Horstmann erschien,
und der Sammlung O. Gasser in Magdeburg.[55] — Zwei
Zeiger (für Stunden und Minuten) kamen erst um 1700 auf;
ältere Uhren haben nur einen. Sogenannte „Nürnberger
Eier" haben sich noch viele erhalten, diese Form entstand

106

aber erst später (ca. 1550); auch hießen die Nürnberger Uhren nicht schlechtweg Eier, sondern „lebende Eyerlein." Die Uhrmacher gefielen sich bald in den seltsamsten Formen: Uhren in Kreuzform, Uhren als Rosen, Tulpen, Sterne, Aepfel u. s. w. Die Gehäuse sind vielfach auf das schönste gearbeitet, mit Edelsteinen und Email, heidnischen und christlichen Figuren, Apollo und Diana, Christus, Maria etc. verziert. (Vgl. Fig. 22. Französische Taschenuhren aus der Zeit der Valois).

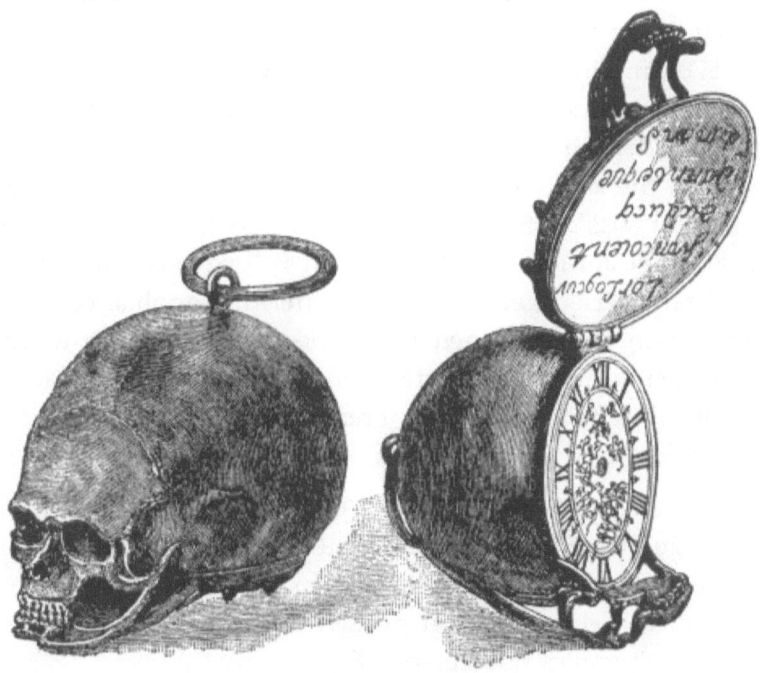

Fig. 23.

Eine originelle deutsche Arbeit ist Fig. 23, eine Totenkopfuhr. Die obere Platine trägt den Namen des Augsburger Uhrmachers Johann Lendl. Auf der Innenseite der Platte, die das Zifferblatt bedeckt, ist die Inschrift eingraviert: „Lorlogeur francoient (?) du ducq d'Aremberque a mons." (Der französische (?) Uhrmacher des

Herzogs von Aremberg in Mons (Belgien)). Diese Inschrift scheint später angebracht worden zu sein. Der Totenkopf ist aus Silber; das ebenfalls silberne Zifferblatt trägt eine gravierte Darstellung des jüngsten Gerichtes (Speckhart a. a. O. 401).

Henlein verfertigte in seinen späteren Jahren Uhren, welche so klein waren, daß sie in sogenannten Bisamknöpfen untergebracht werden konnten. Auch anderwärts wurden derartige Kunststücke ausgeführt. Peter Aretino erwähnt in einem Briefe von 1537[56] eine Uhr, welche Gian Vincenzio, eigentlich Joh. Capobianco geheißen († 1570), in einem Fingerring für den Großtürken verfertigt hatte. Eine andere, ebenso kleine und noch künstlichere Uhr machte derselbe Meister für Ubaldo, den Herzog von Urbino. Sie zeigte die zwölf Himmelszeichen, eine Figur in der Mitte wies die Stunden; wenn der Bericht zuverlässig ist, besaß diese Ringuhr auch noch ein Schlagwerk. Sie wurde an ihrem Verfertiger zur Lebensretterin. Capobianco hatte nämlich in Venedig einen Feind niedergestochen; er wurde deswegen zum Tode verurteilt, auf Fürbitte Karls V. jedoch, der, wie bekannt, ein großer Freund geschickter Uhrmacher war, befreit und bloß verbannt.[57]

Es braucht wohl nicht bemerkt zu werden, daß derartige kleine Werke nicht genau gehen konnten, sondern daß bedeutende Fehler vorkommen mußten; dies hindert aber nicht, dem unbedingt großen technischen Können der alten Meister alles Lob zu spenden.

Wie Paul von Stetten in seiner 1779 und 1788 erschienenen „Kunst-Gewerbe- und Handwerksgeschichte der Stadt Augsburg" bemerkt, trugen daselbst die Stutzer vor Erfindung der Taschenuhren Sanduhren an den Beinen! 1588 dagegen werden solche erwähnt, welche kleine runde Schlaguhren vorn auf der Brust tragen.

Auch an den Taschenuhren wurden bald Verbesserungen angebracht; ca. 1550 wurden die 4 Pflöcke, zwischen denen die Feder offen dalag, durch das Federhaus ersetzt; 1590 führte der Genfer Gruet statt der Darmsaite auf der Schnecke eine Kette ein, welche den Vorteil bot, nicht hygroskopisch zu sein.[58] An den ersten Taschenuhren geschah die Regulierung durch zwei an verschiebbaren Hebeln angebrachte Schweinsborsten, an welche die Unruhe anprallte. Die Spiralfeder wird Huygens zugeschrieben,[59] andere nennen den französischen Abbé Hautefeuille von Orleans, wieder andere den Engländer Hooke als Erfinder. Vielleicht gebührt diese Ehre allen zusammen.

Die weiteren wichtigen Vervollkommnungen, welche die Taschenuhr im Laufe der Zeit erfahren, werden in einem späteren Abschnitte behandelt. Daß aber alle damaligen Uhren größeren Ansprüchen auf Genauigkeit nicht genügten, haben die angeführten Tatsachen gezeigt. Auch die Taschenuhr war noch keineswegs jener zuverlässige Zeitmesser, als welchen wir sie heute schätzen.

IV.
Die Erfindung der Pendeluhr.

Bei den Taschenuhren war es die Erfindung der Spiralfeder durch Huygens, bei den übrigen die des Pendels und dessen passende Anwendung, welche die Zeitmesser zu jener Vollkommenheit brachte, die wir heute an ihnen bewundern.

Unter einfachem oder mathematischem Pendel versteht man einen materiellen, dem Einfluß der Schwere unterworfenen Punkt, welcher an einem als gewichtslos gedachten Faden hängt. Letzterer stellt die Verbindung des beweglichen schweren Punktes her mit dem unbeweglichen (der Achse), um welchen jener sich dreht. In Wirklichkeit findet sich selbstverständlich ein mathematisches Pendel nie, sondern nur das physische oder zusammengesetzte, welches durch jeden Körper dargestellt wird, der um eine horizontale Achse schwingen kann. Es lassen sich aber die Gesetze dieses Pendels auf die des mathematischen zurückführen; Galilei und Huygens beschäftigten sich zuerst damit. Wie die Mechanik beweist, ist die Schwingungsdauer eines Pendels bei sehr kleinen Schwingungen annähernd unabhängig von der Schwingungsweite oder Amplitude. Dieser als Isochronismus kleiner Schwingungen bezeichnete Satz ist sehr wichtig für die Anwendung des Pendels als Regulierapparat der Uhren.

Bekannt ist die Anekdote, nach welcher der junge Galilei 1583 durch Beobachtung der Schwingungen einer Lampe im Dom zu Pisa auf den Isochronismus der Pendelschwingungen gekommen sein soll; er stellte aber ein

Zählwerk (Pendel mit Vorrichtung zur Angabe der Schwingungszahl) erst 1636 her. Die Astronomen benützten dieses Instrument alsbald. Zwar soll nach Humboldt (Kosmos II. S. 258 und 451) schon der im 10. Jahrhundert lebende arabische Astronom Ibn Junis das Pendel bei seinen Beobachtungen benützt haben; sicher ist, daß der Danziger Bürgermeister und Astronom Hevelius (1611 bis 1687) es verwendete, und zwar zur Beobachtung der Sonnenfinsternis vom 11. August 1659. Ebenso bezeugt der Jesuit Riccioli (1598–1671), wohl der bedeutendste Gegner Galileis, ausdrücklich, daß er mit seinem Genossen Grimaldi viele Beobachtungen mit einem Pendel gemacht habe.[60] Auch der Jesuit Schott, dem wir die erste gedruckte Beschreibung der Luftpumpe („Experimentum novum Magdeburgicum") verdanken, machte zahlreiche Versuche, das Pendel als Regulator an Uhren zu benützen. In seinen „Mirabilia chronometrica"[61] beschreibt er eine Anzahl Hemmungen, von welchen zwar einige unausführbar sind, andere jedoch haben nach dem Urteil Dubois' (Histoire de l'Horlogerie, p. 133) auch jetzt noch für den Uhrmacher Interesse.

Keiner dieser Männer aber, von Galilei abgesehen, ersetzte wirklich die Bilanz der alten Räderuhr durch das Pendel; Hevelius versichert zwar, sich lange mit diesem Gedanken getragen zu haben, aber Huygens kam ihm zuvor.

Drei Namen sind es, die gewöhnlich mit der Erfindung der Pendeluhr in Verbindung gebracht werden: Jost Bürgi, Galilei und Christiaan Huygens. Bei der Wichtigkeit der Sache erscheint es angezeigt, auf die Gründe, die für den einzelnen sprechen, etwas näher einzugehen.

Jost Bürgi[62] (Fig. 24) (auch Byrgi, Burgk u. s. w. geschrieben), geboren zu Lichtensteig, Kt. St. Gallen, genoß nach Kepler keinerlei gelehrte Bildung in der Jugend, schwang sich aber durch andauernden Fleiß und durch besonderes Geschick für Mechanik und Mathematik zum Künstler und Gelehrten empor. Wir wissen von seinem Lebensgange nichts bis zum Zeitpunkte, da er als Mechaniker an den Hof des schon öfter erwähnten Landgrafen Wilhelm von Hessen berufen wurde. Dieser schätzte ihn bald sehr hoch; er nannte ihn sogar „ein zweiter Archimedes an Spürsinn." Nach dem Tode seines Herrn wurde Bürgi von Rudolf II. als Kammeruhrmacher nach Prag berufen, in welcher Stellung er bis 1622 blieb. Sein Tod erfolgte zu Kassel im Jahre 1632. Er erfand mancherlei mathematische Instrumente, berechnete auch nach Keplers Zeugnis (bei Wolf, Biographien, a. a. O. S. 71) viele Jahre vor Neper die Logarithmen,[63] welche er als „Progreßtabul" veröffentlichte, allerdings erst 1620, also sechs Jahre nach Nepers Tafeln. — Was nun die Erfindung der Pendeluhr betrifft, so ist Wolf entschieden der Ansicht, daß sie Bürgi zuerkannt werden müsse.

Fig. 24.

Die Gründe, auf welche diese Annahme sich stützt, sind kurz folgende: Rothmann, der Mathematiker Wilhelms von Hessen, erwähnt in der ca. 1586 geschriebenen Einleitung zum Hessischen Sternverzeichnis, daß in Kassel eine Sekundenuhr benützt worden sei, bei welcher das Libramentum, d. h. die Unruhe oder der Balancier, „nicht auf gewöhnliche, sondern auf ganz besondere und neue Weise so getrieben werde, daß jede Bewegung einer Sekunde entspreche." Ferner sei schon zur Zeit Rudolfs II. in Prag eine von Bürgi verfertigte Pendeluhr vorhanden gewesen, was auch ein gewisser flamändischer Mathematiker, Doms, nach dem Augenschein bestätige. So berichtet Joachim Becher in einer 1680 erschienenen Schrift; er fügt noch bei, daß auch Tycho diese Uhr benützt habe. Professor Weiß in Wien fand 1873 auf der kaiserlichen Schatzkammer außer einer sicher von Bürgi gefertigten Prachtuhr noch eine sehr alte Pendeluhr mit verschiebbarer Linse vor, welche er Bürgi zuschreibt und als die älteste Pendeluhr ansieht. Zu Kassel endlich, dem langjährigen Aufenthaltsorte Bürgis, befinden sich drei Uhren, welche nach Ausweis der alten Inventarien von Bürgi herstammen; eine derselben besitzt ein Pendel. Dies sind im wesentlichen die zu seinen Gunsten vorgebrachten Angaben.

Gerland prüft nun alle diese Gründe in seiner abschließenden Arbeit[64] „Zur Geschichte der Pendeluhr," welcher wir hier folgen. Er gelangt zum Ergebnis, daß die Einführung des Pendels als Regulator der Uhren Bürgi nicht zugeschrieben werden könne.

Der Bericht Rothmanns würde, wenn man annimmt, daß Bürgi das Pendel erfunden, diesen auch als Entdecker des Isochronismus hinstellen, als welcher doch allgemein Galilei angesehen wird. Wäre ferner die von Bürgi an der Uhr angebrachte Verbesserung ein Pendel gewesen, so ist nicht abzusehen, warum Rothmann den Apparat nicht auch mit diesem Namen bezeichnete, sondern mit „libramentum," (Unruhe), da er doch an andern Orten das Wort „perpendicula" gebraucht. Tycho würde gewiß die ebenso bequeme als nützliche Neuerung Bürgis auch erwähnt haben, wenn er sie wirklich benützt hätte. Was nun endlich die Kasseler Uhren betrifft, so ist eine derselben nicht bloß mit einem Pendel, allerdings ältester Form (Birne) versehen, sondern sie besitzt sogar die erst 1680 (nach der gewöhnlichen Angabe) von dem englischen Uhrmacher Element erfundene rückspringende Ankerhemmung. Gerland beweist auch noch aus Kasseler Akten, daß an der von Bürgi herrührenden Uhr wiederholt Veränderungen vorgenommen wurden und schließt hieraus, daß man bei einer solchen Gelegenheit, wahrscheinlich 1676, die alte, sehr schön und genau gearbeitete Uhr mit einem Pendel versah und so den neuen Anforderungen anpaßte. Derartige Verbesserungen wurden auch anderwärts, bald nach Bekanntwerden der Huygensschen Erfindung an schon vorhandenen Werken angebracht. So z. B. berichtet Blunschli[65] von Zürcher Uhren, welche Pendel erhielten. Die 1538 durch Hans Luter von Waldshut erstellte Uhr auf St. Peter wurde durch Meister Felix Bachofen 1675 in eine Pendeluhr umgewandelt; ebenso 1689 die aus dem Jahre 1581 stammende Uhr auf dem Oberdörffer Turm; 1682 wurden die Uhren auf dem Ketzer- und dem Grimmenturm in der angegebenen Weise verändert u. s. w.

Hieraus ergibt sich, daß Bürgi wohl kaum als Erfinder der Pendeluhr angesehen werden kann. Bei den übrigen Verdiensten als Mathematiker und Mechaniker kann dieser Umstand seinen Ruhm nicht schmälern. Als Rivalen bleiben also noch Galilei und Huygens.

Fig. 25.

Galilei (Fig. 25) (eigentlich Galileo, oder Galileo Galilei scil. filius) wurde geboren zu Pisa am 15. Februar 1564 als Sohn des Vincenzio di Michelangelo Galilei. Sein Vater war ein gelehrter Mann, der sich vorzüglich mit mathematischer Musiktheorie beschäftigte und hierüber ein Werk herausgab. Der Sohn sollte Tuchhändler werden, da die Familie arm war. Er kam jedoch zu den Mönchen des Klosters Vallombroso in die Schule, wo er sich große Fertigkeit in den alten Sprachen und jene Meisterschaft des italienischen Stiles aneignete, welche seine Landsleute noch heute an ihm bewundern. Mit 17 Jahren bezog der junge Galilei die Universität zu Pisa, um dort Arzneikunst zu studieren. Er setzte jedoch bald diese Disziplin beiseite und verlegte sich vorwiegend auf das Studium der Mathematik und Experimentalphysik. Seine erste Entdeckung, den Isochronismus der Pendelschwingungen, schlug er den Aerzten seiner Zeit als Pulsmesser am Krankenbett vor, ein Verfahren, das sich in Italien auch längere Zeit erhalten haben soll.

Die übrigen wissenschaftlichen Entdeckungen Galileis, seine Untersuchungen über den freien Fall, über das Fernrohr, die Auffindung der vier Jupitertrabanten, der Konfiguration der Mondoberfläche, der Sonnenflecken, der Sichelgestalt der Venus sind bekannt; ebenso die traurigen Schicksale, welche diesen Mann bis zum Tode verfolgten. Er starb erblindet im Alter von 77 Jahren, 10 Monaten und 20 Tagen den 8. Januar 1642. Als Schüler Galileis sind Viviani und besonders Torricelli, der Erfinder des Thermometers, berühmt geworden. Ein treuer Freund des unglücklichen Gelehrten, der auch in den gefährlichsten Lagen bei ihm ausharrte, war der 1644 als Professor der Mathematik zu Rom verstorbene Benediktinermönch Benedetto Castelli, welcher sich besonders als praktischer Hydrauliker großen Ansehens erfreute.

Galilei knüpfte schon frühe (1612) mit dem spanischen Hof Unterhandlungen an, um eine von ihm erdachte Methode der Längenbestimmung zur See, durch Beobachtung der Jupitertrabanten, einzuführen. In diesen sich mit Unterbrechung bis 1630 hinziehenden Verhandlungen wird noch mit keinem Worte des Pendels als

Zeitmessers gedacht, woraus wir schließen dürfen, daß Galilei dasselbe auch noch nicht praktisch verwertete. Im Jahre 1636 dagegen bot er seine Methode den Generalstaaten an und versprach zugleich, einen genauen Zeitmesser herzustellen. Worin dieser bestehe, erklärt er in einem Briefe vom 5. Juli desselben Jahres, welcher an Laurens Reaal, den früheren Statthalter von Holländisch-Ostindien, gerichtet ist. „Ich bediene mich," sagt er, „zur Zeitmessung eines Pendels von Messing oder Kupfer, welchem ich die Form eines Sektors von 12–15° gebe, dessen Radius über Spannen lang ist. Den Sektor verdicke ich im mittleren Radius und verdünne ihn sehr scharf auf beiden Seiten, damit ihm, soweit möglich, die Luft keinen Widerstand leiste. In seinem Mittelpunkt hat er eine Oeffnung, durch welche ein Eisen geht, wie jenes, um welches sich eine Wage bewegt. Dieses Eisen endet unten in eine scharfe Ecke und ruht auf zwei Stützen von Erz. Wenn nun der Sektor weit vom bleirechten (lotrechten) Stande entfernt ist und dem eigenen Fall überlassen wird, so legt er eine Menge Schwingungen zurück, ehe er stille steht. Damit er aber seine Schwingungen fortsetze und immer weit aushole, muß derjenige, welcher dabei steht, ihm von Zeit zu Zeit einen starken Stoß geben." Eine am Pendelgewicht befestigte Borste (setola fissa) stieß bei jedem Hin- und Hergang des Pendels ein Rädchen um einen Zahn vorwärts. Ob eine derartige Vorrichtung damals von Galilei ausgeführt wurde, weiß man nicht; er wollte wahrscheinlich den Abschluß der Verhandlungen abwarten, um dann die versprochenen Instrumente an die Holländer abzusenden. Durch Tod einiger der eifrigsten holländischen Kommissionsmitglieder wurde die Angelegenheit erst verschoben und schlief dann zuletzt ganz ein.

Diese soeben beschriebene Vorrichtung kann natürlich nicht als Uhr, sondern nur als Zählwerk bezeichnet werden.

Dagegen ist in einem von Arcetri (bei Florenz) aus an P. Fulgenzio Micanzio gerichteten Briefe, datiert vom 5. November 1637, von Zeitmessern die Rede, welche an Genauigkeit alles Bisherige übertreffen. Er erziele, sagt Galilei, mit seinen Instrumenten nicht bloß eine Genauigkeit von einem Grad, sondern auch noch von Minuten, Sekunden Terzen und weiter, wenn es verlangt werde. Die Vorrichtung selbst wird leider nicht beschrieben.

Fig. 26.

Es läßt sich aber aus andern Quellen unzweifelhaft beweisen, daß Galilei die Pendeluhr erfunden habe.[66] Viviani, „der letzte Schüler Galileis," wie er sich gern nannte, erwähnt diesen Gegenstand in einer 1659 an Prinz Leopold von Medici gerichteten Schrift.[67] Darin wird erzählt, wie Galilei 1641, also schon erblindet, auf den

Gedanken kam, „daß es möglich wäre, das Pendel an den Feder- und Gewichtuhren anzubringen und sich seiner zu bedienen; in der Hoffnung, der sehr gleichmäßige und natürliche Gang des Pendels werde alle Mängel der Kunst an den Uhren zu heben im stande sein." An der persönlichen Ausführung dieser Idee wurde Galilei durch seine Blindheit verhindert; er übertrug aber dem Sohne die Konstruktion nach einer Zeichnung, welche Viviani seiner Schrift für den Prinzen beilegte. Durch den Tod des Vaters sei jedoch die Sache verzögert und erst 1649 mit der Ausführung begonnen worden. Die Räder wurden von einem Schlosser verfertigt, die Zähne aber, um die Sache geheim zu halten, von Vincenzio selbst geschnitten. Als der Apparat soweit gediehen war, um seine Wirkungsweise studieren zu können, wurde Vincenzio Galilei vom Fieber dahingerafft. Viviani beschreibt jedoch die Uhr genau und an Hand der noch in der Bibliotheca Palatina zu Florenz vorhandenen Zeichnung fällt es nicht schwer, dieselbe zu verstehen.[68] Die beigegebene Figur 26 wird das Verständnis erleichtern; sie ist eine verkleinerte Wiedergabe des Originales, wobei die Hemmung getrennt dargestellt ist.[69] (Fig. 27).

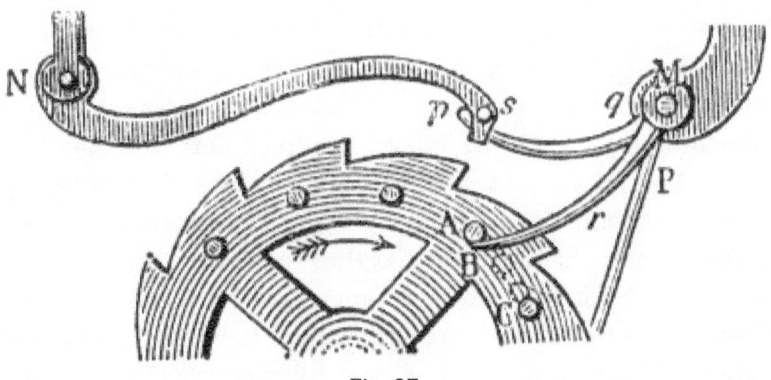

Fig. 27.

P bedeutet die Pendelstange, ihre Achse ist in M; r und qs sind zwei Hebel, welche mit dem Pendel fest verbunden sind, sich also auch um M drehen. Np ist ein weiterer Hebel, der seinen Drehpunkt in N hat; an ihm befindet sich ein Stift (vertikal zur Papierebene, ebenso wie die Stifte des Zahnrades), vermittelst dessen sein hakenförmiges Ende aus einem Einschnitt des Zahnrades durch den Arm qs herausgehoben werden kann. Der Verlauf der Hemmung ist nun folgender:

Auf der Welle des untersten Zahnrades hängt an einer Schnur das treibende Gewicht, welches in der Zeichnung weggelassen ist. Dadurch wird direkt das unterste Rad und mittelst Uebertragung durch andere Zahnräder auch das oberste (Sperrrad), welches mit einseitigen scharf eingeschnittenen Zähnen versehen ist, in Bewegung gesetzt. Hatte nun das Pendel die in der Figur dargestellte Lage durch Bewegung von rechts nach links erreicht, so griff der Arm qs in den Sperrhaken Np ein und hob ihn empor, so daß das Sperrrad sich in der Richtung des Pfeiles (Fig. 27) bewegen konnte, aber nur so lange, bis einer der Stifte, welcher seitlich am Sperrrad (gegen den Beschauer zu) angebracht sind, von dem Arm r arretiert wurde und dadurch die Bewegung hemmte. Wenn nun das Pendel wieder nach der andern Seite schwingt, so löst sich beim Passieren der Gleichgewichtslage desselben der Arm r von seinem Stifte, wobei er zugleich noch einen kleinen Antrieb erhält durch das mit einem Ruck sich wieder drehende Sperrrad. Entsprechend kurze Zeit nachher fällt aber der Sperrhaken Np wieder herunter und hemmt die Bewegung aufs neue. Beim Zurückschwingen des Pendels hebt nun der obere, längere Arm qs den Sperrhaken wieder, und das Rad bewegt sich aufs neue um einen Zahn, d. h. um den Abstand zweier Stifte vorwärts. Diese Bewegung läßt sich natürlich leicht auf ein Zeigerwerk übertragen. Die Uhr geht so lange, als das Gewicht noch fallen kann.

Diese Hemmung ist eine sehr gute und enthält schon

den Grundgedanken des erst 100 Jahre später erfundenen Grahamschen Ankers. Das Pendel schwingt fast völlig frei und insoweit wäre die Galilei'sche Hemmung der Huygensschen vorzuziehen.

Die Erzählung Vivianis findet ihre Bestätigung in der ausführlichen Biographie Galileis von Nelli, nach welcher 1688 die Witwe Vincenzios den Nachlaß ihres Gemahls verkaufte. Darunter befand sich auch „eine eiserne, unvollendete Penduluhr, zuerst von Galilei erfunden" (un Oriuolo non finito di ferro col pendolo, prima invenzione del Galileo). Wohin diese Uhr damals gelangte, ist nicht bekannt.

Aus dem Gesagten erhellt, daß Galilei als der erste Erfinder der Penduluhr angesehen werden muß; wenn seine Erfindung sich nicht verbreitete, sondern in Vergessenheit geriet, so ändert dieser Umstand an der Tatsache selbst gar nichts. Er wird aber erklärlich, wenn man bedenkt, daß Vincenzio vor Vollendung des Werkes starb und Viviani vielleicht im Drange anderer Geschäfte dasselbe ebenfalls nicht vollenden konnte oder mochte; endlich war die Einrichtung derartig, daß nicht leicht schon vorhandene Uhren mit dem Pendel versehen werden konnten. Für die Zeichnung selbst darf Galilei nicht verantwortlich gemacht werden, da er sie ja, wie bekannt, schon erblindet, diktierte. Jedenfalls aber ist die Erfindung der Penduluhr ein schöner Edelstein in der schon so reichen Krone des großen Physikers und Astronomen Galileo Galilei.

Durchaus selbständig und ganz unabhängig von Galilei wurde die Penduluhr noch einmal erfunden, 15 Jahre später, durch den berühmten niederländischen Gelehrten Huygens; zwischen Galilei und Newton vielleicht der bedeutendste Physiker.

Fig. 28.

Christiaan Huygens[70] (Fig. 28) (latinisiert Hugenius)
wurde geboren im Haag am 14. April 1629. Sein Vater, als
lateinischer Dichter und Mathematiker bekannt, bekleidete
die Stelle eines Kabinettsrates des Hauses Oranien. Er war
sehr begütert und unterrichtete seinen Sohn Christiaan
selbst in Mathematik, Musik und Maschinenkunde. Dieser
verfertigte schon als zehnjähriger Knabe allerlei Modelle von
Maschinen, welche zum Teil noch vorhanden sein sollen.
Sechszehnjährig ging er nach Leyden auf die Universität;

später setzte er seine Studien in Breda (Nord-Brabant) fort. 1649 machte Huygens eine große Reise nach Deutschland und 1655 nach Frankreich, wo er zu Angers als Doktor Juris promovierte. Die folgenden Jahre wurden abwechselnd in Holland und England zugebracht, bis Ludwig XIV. ihn im Jahre 1665 als Mitglied der vor kurzem gegründeten Akademie nach Paris berief. Von Frankreich siedelte er 1681 wieder nach Holland über, wo er an den Folgen einer schweren Krankheit, nachdem die Geisteskräfte rasch abgenommen, im Haag sein Leben beschloß den 8. Juni 1695 im Alter von 67 Jahren.

Huygens war nie verheiratet und lebte sehr zurückgezogen ganz der Wissenschaft. Seine Schriften können hier nicht im einzelnen aufgeführt werden, ebenso wenig als die zahlreichen Entdeckungen, welche die Physik auf vielen Gebieten diesem Manne verdankt; nur einiges möge genannt sein. Wie Galilei, beschäftigte auch Huygens sich viel mit der Optik und mit Anfertigung und Verbesserung der Fernrohre. Mit Hilfe mächtiger Instrumente, die viel besser waren als jene, welche Galilei benützte, machte er eine Reihe wichtiger Entdeckungen. So fand er 1656 den 6. Saturnmond und 1657 den Orionnebel; in einem im Jahre 1659 erschienenen Werke „S y s t e m a S a t u r n i u m," gibt er die erste Abbildung des Orionnebels, sowie die Auflösung des schon früher gestellten Anagramms[71] betreffs der Ringe des Saturn und endlich eine genaue Erklärung derselben.

Außer vielen andern, für unsern Zweck nicht in Betracht kommenden Schriften Huygens', sind es besonders zwei, welche hier berücksichtigt werden müssen, nämlich die kleine 1658 erschienene Abhandlung: H o r o l o g i u m, Hag. Com.; in derselben wird die schon 1656 gemachte Erfindung der Pendeluhr beschrieben. Ganz besonders wertvoll aber ist die größere Schrift: H o r o l o g i u m oscillatorium etc. Paris 1673. Hier findet sich neben vielem andern eine genaue Theorie des einfachen und zusammengesetzten Pendels und eine ins einzelne gehende Beschreibung der neuen Uhr.

Die Schrift zerfällt in fünf Abschnitte: 1. Beschreibung der Penduhr in verbesserter Form mit Cykloidenpendel und einer horizontalen Hemmung. 2. Vom Falle schwerer Körper und ihrer Bewegung auf der Cykloide. In 26 Propositionen wird der freie Fall, der Fall auf der schiefen Ebene und auf der genannten Kurve behandelt, zugleich auch bewiesen, daß letztere eine sogenannte „Tautochrone" ist (siehe weiter unten), da es gleichgültig, von welchem Punkte der Krümmung aus der Körper fällt. Voraus gehen diesem Teil die drei „Hypothesen," welche die Stelle der Bewegungsgesetze vertreten. Im 3. Abschnitt werden die Evolutentheorie, als deren Begründer Huygens anzusehen ist, und die Dimensionen der Kurven behandelt. Der 4. Teil handelt vom physischen oder zusammengesetzten und vom Cykloidenpendel. Diese Ausführungen sind wohl die wichtigsten für die theoretische Mechanik. Im 5. und letzten Abschnitt werden einige Sätze aufgestellt über die Centrifugalkraft, sowie über die Konstruktion einer besonderen Art Uhren, der sogenannten Cirkularpenduhren.

In der Vorrede genannter Schrift sagt Huygens, daß er bereits vor 16 Jahren über das Pendel geschrieben, seither aber manches daran verbessert habe, weshalb er jetzt noch einmal alles zusammenfasse: „Wie es aber immer gewesen und wohl auch immer sein wird, haben sich auch jetzt wieder Leute gefunden, welche meine Erfindung sich oder wenigstens ihrer Nation zuschreiben wollen. Ich glaube also, es sei an der Zeit, derartigen Bestrebungen einmal entgegenzutreten." Es genüge, nur dies eine entgegenzuhalten: vor 16 Jahren sei weder in Wort noch

Schrift von einer derartigen Pendeluhr die Rede gewesen, also dürfe er wohl sagen, durch eigenes Studium auf die Erfindung gekommen zu sein. Im Jahre 1658 habe er dann eine kleine Schrift über diesen Gegenstand veröffentlicht. „Wenn aber gesagt wird, Galilei habe an der Erfindung gearbeitet, sie aber nicht vollendet, so wäre das mehr ein Tadel für ihn als für mich, der ich die Sache mit besserem Erfolg angefaßt hätte. Erwidert man, Galilei oder sein Sohn hätten wirklich eine solche Uhr gemacht, so ist schwer zu glauben, daß etwas Derartiges volle 8 Jahre habe verborgen bleiben können. Daß es mit Absicht geschehen sei, könnte, wie man leicht sieht, jeder sagen, welcher die Erfindung eines andern für sich beansprucht. Jedenfalls aber wäre das zu beweisen, und mich würde die ganze Sache nicht weiter angehen, außer es würde zugleich festgestellt, daß allein ich von dem wußte, was allen andern verborgen geblieben."

Wie man sieht, steht Huygens tapfer ein für das Kind seines Geistes, und dies mit Recht, denn seine Erfindung war selbständig gemacht worden und ganz verschieden von derjenigen Galileis. Daß die Sprache des Gelehrten in obigem einige Male etwas scharf wird, beruht, wie sogleich gezeigt werden soll, auf Mißverständnissen. Sobald er besser unterrichtet war, trug er kein Bedenken, Galileis Priorität anzuerkennen. Dies geschah bald.

Boulliau[72] sandte noch im Jahre 1658 ein Exemplar des „Horologium oscillatorium" an den Prinzen Leopold von Toskana. In der Antwort wies dieser auf das Zählwerk Galileis hin und beanspruchte für diesen die Priorität. Boulliau teilte diese Aeußerung Huygens mit, welcher darüber schreibt: man muß wohl glauben, da ein solcher Fürst es versichert, daß Galilei vor mir diesen Gedanken gehabt. Indes hatte er noch einige Bedenken: „denn schließlich, wenn das Modell Galileis keine Unzuträglichkeiten gehabt hätte, so wäre es ganz unglaublich, daß er eine in vielen Punkten so wichtige Sache nicht ausgeführt hätte, noch nach ihm der Fürst Leopold, als er das Modell fand. Wenn ich die Ehre hätte, von S. Hoheit näher gekannt zu werden und Kühnheit genug, so würde ich an denselben gelangen, um eine Zeichnung davon zu bekommen, damit ich sehen könnte, inwiefern es von meinem Modell verschieden ist. (Wenn die Verschiedenheit nur in den Rädern liegt, so hat es wenig zu sagen). Aber wenn das Pendel anders aufgehängt ist als ich es getan; wenn es sich z. B. um eine Achse dreht, so könnte der Erfolg kein so guter sein." Boulliau machte den Prinzen mit diesen Gedanken bekannt und Gerland[73] glaubt, daß dieser Brief Veranlassung zu dem oben erwähnten Bericht Vivianis von 1659 gewesen sei. Eine Kopie der Zeichnung,[74] nebst einer Skizze der Uhr selbst, sandte Leopold noch im gleichen Jahre durch Boulliau an Huygens. Boulliau meldet den Empfang und die Absendung mit den Worten: „Die Zeichnung der beiden durch Pendel betriebenen Uhren, welche ich von Ihrer Hoheit empfangen, habe ich an Huygens geschickt; und wenn ich Zeit gefunden, hätte ich auch noch die Geschichte des von Galilei erfundenen Pendels beigefügt." Huygens scheint geglaubt zu haben, man wolle ihn in Italien eines Plagiates beschuldigen, was durchaus nicht der Fall war, weshalb er wieder an Boulliau (1670) zurückschrieb: „Aber was ist zu tun, um dem Fürsten die Meinung zu benehmen, die er von mir gefaßt zu haben scheint, als ob ich mir die Erfindungen anderer anmaßen wolle. Gewiß würde ich mich nicht wert halten zu leben." Weil aber, fährt er fort, das Gegenteil schwer zu beweisen sei, so könne er nur versichern, daß weder er selbst, noch sonst jemand in diesem Lande, so viel er wisse, von der Erfindung gehört habe, bevor er sie veröffentlichte. Diese Versicherung gab Huygens bei jeder Gelegenheit, und sie verdient auch in allen Punkten vollen Glauben, da ja, wie wir gesehen, Vincenzio und Viviani Galileis Erfindung so geheim als möglich hielten.

Es darf also als bewiesen angesehen werden, daß Huygens zwar 15 Jahre später, als Galilei, (1656, er veröffentlichte seine Schrift erst zwei Jahre darauf), aber durchaus selbständig, ohne von der ersten Pendeluhr etwas zu wissen, dieses so wichtige Instrument zum zweiten male erfunden hat.

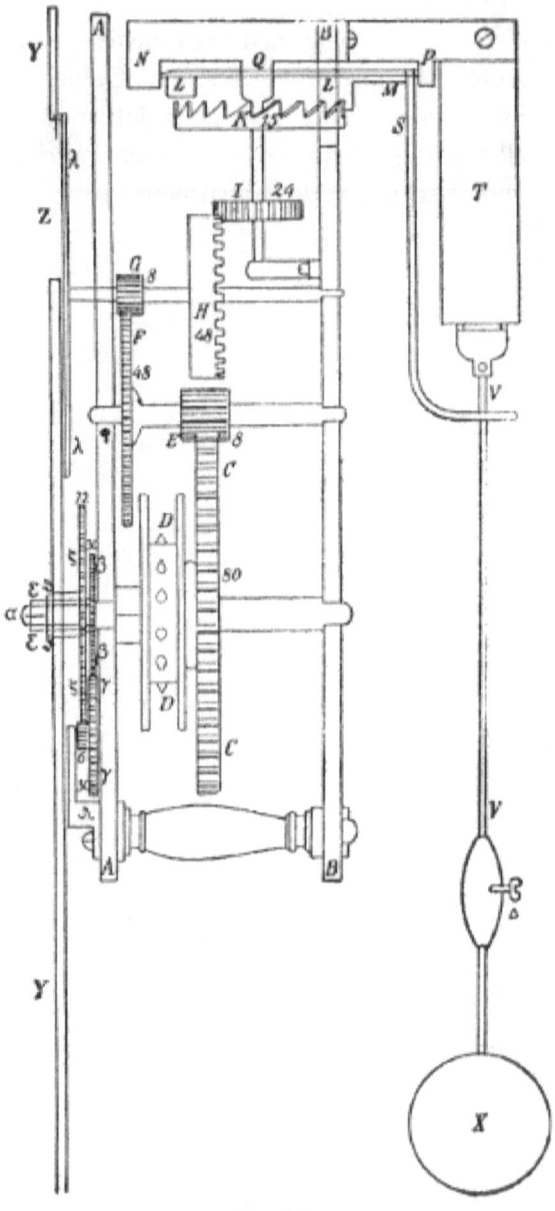

Fig. 29.

Nach diesem Ergebnis gehen wir nun zur Beschreibung

der Uhr über, welche im folgenden an der Hand der Originalzeichnung Huygens' in Uebersetzung gegeben werden soll.

Die nebenstehende Figur 29 zeigt eine Seitenansicht; AA und BB sind zwei Bleche (laminæ), jedes ungefähr ½ Fuß lang und 2½ Daumen breit; ihre Enden werden durch zwei Säulchen zusammengehalten, so daß ein Zwischenraum von etwa 1½ Daumen bleibt. In diese Lamellen sind auf beiden Seiten die Achsen der vorzüglichsten Räder eingelassen. Das erste und unterste Rad C hat 80 Zähne; auf seiner Achse sitzt die Scheibe (Schnurlauf) D, welche mit Eisenstiften versehen ist, damit die Schnur und die Gewichte, deren Anordnung später besprochen wird, haften können. Das Rad C wird also durch das Gewicht in Bewegung gesetzt; es bewegt den Trieb (tympanum) E mit 8 Zähnen, ebenso das auf der gleichen Achse sitzende Rad F von 48 Zähnen. In dieses greift ein anderer Trieb G ein, welcher das Rad H antreibt. G und H haben gleichviel Zähne wie E und F, nämlich 8 und 48. Das Rad H gehört zu jener Art von Rädern, welche die Künstler nach ihrer Form „Kronräder" (coronarias) nennen. Seine Zähne vermitteln die Bewegung des Triebes I und des auf derselben Achse angebrachten Rades K. Der Trieb besitzt 24, das Rad 15 sägeförmige Zähne. Ueber die Mitte dieses Rades K kommt die Flügelachse (axis pinnatus) LM zu liegen, deren Enden in den Winkelhaken NQ und P laufen, welche an der Lamelle BB befestigt sind. Der Haken NP hat nach unten einen Fortsatz Q, der mit einer Bohrung versehen ist, durch welche die Achse LM hindurch geht. Zugleich dient dieser Vorsprung Q als Halt für die dem Rad K und dem Trieb I gemeinsame Achse, welche mit ihrem oberen Ende in N ruht. Die Platte BB ist mit einer weiten Bohrung versehen, welche durchsetzt wird von der Achse LM, die mit der Spitze in P sich dreht. Sie erhält so eine größere Beweglichkeit, als wenn BB allein ihr

Lager bildete. Länger muß sie deswegen sein, damit das Steuer (die Gabel) S bei M an ihr befestigt werden kann. Letzteres dreht sich dann zugleich um die angegebene Achse. Diese Bewegung ist eine hin und hergehende, da die Zähne des Rades K in der bekannten Weise (siehe oben Fig. 5), welche keiner Erklärung bedarf, abwechselnd an die Lappen LL anstoßen.

Das Steuer S führt in einer länglichen Oeffnung die eiserne Pendelstange VV, an welcher unten das Bleigewicht X befestigt ist. Oben ist sie an einem Doppelfaden aufgehängt zwischen zwei Blättchen, von denen Figur 29 nur das eine zeigt, weshalb wir dieselben noch gesondert abbilden in Figur 30. Durch diese Zeichnung wird ihre Form und Krümmung, sowie die ganze Aufhängungsweise des Pendels klar. Uebrigens werden wir später noch im besondern über die Gestalt dieser Blättchen handeln.

Gehen wir nun zum Gang der Uhr über; die andere Figur 31 wird nachher erklärt. Es ist klar, daß das Pendel durch den Antrieb der Räder, welche durch Gewichte in Bewegung gesetzt werden, nach einmaligem Anstoß mit der Hand sowohl seinen Lauf beibehält, als auch, daß seine Schwingungen den ganzen Gang der Uhr regeln. Denn die Gabel S folgt nicht bloß beim leisesten Antrieb der Räder dem Pendel, sondern sie hilft ihm auch bei jeder einzelnen Umkehr etwas, und so bleibt es beständig in Bewegung, während es sonst, sich selbst überlassen, von selber, oder besser gesagt, durch den Widerstand der Luft allmählich zur Ruhe kommen würde. Hinwiederum, da das Pendel in einem fort geht und diese Regelmäßigkeit (allerdings wurde sie erst erlangt durch die Krümmung der Blättchen T) nicht geändert wird außer durch Veränderung der Pendellänge, kann auch das Rad K nicht mehr schneller oder langsamer gehen, wie dies bei gewöhnlichen Uhren gern vorkommt, sondern seine Zähne sind gezwungen, in gleichen

Zeiträumen vorbeizugehen. Daraus erhellt, daß auch alle übrigen Räder, ebenso wie die Zeiger, eine gleichmäßige Drehbewegung bekommen, da alle diese aufgeführten Teile in entsprechendem Verhältnisse gleichförmig bewegt werden. Infolge dessen wird auch, wenn irgend etwas bei Herstellung der Uhr fehlerhaft gemacht wurde, oder wenn bei veränderter (erhöhter) Temperatur die Räder schwerer gehen, keine Ungleichheit der Bewegung eintreten, vorausgesetzt, der Fehler sei nicht so groß, daß der Gang der Uhr durch ihn überhaupt unterbrochen wird. Die Uhr wird also die Zeit entweder immer richtig angeben, oder dann sie gar nicht anzeigen, d. h. stille stehen.

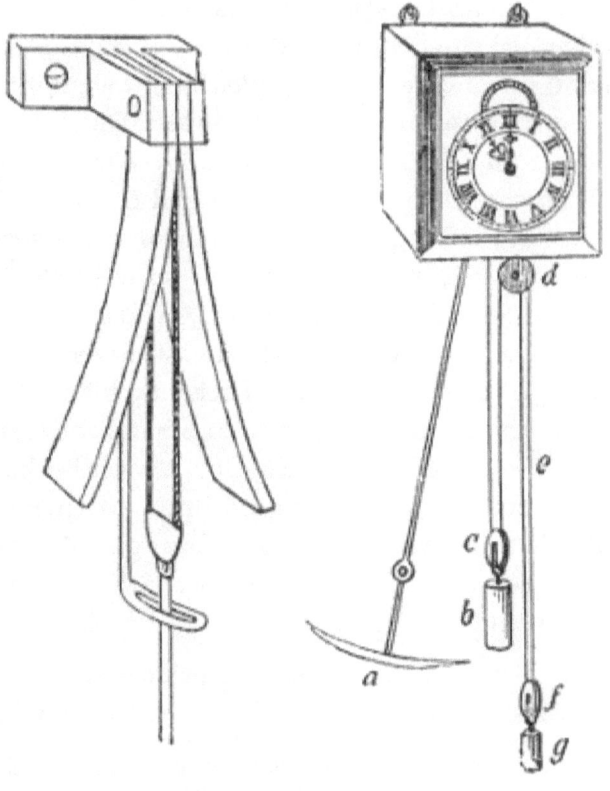

Fig. 30.　　　　　Fig. 31.

Die Zeiger endlich werden auf folgende Art befestigt und bewegt: den beiden schon genannten Platten AA und BB parallel ist eine dritte angebracht YY (Fig. 29), ungefähr um ¼ Daumenbreite von AA abstehend. Darauf sind die Stundenkreise angebracht mit dem Zentrum in X (in der Abbildung nicht angegeben), in welchem sich auch die Achse des Rades C dreht. Der innere Kreis ist in 12 Stunden geteilt, der äußere in 60 Minuten. Auf der Achse des Rades C sitzt neben AA das Rad β; mit ihm ist ein Röhrchen fest verbunden, welches die Platte YY durchsetzt und bis E geht. Es sitzt so auf der Achse, daß es sich zugleich mit ihr dreht, aber wenn nötig, auch ohne sie bewegt werden kann. Bei E wird der Zeiger aufgesetzt, welcher stündlich eine Umdrehung macht, also die „scrupula prima," den sechzigsten Teil einer Stunde (Minuten) anzeigt. Das Rad B aber treibt ein anderes, Σ, mit gleichviel (30) Zähnen an, zugleich auch dessen Trieb mit 62 Zähnen. Die Achse beider (des Rades und seines Triebes) ruht im Winkel δ. Durch diesen Trieb endlich bewegt sich das Rad ζ mit 72 Zähnen, ebenso das an ihm angebrachte Röhrchen, welches durch Y hindurch bis θ reicht, also nicht ganz so weit, als das von ihm umfaßte Röhrchen des Rades β. Auf das Ende θ wird der Stundenzeiger aufgesetzt, der etwas kürzer ist, als der Minutenzeiger, da er den inneren Kreis durchläuft. Um aber das genaue Ablesen der Sekunden zu ermöglichen, sitzt auf der Achse des Rades H eine Scheibe λ, welche bis zu Y reicht. Auf ihr ist ein Kreis verzeichnet, welcher 60 Teile zählt; die Platte YY hat vor γ eine Oeffnung Z. Zu oberst an dieser befindet sich ein feststehender Stift, welcher die vorbeigehenden Sekunden angibt.

Die Anordnung der Zeiger ergibt sich deutlicher aus Figur 31, welche das Aeußere einer Pendeluhr darstellt.

Was die Länge des Pendels betrifft, so muß sie bei obiger Anordnung so sein, daß bei jedem Rücklauf eine Sekunde gemessen wird. Dies ist der Fall bei einer Länge von drei Fuß; da eine solche sich aber in der Zeichnung nicht gut darstellen ließ, so gaben wir den fünften Teil davon an, gemessen vom Aufhängepunkt, da wo die beiden Bleche T sich krümmen, bis zum Mittelpunkte des Gewichtes X. Ich spreche von einer Länge von drei „Fuß", nicht rücksichtlich irgend eines Fußmaßes bei einem Volke in Europa, sondern von jenem Fuß, der nach ewig gleichbleibendem Maß von einem Pendel hergenommen ist („certo æternoque pedis modulo ab ipsa huius penduli longitudine desumpto,") und der deshalb in Zukunft „Stundenfuß" genannt werden mag. Auf ihn müssen alle andern Fußmaße bezogen werden, wenn wir sie unverfälscht der Nachwelt überliefern wollen. So kann z. B. nie in folgenden Jahrhunderten eine Unsicherheit darüber herrschen, welches die Länge des Pariser Fußes sei (0,3248394 m), wenn man weiß, daß er sich zum Stundenfuß verhält wie 864 : 881. Darüber werden wir aber noch ausführlicher reden in jenem Teil des Buches, welcher den Schwingungsmittelpunkt behandelt.[75]

Vorderhand bezeichnen wir die Umlaufszeit der einzelnen Räder und Zeiger nur im allgemeinen, damit man daraus ersehe, wie alles übereinstimme mit der Zahl der Zähne, welche angegeben wurde.

Es ist klar, daß bei einer einzigen Umdrehung des Rades C das Rad F sich zehnmal dreht, H aber sechzigmal, und 120mal das oberste K, mit 15 Zähnen, welche abwechselnd die Lappen LL bewegen, so daß einer Umdrehung des Rades K 30 Antriebe der Lappen entsprechen. Genau so viele Hin- und Hergänge macht das Pendel VX. Es werden also 120 Umläufen 3600 einfache Schwingungen entsprechen; das ist aber die Anzahl Sekunden, welche eine Stunde enthält. Also geht in einer Stunde das Rad C einmal herum, und ebenso oft der auf seiner Achse sitzende Minutenzeiger. Weil ihn auch in derselben Zeit das Rad β und durch dieses γ

mitsamt seinem Trieb von 6 Zähnen sich drehen, das Rad ξ aber zwölfmal mehr Zähne, d. h. 72 besitzt, so liegt auf der Hand, daß bei ihm auf 12 Stunden nur ein Umlauf kommt; das gleiche gilt vom Zeiger, welcher an diesem Rad ξ bei θ befestigt ist. Wie wir aber bewiesen haben, dreht das Rad H sich während einer Drehung von C sechzigmal, und mit ihm vollendet der auf seiner Achse angebrachte Kreis λ seinen Lauf sechzigmal in der Stunde, einmal in einer Minute; sein sechzigster Teil zeigt also beim Vorübergang am Stifte die Sekunden an! So ist alles richtig.

Das Gewicht X wiegt drei Pfund; es ist entweder ganz von Blei oder mit einer Messinghülse versehen, welche das Blei enthält. Man hat hier indes nicht bloß auf das Gewicht der Metallmasse zu sehen, sondern auch (und dieser Umstand ist sehr wichtig) auf seine Form, damit die Luft ihm so wenig Widerstand als möglich entgegensetze. Deshalb wird es verwendet in Gestalt eines länglichen, liegenden Zylinders, dessen beide Enden spitz zulaufen, wie aus <u>Fig. 31</u> ersichtlich ist. Bei den Uhren, welche für die Schifffahrt[76] bestimmt sind, wurde eine aufrecht stehende Linse als zweckmäßig erfunden.

In der gleichen Figur 31 ist auch die Aufhängung eines andern Gewichtes b, welches den Gang der Uhr bewirkt, angegeben. Wir mußten sie, da noch nichts darüber bekannt war, erst ausfindig machen, damit beim Aufziehen das Werk nicht ins Stocken gerate, oder doch gehemmt werde, was besonders hier zu meiden war. (Nun folgt im Original die Beschreibung des Flaschenzuges) ...

Die Schwere des Gewichtes b kann nicht genau bestimmt werden; im allgemeinen wird die Uhr um so besser gehen, je geringer das Gewicht sein darf, welches sie in Gang zu erhalten vermag. Bei den besten Uhren, die von uns bisher erstellt wurden, wog es bloß sechs Pfund. Die Linse wiegt, wie gesagt, drei Pfund und die Pendellänge ist drei Fuß. Das Pendel muß, worauf wir noch besonders aufmerksam machen, im Kasten der Uhr herabhängen, es ist also in diesem ein so langer Schnitt anzubringen, daß er für die Schwingungen genügt. Wenn man die Uhr ungefähr in Mannshöhe aufhängt, so bleibt sie, einmal aufgezogen, 30 Stunden in Gang.

Soweit die Beschreibung Huygens'. Auf Seite 151 findet sich noch die richtige Bemerkung, daß die Uhr um so gleichmäßiger gehe, je schwerer die Pendellinse sei.

Schon früher wurde des Isochronismus der Pendelschwingungen als einer Entdeckung Galileis gedacht. Genau genommen ist dies aber nicht ganz richtig, indem er annahm, daß die erwähnte Gesetzmäßigkeit für Schwingungen jeder Weite gelte. Annähernd trifft Galileis Ansicht zu; genauer aber werden Pendelschwingungen nur dann als isochron bezeichnet, wenn ihre Bogen als Gerade aufgefaßt werden können, was nur bei sehr kleinen Amplituden der Fall ist. Huygens gebührt das Verdienst, diesen wichtigen Satz genau bewiesen zu haben, anläßlich einer nähern Untersuchung der Pendelgesetze.

Es haben, wie bekannt, alle Sehnen, welche man von irgend einem Punkte der Peripherie eines vertikalen Kreises aus nach dem tiefsten Punkte desselben zieht, die Eigenschaft, als schiefe Ebenen betrachtet, von einem auf ihnen fallenden Körper in gleicher Zeit durchlaufen zu werden, mögen sie nun im übrigen kurz oder lang sein. Weil nun aber ein Pendel nicht in einer Geraden sich bewegen kann, sondern seine entsprechende Kurve beschreibt, welche immer länger ist, als die Gerade, so braucht es dazu auch eine längere Zeit. So wies Huygens nach, daß dasselbe Pendel, welches bei kleinster Schwingungsweite 34 Schwingungen machte, in derselben Zeit bloß 29 ausführt, wenn es einen Halbkreis durchläuft. Damit schien der Wert des Pendels als Regulator der Uhren wieder hinfällig geworden zu sein. Die scharfsinnigen und gelehrten Untersuchungen, welche der große Geometer nun anstellte über den Weg, den das Pendel einschlagen müßte, um seine Schwingungen, seien sie groß oder klein, in gleichen Zeiträumen erfolgen zu lassen, führten ihn auf die sogenannte Cykloide oder Radlinie, bei welcher wir kurz verweilen wollen.

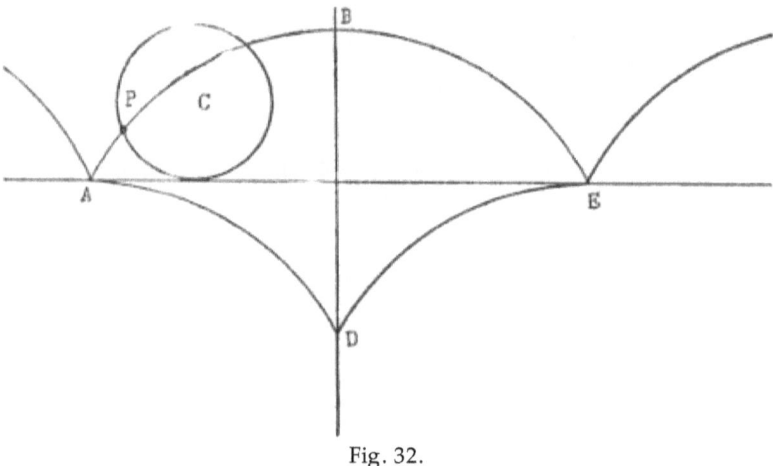

Fig. 32.

Unter Cykloide oder Radlinie versteht man, wie schon der Name andeutet, jene Kurve, welche beschrieben wird von einem Punkte P (siehe Fig. 32), der nicht Mittelpunkt eines Kreises C ist, wenn dieser, ohne zu gleiten, auf einer Geraden in derselben Ebene fortrollt. Liegt der Punkt auf der Peripherie, so entsteht die gemeine oder eigentliche Cykloide A B E.[77] Dieses Gebilde beschäftigte die Mathematiker des 17. Jahrhunderts lebhaft. Galilei, Mersenne, Roberval, Descartes, besonders aber Huygens, studierten ihre Eigenschaften. Während Leibniz die schon von Galilei gestellte Aufgabe löste, den zeitlich kürzesten Weg eines Körpers von einem Punkte zu einem andern zu finden, welcher tiefer gelegen ist und sich nicht in derselben Vertikalen befindet, und als Weg dieses Punktes die Cykloide

(Brachystochrone) fand, bewies Huygens in seinem 1673 erschienenen Werke, daß genannte Kurve zugleich ihre Evolute sei.[78] Viel wichtiger aber für unsern Gegenstand ist der ebenfalls von Huygens aufgefundene Satz, daß die Cykloide auch eine Tautochrone oder Isochrone darstellt.

Unter Tautochrone versteht man jede krumme Linie, auf welcher ein der Schwere unterworfener materieller Punkt oder Körper immer in ein und derselben Zeit am tiefsten Punkte anlangt, gleichgültig von welchem Orte der Kurve aus er seine Bewegung begann.

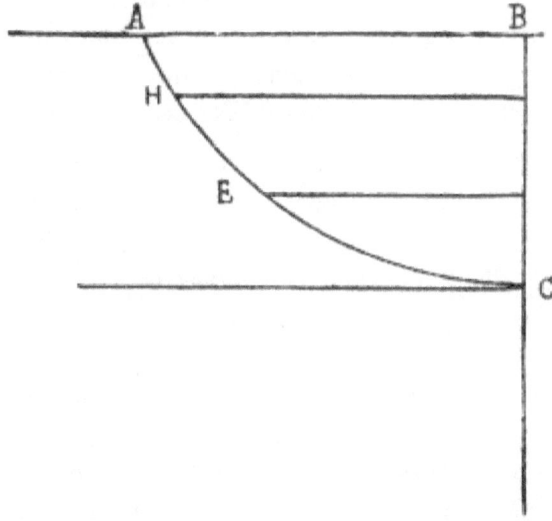

Fig. 33.

Es sei A H E C (Fig. 33) eine Semicykloide, und H ein beliebiger Punkt derselben. Es ist nun ganz gleichgültig, ob ein fallender Körper von H oder z. B. von E aus seine Bewegung beginne; er wird in beiden Fällen zur gleichen Zeit den tiefsten Punkt seiner Bahn, C, erreichen. Durch diese Eigenschaft der Cykloide ist die Möglichkeit geboten, die Pendelschwingungen genau isochron zu machen, indem

139

man nämlich das Pendel zwingt, die Evolute einer Cykloide zu beschreiben. Ein Pendel, dessen Faden als unbiegsam gedacht wird und das in einer Ebene schwingt, beschreibt einen Kreisbogen; auch wenn der Faden biegsam ist, wird dies unter dem Einfluß der Schwere im allgemeinen noch der Fall sein. Stellt sich aber dem Pendelfaden eine krumme Linie in den Weg, so wird er sich an diese anschmiegen und die Bahn wird keine kreisförmige mehr sein, sondern je nach der Form des Hindernisses irgend eine andere Kurve darstellen. Ist also dieses Hindernis, wie bei der Pendeluhr von Huygens, ein cykloidisch gekrümmtes Blättchen, so bildet der vom Schwingungsmittelpunkt beschriebene Bogen als Evolute ebenfalls wieder eine Cykloide, folglich sind die Schwingungen genau isochron. Darauf beruht die Anwendung des Huygensschen Pendels. Auf die nähere mathematische Darlegung kann hier verzichtet werden.

Schließlich darf aber nicht verschwiegen werden, daß auch bei dem Cykloidenpendel der Spruch zutrifft, welchen Kaspar Schott auf seine eigenen Pendelhemmungen anwandte: nihil ex omni parte beatum, d. h. nichts ist vollkommen unter der Sonne. Huygens selbst lernte die Mängel seines Werkes wohl kennen; er suchte auch mannigfaltige Verbesserungen daran anzubringen. Ein Uebelstand ist hier vor allem zu erwähnen: die Form der Bleche, an welche der Pendelfaden sich anlegen soll. Diese Halbcykloiden sind nur schwer genau herzustellen; der Pendelfaden selbst (von Seide) ist zu sehr den Einflüssen der Witterung unterworfen. Die geringe Schwere der Linse ließe sich zwar leicht ändern, aber dadurch würden auch die unvermeidlichen Stöße der Lappen heftiger, so daß das Werk sich rasch abnutzen müßte. Der letztgenannte Uebelstand liegt jedoch in der Natur der Hemmung selbst, welche Huygens überkam und benutzte; er verschwand daher auch, sobald eine bessere Konstruktion an die Stelle der alten trat. Im Prinzip aber sind unsere modernen Pendeluhren geblieben, wie sie Galilei und Huygens erdacht. Dieser fruchtbare Gedanke hat erst die Vollkommenheit unserer jetzigen Zeitmesser ermöglicht und ihre Herstellung zu einem glänzenden Triumph der Feinmechanik gemacht.

V.
Weitere Entwicklung der Uhren im 18. und 19. Jahrhundert.

1. Die Pendeluhren im allgemeinen.

Wie wir im bisherigen gesehen, sind die Pendeluhren trotz des wissenschaftlich richtigen und interessanten Prinzips praktisch doch noch immer sehr unvollkommen; dieser Uebelstand blieb so lange bestehen, als es nicht gelang, eine bessere Hemmung und zweckdienlichere Aufhängung des Pendels zu ersinnen. (Unter Hemmung versteht man im allgemeinen eine Vorrichtung, welche die Aufgabe hat, im Verein mit dem Pendel oder der Unruhe das gleichmäßige Ablaufen des Räderwerkes zu erzielen). Diese und andere Verbesserungen ließen nun nicht mehr lange auf sich warten, denn einerseits waren gegen Ende des 17. Jahrhunderts die Uhren Gegenstand reger wissenschaftlicher Studien und Untersuchungen von seiten hervorragender Mathematiker und Astronomen, anderseits erwarben sich auch die Uhrmacher rasch jene Kenntnisse, welche zur Erzielung eines Fortschrittes auf dem Gebiete der eigentlichen Uhrmacherkunst erforderlich waren.

Bei der Spindelhemmung, wie sie Huygens benutzte, sind große Schwingungsweiten unvermeidlich; man erkannte aber bald, daß kleine Schwingungsbögen mehr isochron sind, d. h. eher in gleicher Zeit durchmessen werden, als große. Die Gleichzeitigkeit wurde nun ermöglicht durch die Erfindung der Ankerhemmung, oder des sogenannten englischen Hakens, welcher für einfache

Pendeluhren bis heute in Gebrauch geblieben ist. Man unterscheidet d r e i e r l e i H e m m u n g e n: die zurückfallende, die ruhende und die freie Hemmung. Die z u r ü c k f a l l e n d e ist jene, bei welcher der Zahn der Hemmung genötigt ist, der Richtung zu folgen, nach welcher das Pendel oder die Unruhe schwingt. Er muß also, bevor dem Pendel oder der Unruhe ein neuer Antrieb gegeben werden kann, wieder zurückgehen. Hieher gehören die Hemmung mit Steigrad und Spindel bei Pendel- und Taschenuhren, ferner bei ersteren der bereits genannte englische Haken.

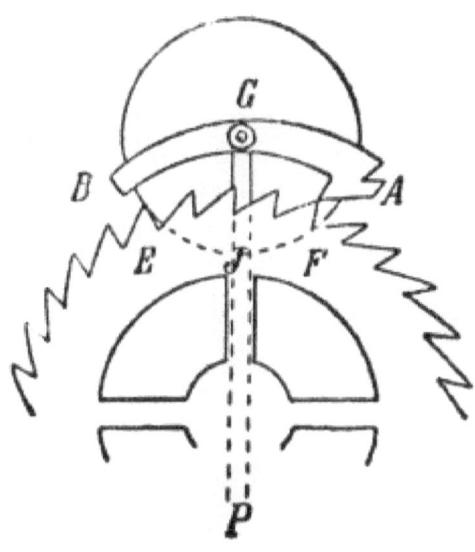

Fig. 34.

Fig. 34 stellt die ursprüngliche Hemmung des Engländers Clement vor (ca. 1680). P ist die Pendelstange, an deren Aufhängung G der Anker AB befestigt ist. Er ist gekrümmt und trägt bei A einen Ansatz, welcher ungefähr die gleiche Krümmung besitzt, wie die Zähne des Hemmungsrades. Auf diese wirken nun in leichtverständlicher Weise die Ankerarme A und B.

143

Ursprünglich saß das Pendel direkt auf der Ankerachse, wie z. B. beim geradlinigen Balancier, es wurde aber später für sich aufgehängt und steht nun durch eine Gabel mit dem Anker in Verbindung. Clement ersetzte den Seidenfaden durch eine biegsame Feder, und Julien le Roy verwendete zuerst deren zwei.

Die ruhende Hemmung stellt einen weiteren Fortschritt dar und wurde von Graham eingeführt. (Fig. 35).

Fig. 35.

Georg Graham, geb. im Jahre 1675 zu Horsgills in der
Grafschaft Cumberland, kam als Lehrling zu dem
ausgezeichneten Uhrmacher Tompion in London. Bald

zeichnete er sich durch Geschicklichkeit und eine große Erfindungsgabe aus. Er studierte zuerst die Störungen, welche Temperaturunterschiede im Gang von Pendeluhren hervorbringen und suchte sie durch Anwendung eines hölzernen Pendels zu beseitigen, weil, wie er gefunden, Holz sich in der Richtung der Fasern nur wenig ausdehnt. Durch Kochen in Oel oder durch Ueberzug von Firnis sollte auch der Einfluß der Luftfeuchtigkeit ausgeschaltet werden. Die Ergebnisse langer Studien waren das Rostpendel (soll eigentlich von dem Engländer Harrison, 1726, erfunden worden sein) und die Quecksilberkompensation. Graham erfand auch die Zylinderhemmung für Taschenuhren. Als ausgezeichneter Mechaniker verfertigte er auch astronomische und physikalische Instrumente, wie er ebenfalls in diesen Zweigen praktisch tätig war. Im Jahre 1721 wählte ihn die Innung der Londoner Uhrmacher zu ihrem Vorsteher; 1728 wurde er Mitglied der königl. Akademie der Wissenschaften. Graham starb 1751 und ist in der Westminsterabtei, in der Gruft seines Lehrmeisters Tompion beigesetzt.

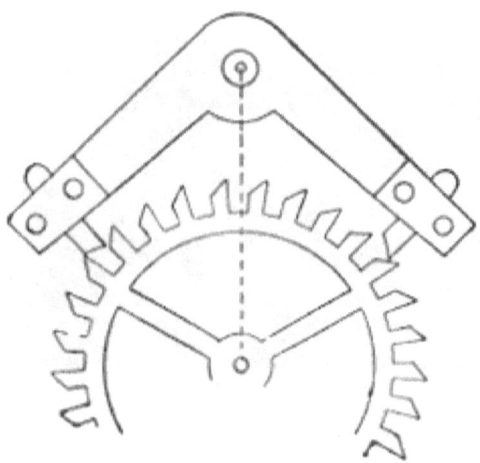

Fig. 36.

Einen G r a h a m - A n k e r zeigt Abbildung 36. Die Wirkungsweise ist ähnlich wie bei der Clement'schen Hemmung, man unterscheidet aber hier Ruhe- und Arbeitsflächen. Die Ruheflächen sind nach einem Kreise um das Ankermittel gekrümmt; wenn der Zahn des Steigrades auf ihnen liegt, ist der Anker in Ruhe. Arbeit wird auf ihn nur übertragen, wenn der Zahn (des Steigrades) auf den kleinen, ebenen Flächen, den Arbeitsflächen, sich befindet. Diese Hemmung wird bei feinen Uhren noch vielfach angewendet; bei Turmuhren ist sie oft etwas abgeändert und tritt als sogenannte „S t i f t e h e m m u n g" auf (Fig. 37). Hier sind die Zahnspitzen des Graham-Ganges durch Stifte ersetzt, welche im Hemmungsrade mit der Radwelle laufen. Die Paletten (Flächen) des Ankers liegen ganz nahe beieinander und lassen die Stifte von einer gleich zur andern gehen. Es werden auch Stiftehemmungen konstruiert, bei denen das Rad auf beiden Seiten Stifte aufweist; die Radscheibe geht dann zwischen den Ankerarmen hindurch und die Stifte der einen Seite berühren bloß den zugekehrten Ankerarm.

Es ist aber leicht einzusehen, daß auch bei dieser ruhenden Hemmung die Reibung noch ziemlich bedeutend ist. Deswegen kamen mehrere Künstler, so z. B. 1748 Pierre le Roy (der Sohn des oben genannten Julien le Roy) u. a. auf den Gedanken, das Hemmungsrad nicht vom Regulator (Pendel) selbst, sondern von einem besonderen Einfall aufhalten zu lassen, welcher vom Regulator ausgelöst wird. Hiedurch verringert sich die Reibung auf ein Minimum, der Gang wird möglichst leicht. Die Unruhe schwingt zum größten Teil frei, macht also viel größere Schwingungen, als bei der Zylinderhemmung. Dieses ist das Prinzip der f r e i e n Hemmungen, welche namentlich bei Präzisionsuhren angewendet wird. Als besonders geistreiche und originelle Ausführungen der freien Hemmung sei hier das

Mannhardt'sche Pendel sowie die Rieflersche Hemmung genannt, von denen noch näher die Rede sein soll.

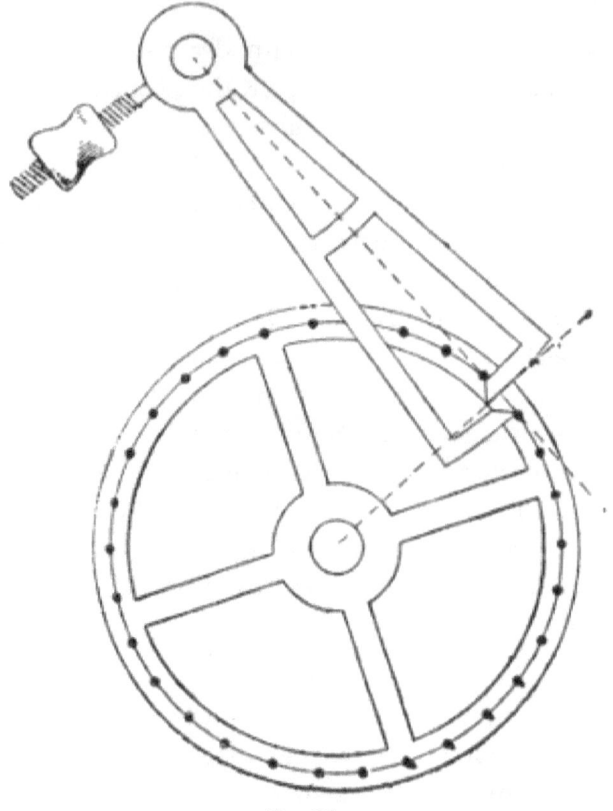

Fig. 37.

Mit welch großer Mühe und Scharfsinn die alten Turm- und Kunstuhren auch ausgeführt sein mochten, so waren sie doch nicht geeignet, eine genaue Messung der Zeit zu ermöglichen, weil sowohl die Werkzeuge, als auch die Kenntnis der hier besonders in Betracht kommenden verschiedenen Widerstände noch sehr mangelhaft waren. Bei Turmuhren ist es besonders die große Reibung im Werke selbst, die Zeigerleitungen, die Hemmung des Windes u. s. w., welche die Genauigkeit beeinträchtigen. Ließ man, um diese Uebelstände etwas auszugleichen, die Uhr mit großem Kraftüberschuß gehen, so mußte das Pendel einen großen Weg machen, was wieder andere Uebelstände zur Folge hatte. Es mußte also der Antrieb, den das Pendel erhält, oder den das Steigrad auf den Anker ausübt, nur gering sein.

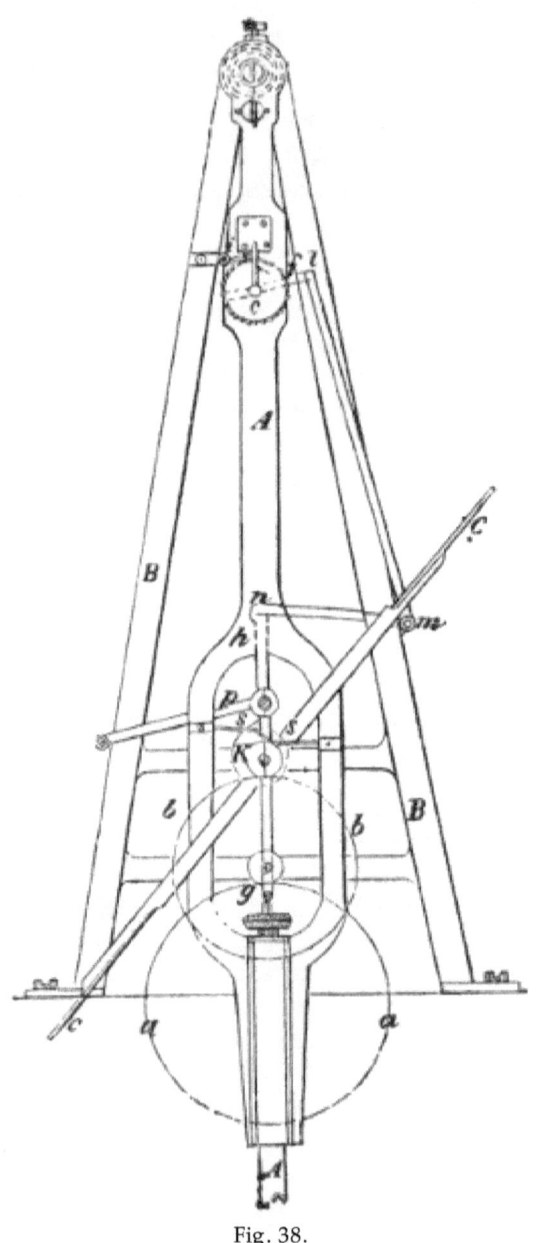

Fig. 38.

Die Anordnung, durch welche das erreicht wird, heißt

Hemmung mit „konstanter Kraft" und besteht darin, daß das Gewicht des Laufwerkes der Uhr alle Minuten nur einige wenige Sekunden lang wirkt; das Steigrad und damit das Pendel erhalten ihren Antrieb durch einen besonderen Hilfsmechanismus, welcher alle Minuten aufs neue aufgezogen wird. Infolge dieser Einrichtung bewegt sich der Minutenzeiger sprungweise. Diese Erfindung, schon länger bekannt, wurde nun erst durch die Mannhardt'sche Ausführung so recht praktisch.[79] Das sogenannte „freie Pendel" bezeichnet einen wichtigen Abschnitt in der Großuhrenfabrikation, indem hier die freie Hemmung mit konstanter Kraft sehr sinnreich verwirklicht ist. Fig. 38 gibt eine Vorderansicht der Mannhardt'schen Konstruktion.

Das Laufwerk der Uhr besteht aus dem Bodenrad (a), dem Laufrad (b) und dem Windfang (c). Das Gewicht des Laufwerkes ist ohne jeden Einfluß auf den direkten Antrieb des Pendels. Dieses erhält ihn nämlich in ganz gleicher Größe alle Minuten einmal, so daß die Schwingungen ebenfalls gleich sind. Die geniale Art dieses Antriebes, sowie die Auslösung des Laufwerkes sind im folgenden dargestellt. Das Pendel A, welches in zwei Federn hängt, trägt nahe dem Aufhängepunkt ein Rädchen e, welches ebensoviele Zähne hat, als das Pendel in einer Minute Doppelschwingungen vollführt. Am festen Ständer B ist ein Sperrhaken i angebracht, der das Rädchen um einen Zahn vorwärts schiebt, wenn das Pendel von rechts nach links schwingt; es macht also alle Minuten eine Umdrehung, und ebenso oft stößt ein auf der Achse desselben fest angebrachter Haken f an das Auslösungsstück lmn. Hiedurch wird das Laufwerk frei und macht der Windfang eine Umdrehung. Auf der Achse des Windfanges sitzt der Arm gh, welcher nach vollendeter Drehung angehalten wird durch den Haken des Auslösungshebel lmn.

Ferner sitzt auf der Windfangachse noch die

151

exzentrische Scheibe K, welche die Rolle p sanft auf die am Pendelrahmen angebrachte schiefe Ebene ss auflegt. Diese Rolle übt nun beim Heruntergleiten durch ihr Eigengewicht einen Druck aus, welcher dem Pendel den erlittenen Kraftverlust ersetzt. All das vollzieht sich fast ohne Reibung und ohne Stoß, was sonst bei keiner Hemmung erreicht wird. Der Exzenter K hebt nun die Rolle wieder auf, so daß während der nächsten Minute das Pendel tatsächlich ganz frei schwingt, und erst am Ende dieser Zeit einen neuen Antrieb erhält.

Es mag noch bemerkt werden, daß Mannhardt bei der Antriebrolle und dem Sperrrädchen jede Oelschmierung vermeidet, indem die feinst polierten Zapfen in Büchsen laufen, welche mit Graphit ausgekleidet sind. Eine besonders angebrachte Vorrichtung, in Art einer Bremse verhindert, daß das Sperrrädchen während der Zwischenzeit sich bewege.

Die Vorzüge dieses ausgezeichneten Systems sind derart, daß die Mannhardt'schen Turmuhren sich rasch überall hin verbreiteten und hohe Anerkennung fanden. Die Werkstätte selbst besteht heute noch unter der Firma: J. Mannhardt'sche Turmuhrenfabrik in München (Inhaber G. Hartmann).

Wären die Widerstände, welche das Pendel durch seine Verbindung mit dem Räderwerk der Uhr erfährt, gleichbleibend, so hätten sie keinen schädlichen Einfluß auf dessen Gang; da es aber unmöglich ist, alle Ungleichheiten zu beseitigen, so muß man darnach trachten, sie möglichst gering zu machen. Es ist sehr wichtig, daß der Antrieb, welchen das Pendel von Zeit zu Zeit erhalten muß, im rechten Moment der Schwingung und an der rechten Stelle des Pendels, endlich auch in richtiger Weise erfolge. Die richtige Zeit für einen Antrieb ist offenbar dann gegeben, wenn das Pendel die größte lebendige Kraft besitzt, also, wenn es die Ruhelage passiert, weil dann etwaige Ungleichheiten des Antriebes die Regelmäßigkeit der Schwingungen am wenigsten beeinflussen können. Soll der Schwingungsbogen und damit die Schwingungszeit nicht geändert werden, so muß der Anstoß möglichst nahe der Achse des Pendels erfolgen. Auf die beste Weise endlich erfolgt der Antrieb, wenn er rasch und ohne Stoß vor sich geht, was wiederum, wenigstens in bezug auf das erstere, beim Passieren der Mittellage der Fall ist.[80]

Genauere Untersuchungen haben nun dargetan, daß die Grahamhemmung alle diese Erfordernisse nur unvollkommen erfüllt; unter den zahlreichen bereits konstruierten Hemmungen ist diejenige von Herrn S. Riefler unstreitig eine der besten. Eigentümlich und neu ist hier, daß der Antrieb in die Pendelfeder verlegt wird, also nicht am Pendel selbst erfolgt.

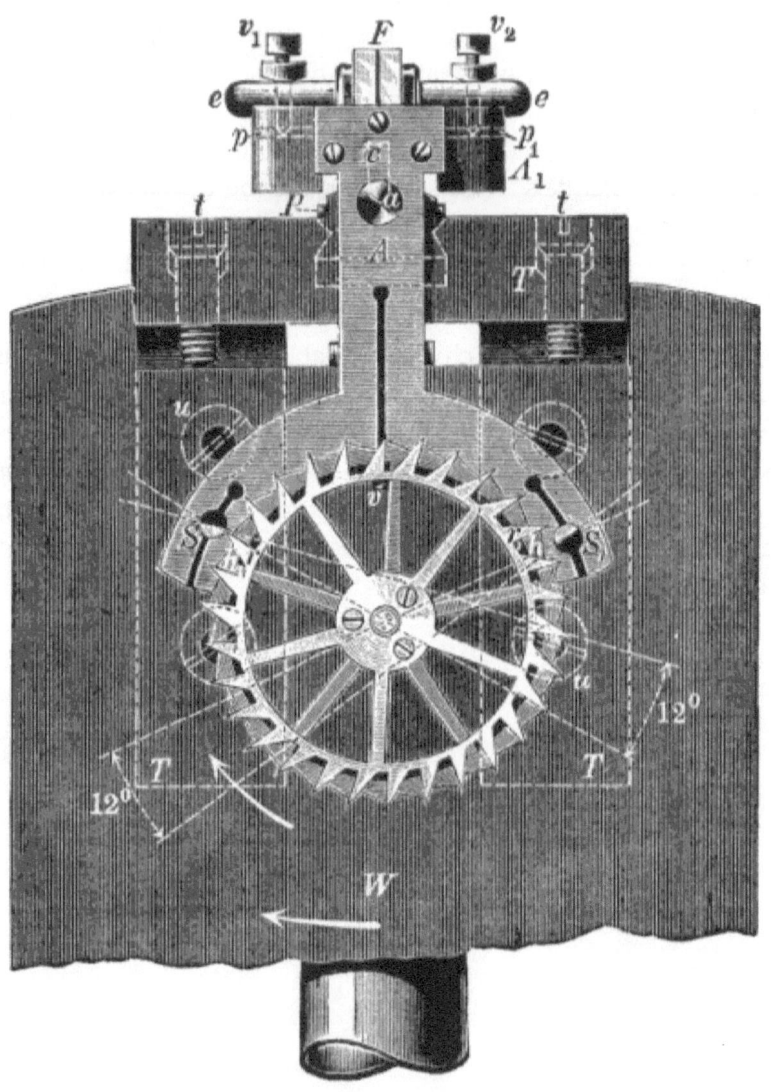

Fig. 39.

Unsere Abbildung Fig. 39 zeigt die Riefler'sche Hemmung in Vorderansicht; Fig. 40 von der Seite. Wie man sieht, sind hier statt eines Steigrades deren zwei angebracht. Das hintere (Fig. 40), H, ist das Hebungsrad, das vordere, R, das Ruherad; beide sitzen auf derselben Achse fest. Der

Anker (A) dreht sich nicht um einen Zapfen, sondern der geringeren Reibung halber um Schneiden. An ihm befinden sich 2 Hebestifte (S S') aus Stein, deren Querschnitt rund, beziehungsweise halbkreisförmig ist. Das Pendel selbst ist einzig durch Federn mit dem Anker verbunden und zwar so, daß die Schwingungsachse der Federn und die Schneidenachse des Ankers zusammenfallen. Die Wirkungsweise der Riefler'schen Hemmung ist nun folgende:

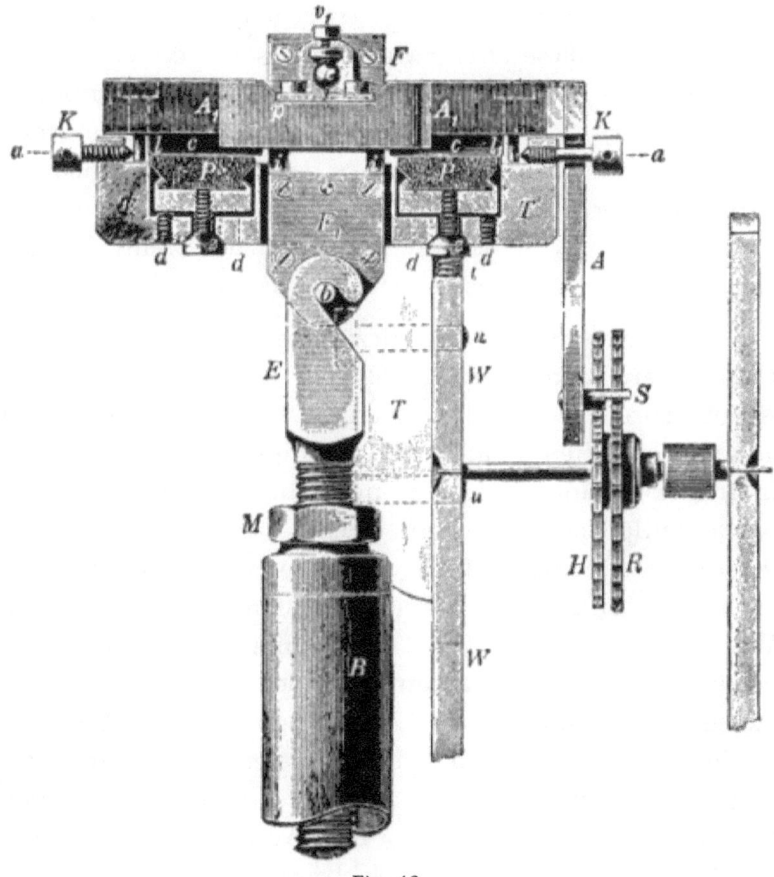

Fig. 40.

Angenommen ist, das Pendel schwinge gerade von

rechts nach links (Fig. 39), wobei vorderhand der Zahn r des Ruherades R noch auf der ebenen Fläche des Stiftes S aufruht. Die Pendelfeder ii bleibt noch gerade (Fig. 40) und der Anker dreht sich um seine Schneiden aa, bis die Spitze des Ruheradezahnes r von der ebenen Fläche der Palette S herabfällt. Jetzt ist die Zylinderfläche der Palette S1 an den Hebezahn h des Heberades (H in Fig. 40) gelangt, die beiden Räder drehen sich nach rechts herum, bis der Ruhezahn r1 auf der ebenen Fläche des Stiftes S1 aufliegt; der Hebezahn h drängt die Palette S1 zurück, wodurch das Pendel einen zu seiner Schwingungsrichtung entgegengesetzten Antrieb erhält. Durch diese Drehbewegung des Ankers erfährt die Pendelfeder ii eine kleine Spannung, welche den nötigen Antrieb erteilt. Zunächst zwar schwingt das Pendel noch nach links um die Biegungsachse der Feder, bei ruhendem Anker. Bei der Rückkehr nach rechts wird der Zahn r1, der unterdessen auf S1 ruhte, frei, und der Zahn h1 des Heberades bewirkt eine neue Hebung u. s. f.

Die Hemmung ist so vorzüglich, daß astronomische Uhren, an deren gleichmäßigen Gang die größten Anforderungen gestellt werden, durch sie einen außerordentlichen Grad von Genauigkeit erlangen. Diese Instrumente sind außerdem noch mit Quecksilber- oder Nickelstahlpendel versehen. Riefler fertigt zwei Arten derselben: die eine in Glasgehäuse montiert, welches aus zwei Teilen besteht, die luftdicht zusammengeschliffen sind. Vergl. Abbildung 41. Die Uhr ist mit einem Mikroskop versehen, um die Schwingungen des Pendels genau zu messen, und mit einer Luftpumpe, um die Luft zu verdünnen; ebenso sind ein Barometer und Hygrometer angebracht, um alle hier in Betracht kommenden äußeren Einflüsse bestimmen und so das Werk möglichst genau regulieren zu können. Ein elektrischer Sekundenkontakt vermittelt den Anschluß an die Nebenuhren. Der Druck im

Inneren des Glasgefäßes wird geringer gehalten als außen, dadurch kann die Uhr reguliert werden. Geht sie nämlich etwas vor, so läßt man Luft einströmen, wodurch der Reibungswiderstand des Pendels vermehrt wird, sie geht also langsamer; umgekehrt wird verfahren, wenn sie eine Kleinigkeit nachgeht. Die grobe Regulierung geschieht wie bei den übrigen Uhren durch eine Regulierschraube, bezw. durch Zulagegewichte. Nach den Angaben Dr. S. Rieflers bringt eine Verminderung des Luftdruckes um ein mm Quecksilbersäule eine wöchentliche Gangdifferenz von 1/10 Sekunde hervor. Der luftdichte Verschluß schützt die Uhr gegen Schwankungen des Barometerstandes.

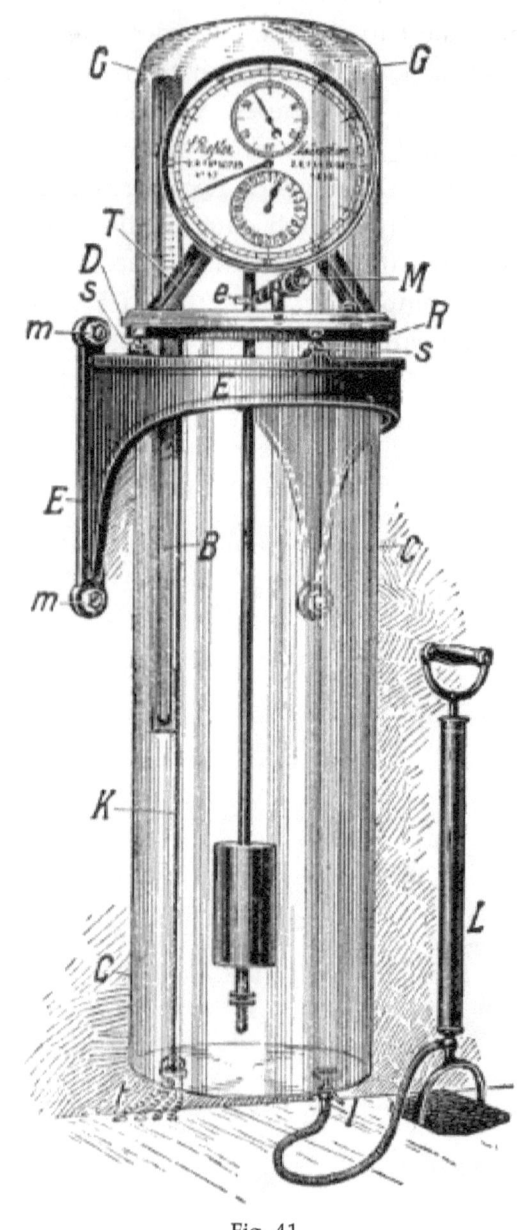

Fig. 41.

Eine billigere, aber noch immer sehr gute Uhr wird vom

gleichen Fabrikanten in Holzgehäuse geliefert. Die Schwankungen des Luftdruckes werden hier durch ein am Pendel angebrachtes Aneroidbarometer ausgeglichen. Dasselbe trägt nämlich auf dem oberen Boden ein Gewicht, welches sich hebt und senkt, und dadurch den Abstand des Schwerpunktes ändert, und also den Gang reguliert. Der Preis eines astronomischen Rieflerschen Regulators beträgt 1400 bis 3000 Mk. Es ist dies eine relativ mäßige Summe, wenn man bedenkt, daß diese Zeitmesser jetzt wohl das vollkommenste darstellen, was geboten werden kann. Auch Turmuhren werden in Rieflers Werkstätte gebaut, nach gleichem System, wobei die Verhältnisse natürlich entsprechend größer sind.

2. Die Kompensation.

Die Wärme dehnt alle Materialien, welche für Pendel in Frage kommen, aus und zwar so, daß ein Pendel aus Stahl oder aus Eisen bei einer Temperaturerhöhung von 1° C täglich etwa eine halbe Sekunde zurückbleibt; dies gilt für lange und kurze Pendel. Man sucht nun diesem Uebelstande dadurch abzuhelfen, daß Materialien verschiedener Ausdehnung genommen werden, so daß die Ausdehnungen sich gegenseitig möglichst ausgleichen, daß also der Schwingungsmittelpunkt des Pendels in annähernd gleichem Abstande vom Aufhängepunkt bleibt. Als kompensierendes Element verwendet man in der Regel Messing, Zink oder Quecksilber. Das bekannte Rostpendel (an den billigen „Regulatoren" übrigens oft nur zum Schein angebracht) zeigt Stäbe von verschiedenem Material, aber von gleicher Form und gleichem Volumen; die Temperaturänderungen übertragen sich ziemlich gleich schnell auf alle Teile, allein durch die Querverbindungen der Stäbe entsteht Reibung, welche eine ruckweise Ausdehnung bewirkt, wodurch die Kompensation vielfach wieder vereitelt wird. Ursprünglich, als man bloß Eisen und Stahl verwendete, mußten bis neun Stäbe genommen werden, da der Unterschied in der Ausdehnung hier nur gering ist. Nimmt man jedoch Zink, so genügen fünf. Fig. 42 stellt ein Rostpendel dar. Die beiden inneren, die Pendelstange umgebenden Zinkstäbe dehnen sich bei zunehmender Temperatur nach oben aus, suchen also das Pendel zu verkürzen; diese Verkürzung wird aber wieder ausgeglichen durch die zwei äußeren Stäbe und die innere Stange, welche sich nach unten ausdehnen. Theoretisch tritt folglich keine Aenderung der Pendellänge ein.

Fig. 42.

Das beste Material für Wärmeausgleich ist aber
Quecksilber; es besitzt einen großen
Ausdehnungskoeffizienten, ein bedeutendes spezifisches
Gewicht und keinerlei Reibung beim Ausdehnen. Deshalb
wurde es auch bereits von Graham angewendet. In der
gewöhnlichen Form ist ein Quecksilberpendel
folgendermaßen eingerichtet: ein zylindrisches Glasgefäß
(zuweilen auch zwei), teilweise mit Quecksilber gefüllt, ist
am unteren Ende der eisernen Pendelstange befestigt. Diese
kann sich nach unten, das Quecksilber nach oben
ausdehnen; man bestimmt die Menge des letzteren so, daß
der Schwingungspunkt des Pendels bei jeder Temperatur in

161

der gleichen Lage bleibt. Theoretisch ist das nun ganz schön, allein in Wirklichkeit ergeben sich Schwierigkeiten, welche den Wärmeausgleich sofort wieder ungenau machen. Um nur einiges zu erwähnen, nimmt selbstredend die dünne Pendelstange Temperaturänderungen leichter an als die beträchtliche Quecksilbermasse; dann ist die Höhe der Quecksilbersäule, verglichen mit der Pendellänge, gering, so daß Temperaturunterschiede in verschiedener Höhenlage nicht kompensiert werden. Endlich ist auch die Form des Quecksilbergefäßes ziemlich ungeeignet, die Luft mit dem möglichst geringen Widerstande zu durchschneiden; dieser letztere ungünstige Umstand wird noch mehr ins Gewicht fallen, wenn das Quecksilber auf zwei Gefäße verteilt wird.

Von ähnlichen Erwägungen ausgehend, hat Herr S. Riefler eine Quecksilberkompensation konstruiert, welche die eben genannten Fehlerquellen möglichst vermeidet und im Wesentlichen wie folgt eingerichtet ist (Fig. 43). Die Pendelstange ist ein Mannesmannrohr von 1 mm Wandstärke und 16 mm Weite, das auf zwei Drittel der Länge mit Quecksilber gefüllt ist (einen ähnlichen Gedanken hatte schon Graham); die Linse ist im Verhältnis zum Gewichte des ganzen Pendels sehr schwer. Während nun die Grahamkompensation dadurch richtig eingestellt wird, daß man Quecksilber ein- oder weggießt, bleibt beim Riefler-Pendel die Höhe desselben immer gleich; es wird die Korrektur der Kompensation durch Hinwegnahme (wenn zu wenig kompensiert wird) oder durch Hinzufügen von Ersatzscheiben, also durch Aenderungen der Pendelmasse bewerkstelligt. Der Ausdehnungskoëffizient des Stahlrohres wird durch höchst sorgfältige Messungen bestimmt, so daß schließlich die Genauigkeit eine ganz außerordentliche wird; schwankt sie doch nach den Angaben Dr. Rieflers pro Tag und ± Celsiusgrad nicht mehr als 5/1000 Sekunden! Zum Zwecke ganz feiner Regulierung werden noch

Zulagegewichte beigegeben, welche in einen an der Pendelstange angebrachten Becher zu legen sind und dem Pendel innerhalb 24 Stunden eine Beschleunigung geben, die auf den Gewichten selbst vermerkt ist.

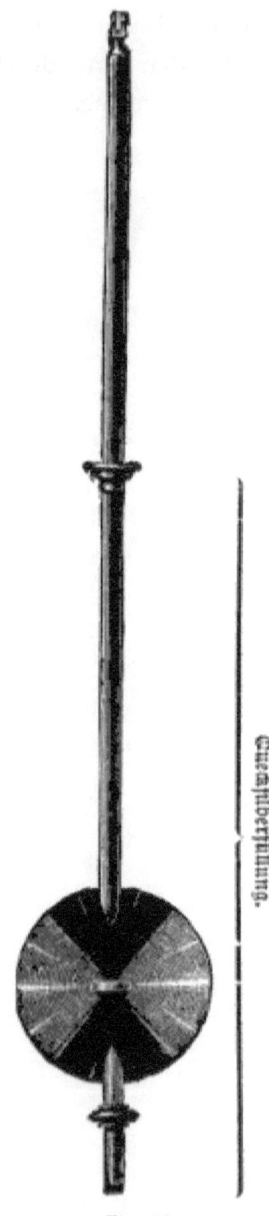

Fig. 43.

Herr Riefler hat das Kompensationspendel auch noch in

einer 2. Form hergestellt, als sogenanntes „Nickel-Stahl-Kompensationspendel".[81] Herr Dr. E. Guillaume, Mitglied des Direktoriums des internationalen Bureaus für Maß und Gewicht zu St. Cloud bei Paris fand nämlich, daß eine Legierung von 37,7 Prozent Nickel und 64,3 Prozent Stahl einen außerordentlich geringen Ausdehnungskoëffizienten habe, etwa ein 1/12 von demjenigen des Stahles, 1/18 von Messing und bloß 1/23 von Aluminium. Es lag nun der Gedanke nahe, und einläßliche Untersuchungen Rieflers bestätigten ihn, daß diese Legierung, „Invar" genannt, sich für Pendel sehr gut eignen möchte.

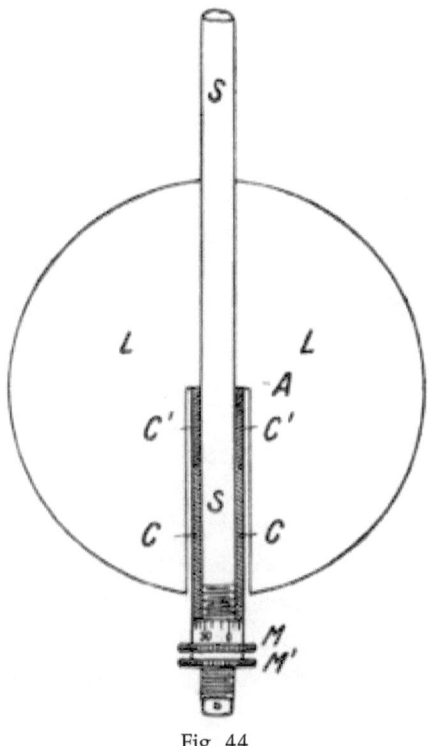

Fig. 44.

Das von der Firma Riefler konstruierte Nickelstahlpendel, (D. R. P. No. 100870) Fig. 44, besteht aus dem massiven Nickelstab S, der Linse L, sowie den zwei

Kompensationsröhren C und C′ und den Reguliermuttern M und M′. Bei den Sekundenpendeln ist das Rohr C aus Messing, C′ aus Stahl, beide sind etwa 10 cm lang. Die Dicke des Pendelstabes beträgt für astronomische Uhren 14 mm, für billigere Uhren 10 mm. Auch hier ist der Wärmeausgleich noch ein vorzüglicher: pro Tag und Grad C beträgt der Unterschied bloß ± 0,02 Sekunden.

Die letztgenannte Konstruktion hat vor dem Quecksilberpendel den Vorzug größerer Billigkeit bei fast gleicher Genauigkeit. Sie wird bereits an vielen Uhren angebracht und zwar in 4 Ausführungen: Als Halb- und Ganzsekundenpendel, ferner in einer Länge, die 80 und 90 Schwingungen entspricht.

Herr Riefler hat auch eine genaue Berechnung der Kompensation ausgeführt, welche wohl für lange Zeit genügen mag. Früher wurde nämlich angenommen, daß sich die Linse ebensoviel heben müsse, als sich die Stange verlängert hat; es ist dies aber deswegen ungenau, weil bei einer Verlängerung der Pendelstange auch der Schwerpunkt sich senkt. Genau muß nämlich die Länge des mathematischen Pendels konstant bleiben.

3. Die elektrischen Uhren.

Wie auf vielen andern Gebieten menschlicher Tätigkeit, so hat auch bei der Zeitmeßkunst die Elektrizität sich sozusagen als Mädchen für alles angeboten. Diese geheimnisvolle Kraft besitzt allerdings geradezu ideale Eigenschaften, welche sie für Mitteilung der Zeit hervorragend befähigen. Da ist zuerst ihre kolossale Geschwindigkeit: rund 300000 km in der Sekunde, so daß sie fast momentan vom Pol zum Aequator läuft, die leichte Teilbarkeit des elektrischen Stromes, einfache Installation u. s. w., Gründe genug, diese kostbare Kraft auch in den

Dienst der Zeitmessung zu stellen, was von Tag zu Tag in größerem Maße geschieht.

Der elektrische Strom wird vorzüglich in dreifacher Weise zur Mitteilung der Zeit verwendet: im elektrischen Zeigerwerk, also in den sogenannten „sympathischen" Uhren, wo unmittelbar die Angaben einer Normaluhr auf beliebig viele Zifferblätter übertragen werden; in Uhren mit selbständigem Gang, welche von Zeit zu Zeit durch den Strom gerichtet werden und endlich in der elektrischen Penduhr, bei welcher die Elektrizität als Motor wirkt, d. h. Gewicht oder Feder ersetzt.

So viel bekannt, suchte zuerst der Münchener Ramis (Uhrmacher?) die Elektrizität als treibende Kraft in der Uhr zu verwenden, indem er zwischen den Polen einer Zambonischen Säule eine Nadel, die als Sekundenpendel schwang, mit einem Uhrwerk in Verbindung setzte. Allein die elektrische Kraft nahm bald ab und die Säule mußte erneuert werden.

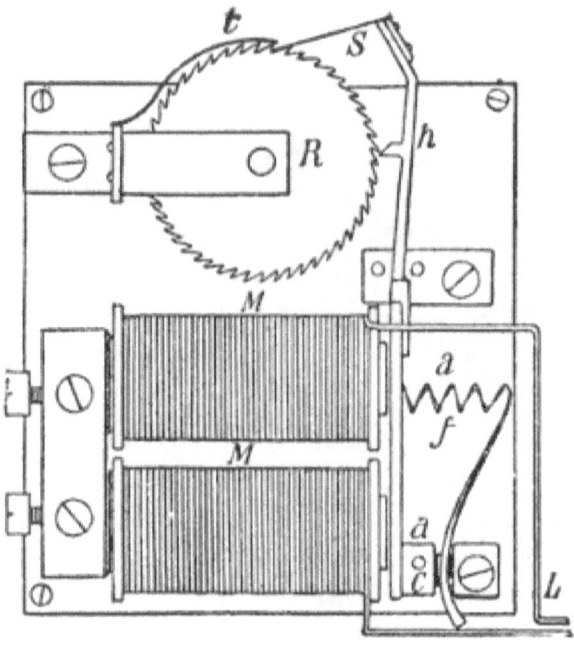

Fig. 45.

Mit besserm Erfolge benützten Steinheil und Wheatstone 1839 den Elektromagnetismus, um von einer genau gehenden Normaluhr aus, eine beliebige Anzahl anderer Uhren in übereinstimmendem Gange zu erhalten. Steinheil ließ durch die Normaluhr alle Minuten oder Sekunden einen Strom schließen, wodurch der Elektromagnet der abhängigen Uhr erregt wurde und zwei polarisierte Anker bewegte. Er verwandte also Wechselstrom. Die Anker, bald angezogen, bald abgestoßen, wirkten nun ähnlich wie eine Hemmung, indem sie die Zeigerbewegung hervorbrachten. — Wheatstones Uhr war im wesentlichen eingerichtet wie sein Zeigertelegraph. Ein Elektromagnet zieht den Anker an und treibt dadurch das Zeigerrad um einen Zahn vorwärts. Der Strom wird alle Sekunden oder Minuten durch das Steigrad der Hauptuhr geschlossen. Der Franzose Garnier verbesserte dieses System insofern, als er den Stromschluß nicht direkt durch die Normaluhr bewirken läßt, sondern durch ein von dieser betriebenes Hilfsräderwerk. Von dieser Art Uhren haben jene von Breguet, Siemens und Halske, vor allen aber die von Hipp in Neuenburg weitere Verbreitung gefunden. Fig. 45 und 46 werden die Wirkungsweise des elektrischen Stromes in einer Uhr resp. Uhrenleitung leicht klar machen. Der Anker a, Fig. 45, trägt eine Feder S, welche das Minutenrad R bei jedem Stromschluß um einen Zahn vorwärts schiebt. Damit beim Zurückgehen des Ankers das Rad R nicht wieder, etwa durch Reibung mitgenommen wird, ist der Sperrhaken t angebracht; das Vorwärtsschieben von zwei Zähnen wird durch den Ansatz h verhindert. Fig. 46 gibt eine schematische Kontaktvorrichtung. S ist eine auf der Achse des Sekunden- oder Minutenrades angebrachte isolierende Scheibe, deren Nase den Kontakt bei C besorgt. B ist die Batterie. Das Weitere ergibt sich aus der Abbildung.

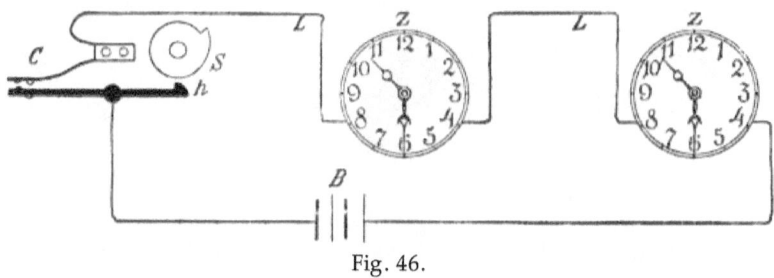

Fig. 46.

Die zweite Art elektrischer Uhren kann hier übergangen werden, da sie im wesentlichen nur Zeigertelegraphen darstellen. Wie bekannt faßte Steinheil zuerst diesen Gedanken und führte ihn auch aus. Verbesserungen erfuhr dieses System außer von Bain und Breguet, namentlich durch Siemens und Halske.

Als Beispiel einer selbstständigen elektrischen Uhr sei hier die Hipp'sche etwas einläßlicher beschrieben, da sie wohl die verbreitetste sein dürfte.

169

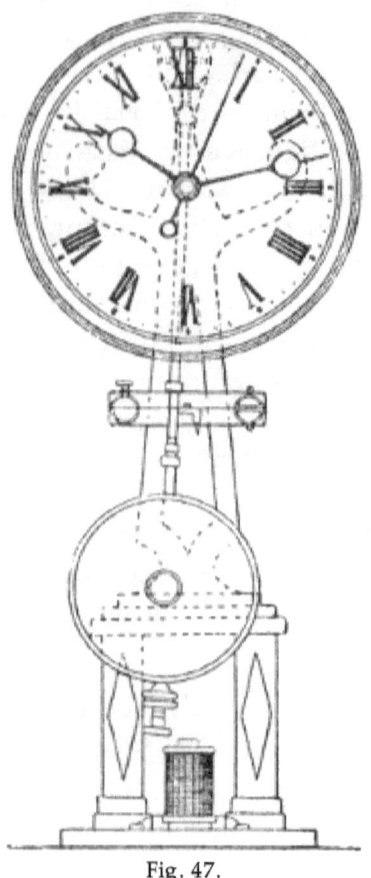

Fig. 47.

So schön auch der Gedanke ist, den elektrischen Strom zur Zeitmessung zu verwenden und so zahlreich die an den Uhren in dieser Hinsicht angebrachten Verbesserungen immer sein mögen, es bleiben doch noch viele Uebelstände übrig, welche oft so groß sein können, daß der Nutzen der ganzen Einrichtung in Frage gestellt wird. Hier möge nur Weniges erwähnt sein. Die Zeitindikatoren werden, wie wir oben gesehen, durch einen Elektromagneten betätigt, indem dieser einen Anker aus weichem Eisen anzieht oder losläßt. Gewöhnlich ist nun dieser Anker sehr nahe beim Magneten, hat also nur wenig Weg; es kann infolge dessen auch eine

170

leichte Erschütterung der Uhr ein Vorwärtsschieben des Zeigers veranlassen. Wird ein polarisierter Anker (durch Influenz magnetisch, oder auch ein permanenter Magnet) angewendet, so können Induktionsströme höherer Ordnung sich bilden, welche denselben zweimal bewegen; ebenso kann es vorkommen, daß er in der Mitte stehen bleibt, wodurch schwere Störungen verursacht werden. Diese und andere Uebelstände nun hat Hipp in seinen Uhren beseitigt, so namentlich auch die Funkenbildung bei der Stromöffnung; dadurch wird die Schädigung der Kontakte bedeutend vermindert. Es kann aber hier auf diese Einzelheiten nicht näher eingegangen werden.

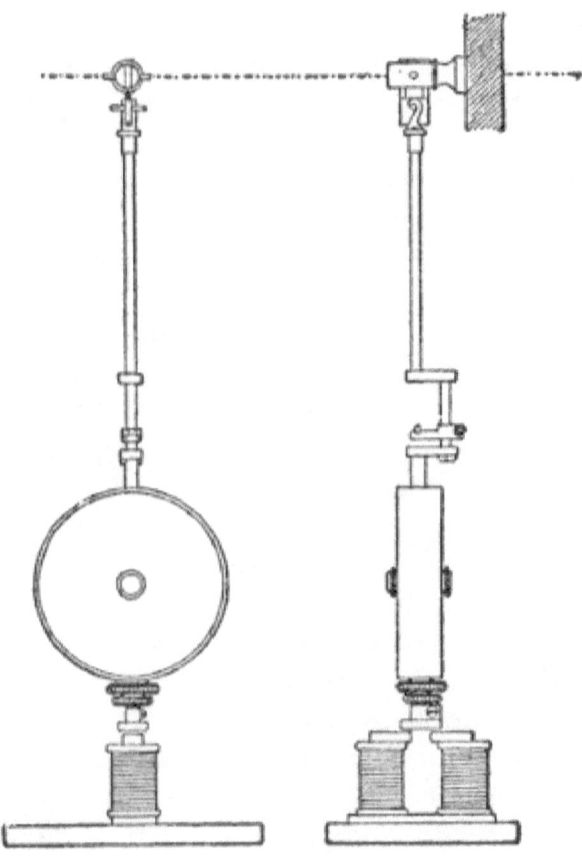

Fig. 48.

Die elektrische Uhr von Hipp ist entweder eine Pendeluhr, oder dann ein elektrischer Regulator; nur die erstere soll hier beschrieben werden. Unsere Abbildung, Fig. 47 gibt eine Vorderansicht der Hipp'schen Pendeluhr. Das Pendel hat Federaufhängung und schwingt halbe Sekunden; es besteht aus einer Stahlstange mit schwerer Linse, unterhalb welcher der Anker aus weichem Eisen angebracht ist. In unmittelbarer Nähe befindet sich der zweischenkelige Elektromagnet. Wenn nun das Pendel schwingt, so nehmen natürlich die Schwingungsweiten bald ab, so daß ein neuer Anstoß nötig wird. Dieser wird durch eine im richtigen Momente wirkende Anziehung des Elektromagneten erteilt. Eine eigentümliche Kontaktvorrichtung setzt den Strom in Tätigkeit. Wie Fig. 48 zeigt, ist die Pendelstange in der Mitte abgekröpft; diese Abkröpfung trägt auf einem Messingarm ein Stück glasharten Stahles, welches unter der sogenannten Palette hin- und herschwingt. Diese, eine feine Schneide aus Stahl, ist an der Feder ac (Fig. 49) um eine Achse leicht beweglich angebracht und gleitet für gewöhnlich über das unter ihr schwingende, mit feinen, sägezähneartigen Furchen versehene Stahlstück d hinweg. Der Aufhängepunkt e der Palette liegt etwas seitlich, außerhalb der Gleichgewichtslage des Pendels und reguliert so die kleinste Amplitude, mit der das Pendel schwingen darf. Fallen nun e und der Umkehrpunkt des Pendels zusammen, so wird Kontakt gemacht und zwar auf folgende Weise: bewegt sich das Pendel bei der kleinsten Schwingungsweite z. B. von rechts nach links, so steht die Palette schief über d und wird durch das Pendel aufgerichtet. Dadurch wird aber die Feder ac nach oben gedrückt, so daß bei c_1 der Strom geschlossen wird. In diesem Augenblick ist das Pendel noch rechts vom Elektromagneten, aber ganz nahe; es hat also fast das Maximum der Bewegungsintensität, nun kommt die

Anziehung des Magneten und vergrößert dadurch die Schwingungsweite. Wenn das Plättchen d die Palette wieder verläßt, ist der Strom unterbrochen. Dieses Spiel wiederholt sich nun so oft, als die Schwingungsweite ihr Minimum erreicht; sollte irgend einmal der Strom nicht wirken, so wiederholt sich der Kontakt noch öfters, wodurch eine bedeutende Sicherheit erreicht wird. Der Stromverbrauch ist sehr gering, da nur etwa alle halbe Minuten Kontakt stattfindet. Die Uebertragung der Pendelbewegung auf das Steigrad erfolgt jede Sekunde durch einen Winkelhebel, der vom Pendel mitgenommen wird.

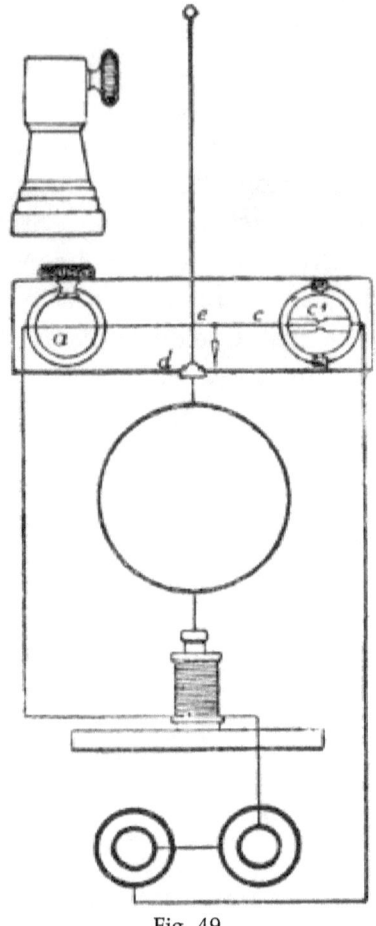

Fig. 49.

Soll diese Uhr zugleich als Normaluhr oder Regulator dienen, so ist an derselben noch ein Stromwender und eine Kontaktvorrichtung für die Uhrenleitungen angebracht, auf deren nähere Erklärung wir hier verzichten müssen.

Fig. 50.

Zum Schlusse dieser kurzen und keineswegs vollständigen Uebersicht über die elektrischen Uhren möge noch ein System genannt sein, das erst vor kurzem in den Handel kam und vielleicht eine große Zukunft hat. Jedermann weiß, wie lästig, oft auch kostspielig die Instandhaltung einer großen Uhrenbatterie ist. Fast immer liegen auch die Störungsursachen in der Stromquelle oder im Versagen der Kontakte. Es ist deshalb als ein sehr erfreulicher Fortschritt anzusehen, daß es jetzt gelungen ist, elektrische Uhren ohne jede Batterie oder Akkumulatoren zu betreiben und zwar sowohl Normaluhren als auch zahlreiche von ihnen abhängige Zeigerwerke. Der Gang

175

dieser Zeitmesser beruht auf der Magneto-Induktion, d. h. auf der Erzeugung elektrischer Ströme durch kräftige Drehung eines Eisenankers in einem permanenten Magnetfelde, wodurch in einem benachbarten stromlosen Leiter, einer Spule, Stromstöße hervorgerufen werden. Der Gedanke ist zwar längst bekannt und auf anderem Gebiete ausgeführt worden; auf die Uhren angewendet aber hat ihn, so viel wir wissen, erst Herr Martin Fischer aus Zürich; die Werke seines Systems werden von der Aktiengesellschaft „Magneta" in Zürich erstellt.

Fig. 51.

Das Prinzip ist im wesentlichen folgendes: an einem Feder- oder Gewichtsregulator ist ein Magnet-Induktor angebracht, welcher vom Gehwerk der Uhr alle Minuten ausgelöst wird. Dadurch wird ein zwischen den Magneten befindlicher Eisenstab gezwungen, eine Viertelsdrehung zu machen; durch diese plötzliche Bewegung entsteht in der feststehenden, den Stab umgebenden Spule ein momentaner elektrischer Strom, welchen die Leitungen auf die Nebenuhren übertragen, wodurch deren Zeiger gleichzeitig bewegt werden. Jede Batterie fällt so weg, die einzige Wartung, derer die Uhr bedarf, ist das Aufziehen des Regulators. Soll sie gerichtet werden, so kann dies durch beliebige Bewegung des Zeigers geschehen. — Die Dauer der Magnete wird vom Erfinder auf 10 bis 20 Jahre berechnet. In dieser Einfachheit stellt das Magneta-System wohl das billigste vor, was bis jetzt auf dem Gebiete der elektrischen Uhren geleistet wurde. Es bleibt nur noch abzuwarten, ob diese geistreiche Einrichtung sich bewährt. Eingehende Prüfungen ergaben ein gutes Resultat und lassen hoffen, daß das System sich bald in weiterem Umfange einbürgern werde. Es sei noch bemerkt, daß jeder Sekundär-Uhr bis 25 Ohm Widerstand vorgeschaltet werden konnten, ohne ihren regelmäßigen Gang zu beeinflussen. Dieser Widerstand würde einer Doppelleitung von 2 bis 3 Kilometer Länge und etwa 2 Millimeter Dicke entsprechen, so daß die Verwendbarkeit des Systems auch in sehr ausgedehnten Gebäude-Komplexen gesichert ist (Fig. 50 und 51).

Weil die Elektrizität überall, wo sie in den Dienst des Menschen gestellt wird, sich als mehr und mehr brauchbar und wertvoll bewährt hat, so dürfen wir wohl auch auf dem Gebiete der Zeitmessung gerade von dieser Kraft noch viele Ueberraschungen und ungeahnte Erfolge in der Zukunft erwarten.

An Stelle des Gewichtes oder des elektrischen Stromes wurde auch schon der Luftdruck verwendet; dies geschieht bei den sogenannten p n e u m a t i s c h e n U h r e n. Als Erfinder gilt der Wiener Ingenieur Mayrhofer, welcher 1875 und 1876 sein System bekannt machte. Gepreßte Luft, welche auf der Zentralstation in einem Behälter sich befindet, wird durch Röhrenleitungen zu den abhängigen Uhren geführt. Hinter dem Hauptbehälter ist ein Abschlußventil angebracht, das den Zutritt der Luft zu den einzelnen Uhren verhindert. Das Oeffnen dieses Ventils wird nun durch die Normaluhr alle Sekunden oder Minuten besorgt. Die Luft strömt unter Druck und mit großer Geschwindigkeit zunächst in einen kleinen Behälter, der als Balg ausgebildet und nahe dem Uhrwerk angebracht ist: Fig. 52. Der obere Boden dieses Balges trägt einen leichten Hebel, welcher beim Aufwärtsgehen das Steigrad um einen Zahn vorwärts schiebt. Eine Klinke verhindert das Zurücknehmen des Rades. Das Zeigerwerk ist ganz gleich wie bei den elektrischen Uhren. Sobald die Arbeit geleistet ist, wird bei der Hauptstation ein zweites Ventil geöffnet, welches der Preßluft in den einzelnen Leitungen den Austritt in die äußere Atmosphäre gestattet. Dadurch sinkt natürlich der Balg und mit ihm der Hebel; der Betriebsmechanismus ist sofort zu weiterer Funktion bereit. Wahrscheinlich bieten sich hier aber Mißstände, welche nur schwer zu beseitigen sind, z. B. schädlicher Einfluß der feuchten Atmosphäre auf das Balgmaterial u. s. w. und es scheint, daß der elektrische Strom über den pneumatischen Meister geworden, wenigstens verlautet nichts über häufigere Anwendung oder weitere Fortschritte auf dem Gebiete der pneumatischen Uhren. Möglich, daß auch hier das Bessere wieder einmal der Feind des Guten geworden ist.

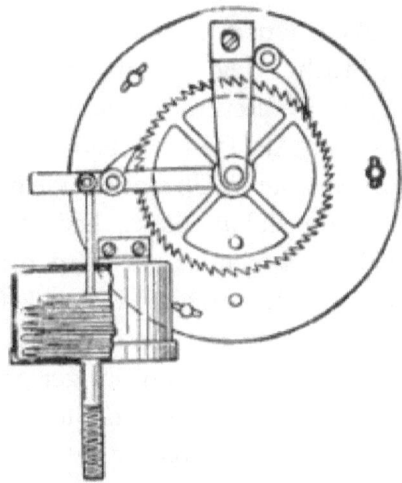

Fig. 52.

4. Fortschritte in der Herstellung von Taschenuhren.

Wie leicht begreiflich, begnügte man sich nicht mit der ursprünglich ziemlich roh erstellten Taschenuhr. Mit fortschreitender Genauigkeit wuchs selbstverständlich auch die Wertschätzung der Zeitmesser, speziell der Taschenuhren. Infolge dessen wurden dieselben in den kostbarsten Materialien, mit allem Aufwand von Scharfsinn und Kunst hergestellt und so nach und nach zum Luxusartikel, als welchen wir sie teilweise auch heute noch sehen. Es sind uns bereits im Vorhergehenden Beispiele künstlerisch ausgestatteter Uhren begegnet und mögen hier noch einige genannt sein.

Wir bemerkten bereits, daß sich besonders die Uhren aus der Zeit der Valois auszeichnen durch reichen künstlerischen Schmuck. Goldschmiede und Graveure leisteten ihr Bestes, so daß derartige Erzeugnisse der Stolz jeder Sammlung sind und außerordentlich gut bezahlt

179

werden. Bewegliche Figuren, die wir zuerst bei den Turmuhren getroffen, wurden auch an Taschenuhren nach und nach angebracht. Die bereits mehrfach erwähnte Sammlung Marfels in Berlin weist zahlreiche Beispiele derartiger Werke auf. Als Probe geben wir in Fig. 53 die Abbildung zweier kostbaren Uhren mit kleinen Automaten. Uhren in Form von Tabakdosen, Federhaltern, Tulpen, Pyramiden, Musikinstrumenten etc. sind nicht selten; jede ein Kunstwerk, und mit unendlichem Fleiße ausgeführt. Schon sehr frühe gelang es, Taschenuhren so klein zu machen, daß sie in einem Ringe am Finger getragen werden konnten. (Fig. 54). Wohl die kleinste ältere Uhr von 9 mm Durchmesser, aus dem Jahre 1650, zeigt unsere Abbildung 55. — Vergleichshalber geben wir hier noch 2 chronometrische Merkwürdigkeiten aus früherer und neuester Zeit: es sind dies die kleine Uhr, welche Caron de Beaumarchais konstruierte für die Pompadour und ein Genferührchen, das mit allen Hilfsmitteln moderner Technik hergestellt wurde (Fig. 56). Der Kreis gibt die Größe eines 20 Pfennigstückes wieder.

Fig. 53 a.

Was das erste dieser kleinen Kunstwerke betrifft, so sei
hier gleich bemerkt, daß der Ersteller ebenso interessant ist,
als sein Werk. Pierre Augustin Caron, wohl einer der
berühmtesten Uhrmacher, wurde 1732 zu Paris geboren als
Sohn des Uhrmachers Caron, der in bescheidenen
Verhältnissen lebte. Der Knabe zeichnete sich schon frühe
durch große Handfertigkeit aus, sowie durch seine dem
Vater höchst unliebsame Vorliebe für Musik. Nach manchem
Zerwürfnis mit demselben versprach er, der Musik,

wenigstens einigermaßen zu entsagen, was auch geschehen zu sein scheint, denn Caron erfand schon mit 20 Jahren den Stiftengang für Taschenuhren. Durch unvorsichtige Mitteilung seiner Erfindung an einen Kollegen, wäre er beinahe um deren Früchte gekommen, erst nach einem glücklich geführten Prozeß erkannte ihn die Akademie als rechtmäßigen und einzigen Erfinder an. Damit war nun das Glück des jungen Caron gemacht. Durch das Aufsehen, welches der Prozeß verursachte, wurden weite Kreise auf den talentvollen Uhrmacher aufmerksam und Ludwig XV. bestellte bei ihm eine möglichst kleine Uhr, die zur vollsten Zufriedenheit ausfiel und der bald weitere folgten. So wurde Caron rasch in den höchsten Kreisen bekannt. Nach und nach erhielt er Zutritt bei Hofe und schließlich durch eine Heirat den Adelstitel, welchen er sich allerdings vorerst selbst beilegte: Caron de Beaumarchais. Später bestätigte der König diesen Namen. Die Ausübung des früheren Berufes hatte Beaumarchais natürlich längst aufgegeben. 1784 kam seine „Hochzeit des Figaro" auf die Bühne und machte den Verfasser zum berühmten Mann. Wie bekannt, ist Caron de Beaumarchais auch der Schöpfer des Lustspieles: „der Barbier von Sevilla." Er starb 1799 in Paris, wohin er nach Beendigung der Schreckensherrschaft wieder zurückgekehrt war.

Fig. 54.

Fig. 55.

Fig. 56.

Die andere kleine Uhr, welche unsere Abbildung zeigt,
wurde in Genf hergestellt. Wir geben im folgenden einige
Daten über dieses Kunstwerk nach Mitteilungen der
Leipziger Uhrmacherzeitung. Das Werk besteht aus 95
Einzelbestandteilen im Gesamtgewicht von 0,93 gr; also
noch nicht ein Gramm! Es hat eine Gangdauer von 28
Stunden; der winzige Schlüssel umfaßt einen Vierkant von
nicht ganz ½ Millimeter Seitenlänge. Der Durchmesser des
Federhauses beträgt 4,18 mm, die Länge der Feder 3,4 mm;
ihr Gewicht ist 38 Milligramm, bei einer „Dicke" von 45/1000
Millimeter! Die Werkplatte, auf welcher die Teile befestigt
sind, mißt 9 mm im Durchmesser. Die Unruhe wiegt etwa
ein hundertstel Gramm, bei 3,5 mm Durchmesser. Die
Spirale hat ein Gewicht von 1/10 Milligramm (d. h. 10000
solcher Federchen hätten erst 1 gr!); die Unruhe macht
stündlich 18152 Schwingungen; u. s. w. Aus diesen
Angaben läßt sich leicht ein Schluß ziehen auf die Feinheit

der nötigen Instrumente, aber mit mehr Recht noch, auf das Werkzeug aller Werkzeuge, die Hand des Menschen und den Geist, der sie leitet. — Der Preis des Kunstwerkes ist nicht für jedermann: 5000 Mk., gewiß nicht übertrieben hoch, angesichts solcher Leistungen!

Ein anderes weites Feld der Betätigung bot die Uhrmacherkunst namentlich der Email-Malerei; die Zartheit und zugleich das Feuer und der Glanz der Farben läßt sich durch Abbildungen nur mangelhaft wiedergeben.

Als ein bedeutender Fortschritt auf dem Gebiete der Uhren darf hier die Erfindung genannt werden, Edelsteine für Lager u. s. w. zu bohren. Sie wird dem anfangs des 18. Jahrhunderts in der Schweiz geborenen, aber in England lebenden Nikolaus Fatio zugeschrieben, welcher 1764 vom englischen Parlament ein auf 14 Jahre gültiges Patent erhielt.

Die ältesten Taschenuhren besitzen keine Gläser, sondern dann und wann Platten aus Bergkristall, deren Bearbeitung sehr mühsam, also teuer ist. Erst gegen Ende des 17. Jahrhunderts finden sich allgemein Uhrgläser, zunächst in der bekannten gewölbten Form für Spindeluhren. Der Preis war aber noch sehr hoch, 4–5 Fr. das Stück!

Der Engländer Barlow (1636–1716) ist der Erfinder der Repetieruhr; ursprünglich für Pendeluhren berechnet, versah er erst im Jahre 1691 eine Taschenuhr mit dieser Einrichtung.

Als sehr wichtige Neuerung muß die Einführung der Taschenuhren ohne Schlüssel, oder wie wir jetzt sagen, der Remontoir-Uhr bezeichnet werden. Nach Saunier (l. c. S. 523 ff.) reichen die ersten diesbezüglichen Versuche bis ins erste Viertel des 18. Jahrhunderts zurück. P. F. Ingold in La Chaux-de-Fonds verfertigte 1815 eine Uhr, die durch Drehen des Glasreifens aufgezogen wurde.

Auch der sogenannte Pump-Aufzug gehört hieher. Der Bügelhals wurde so lange aus- und eingestoßen, bis die Uhr aufgezogen war. — Der berühmte Uhrmacher Adrien Philipp legte 1842 eine Uhr ohne Schlüsselaufzug vor; in der Folge verband er sich mit dem Genfer Fabrikant Patek zur Firma Patek, Philipp & Co., welche bis heute solche Aufzüge herstellt.

Nach diesen Bemerkungen kehren wir noch einmal zu der Hemmung zurück. Ursprünglich verwendete Henlein, wie wir gesehen, die Waagehemmung, welche sich lange erhalten hat. Wohl die meisten Leser kennen noch die Spindeluhr als Erbstück aus Großvaters Zeit. Gegenwärtig kommt sie aber nicht mehr in Anwendung, weshalb wir von einer nähern Beschreibung absehen können. Noch häufig sind dagegen Uhren mit Z y l i n d e r g a n g, welche deshalb etwas einläßlicher behandelt werden sollen.

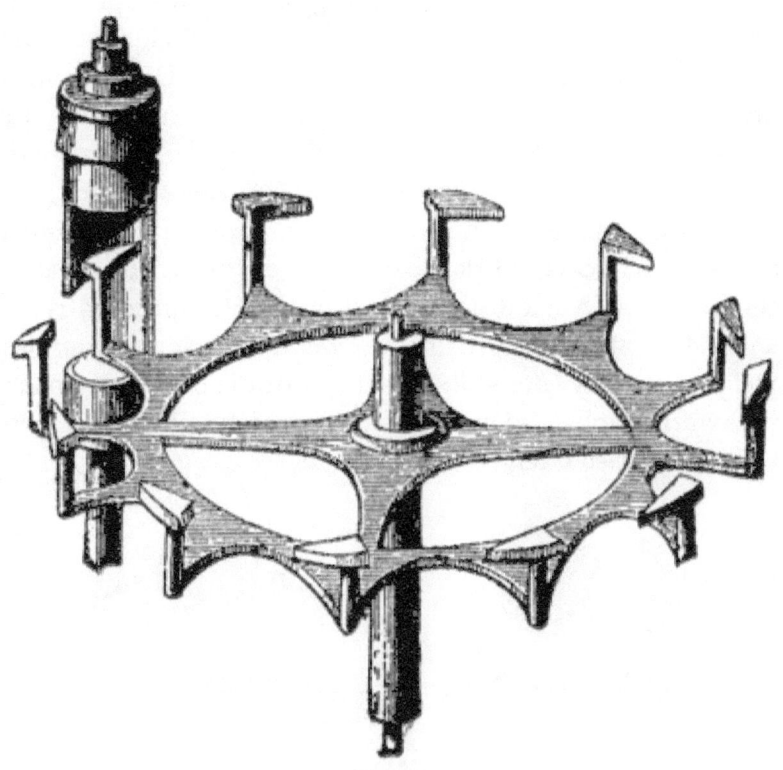

Fig. 57.

Erfunden wurde diese Hemmung von dem Engländer Thomas Thompion (1637–1713) schon 1695 und später von dessen Landsmann Graham zur jetzigen Form vervollkommnet. Sie gehört zu den „ruhenden" Hemmungen, so bezeichnet, weil durch ihre Wirkung das Steigrad völlig stille steht, während die Unruhe einen Teil ihrer Schwingung vollführt. Zylinderhemmung heißt sie, weil die Unruhespindel teilweise als Zylinder gebaut ist, der sich zu einer halbrunden Vertiefung einbiegt, in welche die Zähne des Steigrades eintreten. Vergl. unsere vergrößerte Abbildung Fig. 57. Unterhalb der Ausbuchtung, die für den Zahneingriff bestimmt ist, befindet sich noch ein weiterer Ausschnitt der Zylinderwand, um den nachfolgenden

187

Zahnarm aufzunehmen. Abbildung 58 zeigt die Spindel im Querschnitt, nebst einem kleinen Teil des Steigrades. Die Pfeile geben die Bewegungsrichtung von Unruhe und Steigrad an. Stellung 1 zeigt den größten Ausschlag der Spindel nach links; weil hier die Lippe a (Rand der Zylinderhöhlung) den Zahn c des Steigrades hemmt, so ruht dieses. Im nächsten Moment nun schwingt die Spindel etwas nach rechts, so daß der Zahn, an ihr vorbeigehend, einen kleinen Anstoß geben und in die Höhlung eintreten kann. In 3 steht die Unruhe am weitesten nach rechts, das Steigrad steht wieder still, bei 4 beginnt die Bewegung nach rückwärts, wobei der bei b austretende Zahn abermals einen kleinen Antrieb erteilt.

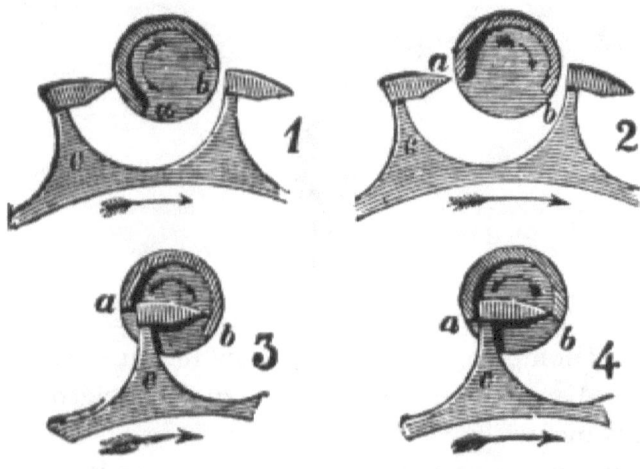

Fig. 58.

Ein Nachteil dieser Hemmung ist die ziemlich beträchtliche Abnützung, welche bei der jetzt sehr viel ausgeführten A n k e r h e m m u n g vermieden ist. Sie wird verschieden konstruiert, ist aber im Prinzip überall dieselbe. Unsere Abbildung 59, welche eine sogenannte Schweizer-Ankerhemmung darstellt, mag die Wirkungsweise klar machen.

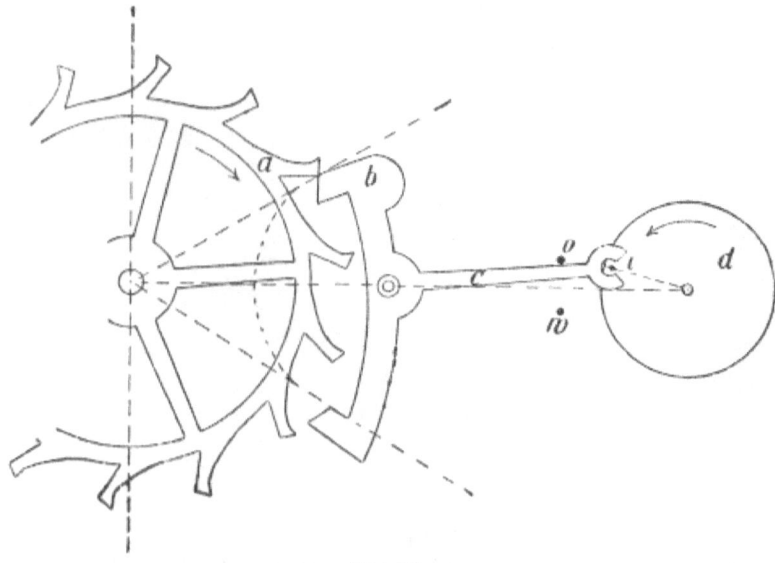

Fig. 59.

Auf der Unruhachse sitzt die Hebescheibe d (bei feinen
Uhren ein Rubin) mit dem Hebestift i, welcher die Gabel des
Ankers bc antreibt. Zwei seitlich angebrachte Stifte v und w
regulieren die Schwingungsweiten des Ankers. Das
Ankerrad a besitzt abgestumpfte Zähne, welche durch
Vermittlung des Ankers die Kraft des Steigrades auf die
Unruhe übertragen. Diese schwingt frei nach erhaltenem
Impuls, während das Steigrad mit einem seiner Zähne am
Anker anliegt. Kehrt die Schwingung um, so bewegt der
Hebestift i die Gabel und hebt den Anker, wobei das Rad mit
einem Zahn abgleitet, während das andere Ende des Ankers
sich festlegt, wodurch das Steigrad wieder zur Ruhe kommt
u. s. w. Weil die Schwingungen der Unruhe hier fast einen
ganzen Umlauf, vor- und rückwärts ausmachen, also wie
ein kräftiges Schwungrad wirken, überwindet eine
Ankeruhr auch leichter alle jene kleinen Störungen, die
beim Tragen der Uhr unvermeidlich sind. Vorausgesetzt
allerdings, daß der Anker sehr gut gearbeitet sei, was nicht

immer der Fall ist; dann ist eine Zylinderuhr vorzuziehen.

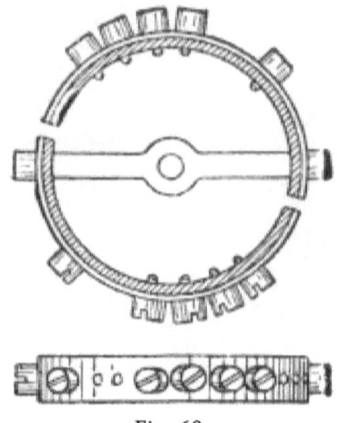

Fig. 60.

Hier sei auch noch ein Wort gesagt über die Kompensation bei feinen Taschenuhren. Die Unruhe ist an zwei gegenüberliegenden Stellen durchschnitten und besteht wie beim Rostpendel aus zwei verschiedenen Metallen, welche streifenförmig miteinander verlötet sind. Vergl. Fig. 60. Ein diametral verlaufender Steg verbindet die beiden Hälften des Schwungringes der Unruhe. Gewöhnlich wird Messing und Stahl verwendet. Bildet nun das Metall mit der größeren Wärmeausdehnung die Außenseite, so dehnt bei steigender Temperatur die Unruhe sich zwar aus, aber die Lappen krümmen sich nach innen, so daß der Schwerpunkt der schwingenden Massen dem Mittelpunkte etwas näher rückt; dadurch werden aber die Schwingungen beschleunigt. Umgekehrt verläuft der Vorgang bei Temperaturerniedrigung. Die Formänderungen in irgend einem Sinne gleichen sich also bei richtig gewählten Verhältnissen aus: die Unruhe ist kompensiert. Gewöhnlich sind am Umfange des Metallreifens noch kleine Schrauben angebracht, welche die Schwerpunktslage der beiden Ringhälften regeln. Ihre genaue Einstellung ist eine sehr langwierige und beschwerliche Arbeit. Aus letzterem ergibt sich auch, daß bei gewöhnlichen Ankeruhren die Kompensation nur zum Scheine angebracht ist, da ein so feiner Mechanismus bei dem niedrigen Preise dieser Uhren sich nicht lohnen würde.

5. Die Chronometer.

Mit diesem Namen („Zeitmesser") wird eigentlich jede Uhr bezeichnet; es hat sich aber jetzt dieser Ausdruck ausschließlich eingebürgert für jene feinsten Federuhren, welche gegen Temperatur- und Lageänderungen etc. möglichst unempfindlich sein sollen bei hervorragend genauem Gange. Sie dienen besonders den Zwecken der Schifffahrt und Astronomie. Die Chronometer werden in zwei Ausführungen gebaut: in großem Maßstabe, als sogenannte Box-Chronometer und in kleinerer Form, als Taschenchronometer.

Da Pendeluhren zur See selbstverständlich nicht brauchbar sind, eine Uhr aber doch erwünscht und notwendig ist, so treffen wir schon frühe auf Versuche zur Herstellung genau gehender Zeitmesser behufs Ortsbestimmung auf dem Ozean. Es ist das die berühmte Frage der Längenbestimmung auf offenem Meer.

Während die alten Völker sich vorzugsweise auf Küstenfahrten beschränken mußten, durchfurcht das moderne Schiff alle Meere mit täglich wachsender Geschwindigkeit und einer Sicherheit, als ob es von unsichtbarer Hand dem Ziele zugesteuert würde. Außer dem Berufsseefahrer, oder denjenigen Lesern, welche in der mathematischen Geographie bewandert sind, wissen wohl die wenigsten Menschen, wie es möglich ist, jeden Augenblick den Ort des Schiffes zu bestimmen. Es hat tatsächlich auch lange gedauert, bis diese Aufgabe befriedigend gelöst war, und nur unter steter Beihilfe von

Wissenschaft und Kunstfertigkeit ist sie endlich gelungen. — Unzweideutig ist die Lage eines Punktes auf unserer Erde bestimmt, durch Angabe seiner geographischen Breite und Länge. Die Breite läßt sich am leichtesten feststellen, da sie immer gleich dem Bogenabstand des Poles vom Horizont (Polhöhe) ist. Segelt der Schiffer nach Norden, so heben sich die zugewandten Sterne scheinbar immer mehr; diese wechselnde Stellung bietet nun ein Mittel, die geographische Breite, d. h. den Abstand vom Aequator zu messen. Zum gleichen Ziele führen auch Messungen der Sonnenhöhe, wenn sie durch den Meridian geht u. s. w.

Bedeutend schwieriger ist es jedoch, den Längengrad zu bestimmen, d. h. den Abstand des Meridians des Beobachters vom Meridian eines bestimmten festen Punktes. Als Ausgangspunkt der Zählung wird jetzt auf allen Seekarten Greenwich angenommen, nur die Franzosen beziehen sie auf den Meridian von Paris (Paris liegt 2° 20′ 14″ östlich von G.). Da unsere Erde sich mit der größten Regelmäßigkeit in 24 Stunden einmal um die eigene Achse dreht, so ist es klar, daß auf eine Stunde Zeit 15 Längengrade kommen, also 4 Minuten auf einen Grad u. s. w. Ebenso leicht begreifen wir, daß östlich gelegene Orte früher Mittag haben als westliche, daß also bei einer Reise von Westen nach Osten parallel zum Aequator, die Uhr des Reisenden beständig zurückbleiben muß, auf einen Grad Längendifferenz um 4 Minuten, ebenso viel geht sie voraus bei einer Bewegung im entgegengesetzten Sinne. Nun verstehen wir auch, wie die Bestimmung der Länge mit Hilfe einer genau gehenden Uhr möglich wird. Wurde, um ein Beispiel anzuführen, die Schiffsuhr bei der Abreise genau nach Greenwicher Zeit gerichtet, und zeigt sie irgendwo am Mittag statt 12 Uhr, wie die betreffende Ortsuhr, z. B. 2 Uhr, so ist die Sonne schon vor 2 Stunden durch den Meridian von Greenwich gegangen; wir befinden uns folglich um so viele Grade westlich von diesem Punkte, als die Sonne in der Zeit von zwei Stunden durchläuft, d. h. 30° westlich von Greenwich. Angesichts der Wichtigkeit des Seeverkehrs, der Verantwortung für so viele Menschenleben und auch des großen Kapitals, welches in unsern modernen Schiffskolossen steckt, ist es begreiflich, daß das größte Gewicht auf genaue Ortsbestimmungen gelegt wird und ebenso, daß Irrtümer in dieser Beziehung immer unangenehme, nicht selten gefährliche Folgen haben müssen. Daher das Interesse, welches schon seit mehreren Jahrhunderten dem Schiffschronometer zu teil geworden. Dieses Interesse mag es auch rechtfertigen, hier, bevor wir auf die eigentliche Schiffsuhr eingehen, kurz noch die Hauptmomente der Geschichte des Chronometers, oder des Längenproblems zu berühren.

Einer der ersten, welcher Uhren zur Längenbestimmung (auf dem Lande) vorschlug, war so viel bekannt, Rainer Gemma, aus Friesland.[82] Aber dieser gute Rat scheiterte aus Mangel an guten Uhren. Wie die Spanier versichern, hätte schon früher Alonso de Sta. Cruz in einem seither verloren gegangenen, Philipp II. gewidmeten Buche denselben Vorschlag gemacht; ebenso der Sohn des Christof Columbus, Don Hernando Colon. Letzterer könnte als der Vater dieser Idee bezeichnet werden. Der genannte spanische Herrscher soll auch für die Lösung des Problems einen Preis von 10000 Talern in Aussicht gestellt haben (nach heutigem Geldwert ca. 100000 Fr.). Die holländischen Staaten bestimmten anfangs des XVII. Jahrhunderts zum gleichen Zwecke die Summe von 30000 Gulden.[83] Auch Huygens beschäftigte sich mit dieser Aufgabe, ebenso Leibniz. In rechten Fluß kam die Frage aber erst, als England 1714 einen entscheidenden Schritt tat. In diesem Jahre wurde eine Kommission eingesetzt, an welcher neben andern auch der berühmte Newton teilnahm. Dieser unterzog in einer

Denkschrift die bisherigen Methoden der Längenbestimmung einer Kritik und schloß mit dem Rate, zur Aufmunterung von Künstlern und Gelehrten einen Preis auszuschreiben. Dem wurde seitens der Regierung Folge gegeben, indem sie 10000 Pfund (200000 Mk.) bestimmte für denjenigen, welcher eine Methode erfände, um bei einer Fahrt von England nach Westindien die Länge bis auf 1 Grad, 15000 Pfund bis auf ⅔ und 20000 bis ½ Grad genau zu bestimmen. 1720 folgte Frankreich diesem Beispiele, indem es die gleiche Preisaufgabe stellte.

Der Mann nun, welcher die gestellte, gewiß nicht leichte Forderung erfüllte, und, wenn auch erst spät, den Preis erhielt, war Jean Harrison von Barrow, Grafschaft Lincoln (1693–1776), Sohn eines Zimmermanns und auf dem Gebiete der Uhrmacherkunst vollständiger Autodidakt. 1736 brachte er einen Chronometer zustande, welcher vorerst auf einem Flußschiff erprobt wurde. Später übernahm ihn ein englischer Schiffskapitän auf eine Fahrt nach Lissabon. Das Resultat war gut, so daß die Längenkommission ihn zu weiterem Schaffen ermutigte und eine Unterstützung gewährte. Nachdem Harrison noch zwei weitere Modelle angefertigt, erhielt er 1749 von der königlichen Akademie die goldene Copley-Medaille (diese drei Uhren werden als kostbare Urkunden zur Geschichte der Zeitmessung im Observatorium zu Greenwich aufbewahrt).

Im Jahre 1761 willfahrte endlich die Kommission den Bitten Harrisons, seine Uhr zur Erprobung auf eine Fahrt nach Jamaica mitzunehmen. Der Sohn des Erfinders machte die Reise mit, welche nach 18tägiger Dauer eine berechnete Längendifferenz von 13° 50' ergab, während das Chronometer 15° 19' wies. Natürlich erhob sich ein Streit; der junge Harrison stand zu den Angaben der Uhr und behauptete, daß am nächsten Morgen die Insel Portland sichtbar sein müßte, was auch wirklich eintraf. Aehnlich erging es beim Anlaufen der Antillen. Am 61. Tage lief das Schiff im Hafen von Jamaica ein. Es wurde nun nach den Ergebnissen des Merkurdurchganges von 1743 der Längenabstand von Port Royal auf Jamaica zu 5 Stunden 2' 51" westlich von Portsmouth bestimmt, während das Chronometer 5" weniger ergab. Auch auf der Rückfahrt bewährte sich die Uhr ausgezeichnet; nach einer Probezeit von 161 Tagen ging sie noch auf 65" genau, was ¼ Grad entspricht.[84]

So hatte Harrison die Aufgabe gelöst und zwar genauer als es verlangt war, aber den ganzen Preis erhielt er doch noch lange nicht. Man erhob Zweifel über die Zuverlässigkeit der Längenbestimmung von 1743 und beschloß, eine zweite Fahrt zu unternehmen, vorher aber dem Erfinder eine Abschlagszahlung von 5000 Pfund zu machen, mit der Verpflichtung seine Konstruktion zu veröffentlichen. Es geschah dies in der Schrift: „Principles of time keeper." Die Fahrt wurde 1764 angetreten, das Fahrzeug, ein Kriegsschiff, zählte unter seinen Passagieren wieder den jungen Harrison. Diesmal war das Ergebnis noch besser als zuvor, so daß die Längenkommission erklärte, Harrison gebühre der Preis. Das Parlament aber verstand sich bloß zur Zahlung von weitern 5000 Pfund mit der Erklärung, der Rest würde folgen, sobald der Gewinner andere Uhrkünstler instand gesetzt haben werde, derartige Uhren auch zu verfertigen. Diese Bedingung gab Anlaß zu langen und ärgerlichen Streitigkeiten, bis schließlich der Uhrmacher Kendal nach Angaben Harrisons eine Seeuhr herstellte, welche Cook auf seiner Weltumseglung mitnahm und als gut erprobte. Der Erfinder war 75 Jahre alt, als er den letzten Teil seines sauer verdienten Guthabens erlangte.

Außer dem oben erwähnten Kendal erwarben sich noch Mudge und andere großen Ruhm durch Verfertigung genauer Chronometer.

Die glücklichen Erfolge, welche der geniale Harrison erzielt hatte, reizten auch andere Künstler zur Lösung der gleichen Aufgabe. Hier sind vor allem der Franzose Le Roy und der Neuenburger Berthoud zu nennen.

Pierre le Roy, den Saunier den hervorragendsten Uhrmacher Frankreichs nennt, geb. 1717 zu Paris, gest. daselbst 1785, war der Sohn Julien le Roy's. Er erfand eine eigene freie Hemmung, die zuerst an seinem 1763 fertig gestellten Chronometer zur Anwendung kam.[85] Schon 1754 erhielt die Akademie von ihm ein versiegeltes Schreiben, in welchem er die Prinzipien seiner Seeuhr klar legte; nach 10jähriger Arbeit lag die erste Ausführung vor, welcher im Verlaufe noch zwei weitere Modelle folgten. 1767 bewarb sich Le Roy um den Preis; die Akademie verlangte jedoch eine Prüfung zur See. Diese erfolgte auf Kosten eines edelsinnigen Privatmannes, Courtanvaux, und fiel gut aus. Ein zweiter Versuch wurde mit einem Regierungsschiffe unternommen; den Uhrstand bei der Abfahrt bestimmte der berühmte Cassini, das Endergebnis war eine Genauigkeit von ⅛ Grad. Zwei weitere Fahrten genügten endlich, um alle Zweifel an der Brauchbarkeit des Werkes zu beseitigen. Nun beginnen, ganz wie in England, auch die Schwierigkeiten für den Erfinder: man wollte nicht bezahlen. Dazu kamen noch Prioritätsstreitigkeiten mit Berthoud, dessen Chronometer auf der letzten der oben genannten Prüfungsfahrten zugleich mit dem Instrumente Le Roy's erprobt worden war. Schließlich indes erhielt Le Roy den Lohn für 25jährige Arbeit im Dienste des Vaterlandes.

Der soeben erwähnte Berthoud (1727–1807) war außer auf dem Gebiete der Uhrmacherkunst noch schriftstellerisch tätig; er verfaßte u. a. eine Geschichte der Zeitmessung (histoire de la mesure du temps par les horloges, 1782, 2 Bde.), auch brachte er einige wichtige Verbesserungen an der

Chronometerhemmung an. Le Roy und Berthoud verwarfen überhaupt die Harrison'sche Hemmung, ihre Konstruktion ist zweifellos besser und der Idee nach bis heute geblieben. Saunier nennt die Chronometerhemmung eine Kollektiverfindung von Pierre le Roy, Berthoud, Arnold, Breguet und Earnshav.[86]

Werfen wir nun nach diesen, vielleicht etwas langen geschichtlichen Bemerkungen einen Blick auf die heute gebräuchlichen Chronometer.

Fig. 61.

Fig. 61 zeigt ein derartiges Instrument. Es weicht im
Bau bedeutend von einer Taschenuhr ab. Die beiden, in der
Abbildung sichtbaren Federhäuser wirken auf ein und
denselben Trieb ein; die Federn werden nach einander
aufgezogen, während die Uhr weiter läuft. Das Aufziehen
erfolgt alle Tage, wobei aber die Feder nur ganz wenig
gespannt wird, so daß sie mit einer gewissen mittleren,
nahezu gleichbleibenden Kraft zieht. Die Unruhe
unterscheidet sich von der gewöhnlichen durch die Form
ihrer Spiralfeder, welche nicht in einer Ebene gebogen ist,
sondern wie eine Sprungfeder läuft. Sie besteht aus Stahl
oder Gold. Die Kompensation ist die oben erwähnte (Fig.
60).

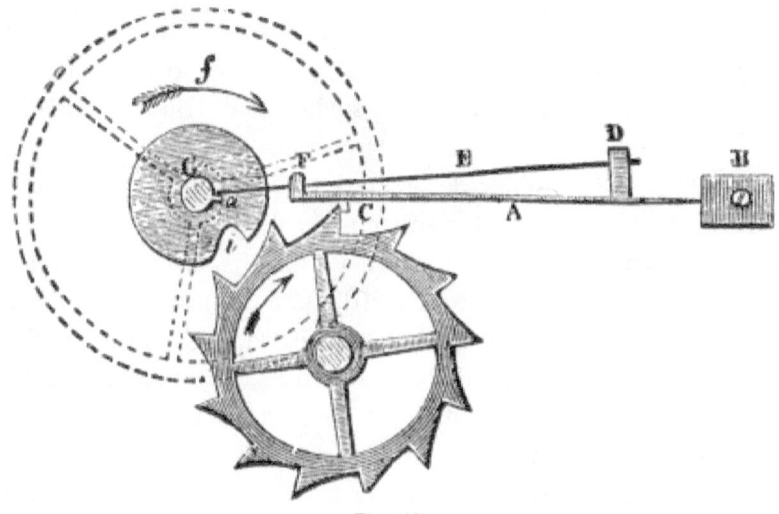

Fig. 62.

Eine eigentümliche Konstruktion zeigt die Hemmung. Wie unsere Abbildung Fig. 62 darlegt, fehlt der Anker. Seine Stelle nimmt die Feder A ein, welche in B mit dem dünneren Teile befestigt ist und etwas oberhalb des Hemmungsrades, d. h. ein wenig über der Zeichenebene liegt. Diese Feder ist nahe am dickeren Ende bei C mit einem Ansatz, senkrecht zur Bildebene, dem sogenannten Ruhestein versehen, welcher die Zähne des Hemmungsrades der Reihe nach aufhält, sie auf sich ruhen läßt. Gegen das dünne Ende der Feder hin ist in D eine zweite sehr feine und biegsame Feder E aus Gold befestigt, welche durch den hakenförmigen Ansatz F frei beweglich hindurch geht, so daß E nach unten sich ungehindert gegen die Radmitte bewegen kann, aber beim Rückgang nach oben die Feder A mitnimmt. — Auf der Achse der Unruhe G befindet sich ein Scheibchen, welches bei a einen Stift trägt, der bei jeder Schwingung der Unruhe mitbewegt wird, also gegen die Goldfeder stößt. Geht nun z. B. a nach unten, so verschiebt sich das feine Federchen E leicht in der gleichen Richtung, während A in Ruhe bleibt, wie auch der Zahn des Hemmungsrades bei C. Wenn dann a wieder zurückkommt, so wird auch A mitgenommen, so daß das Steigrad sich drehen kann. Diese Drehung beträgt aber nur einen Zahn, weil die kleine Feder, so bald sie frei wird, samt der Hemmungsfeder in die Ruhelage zurückschnellt und den folgenden Zahn aufhält. Unterdessen stößt einer der späteren Zähne an die Kante des Einschnittes i und gibt dadurch der Unruhe einen neuen kleinen Antrieb. — Wir haben also hier eine „freie" Hemmung, da ja der Regulator (die Unruhe) mit Ausnahme des kleinen Stoßes frei schwingt und vom Steigrad weder durch Druck noch durch Reibung in seiner freien Bewegung gehemmt ist. So viel zur Erklärung der Chronometerhemmung. Man begreift, daß eine derart exakte und schwierige Konstruktion nur bei den feinsten und teuersten Uhren in Anwendung kommt, also gewiß nicht bei den „Chronometern" des großen Publikums sich findet.

Die Schiffschronometer werden in einem doppelwandigen, gepolsterten Kasten in kardanischer Aufhängung, d. h. nach jeder Richtung frei beweglich, also immer in horizontaler Lage verharrend, aufbewahrt. Dieses „Chronometerspind" befindet sich im ruhigsten Teil des Schiffes. Da sehr große Anforderungen an eine solche Uhr gestellt werden, so hat jedes Werk eine eingehende Prüfung zu bestehen; diese wird in Deutschland meist von der Seewarte zu Hamburg besorgt. Im übrigen besitzt jede Kriegsmarine eigene Institute zur Anstellung derartiger Versuche.

Die deutsche Seewarte in Hamburg prüft Chronometer sowohl inbezug auf die Kompensation als auch auf genaue kardanische Aufhängung. Die Dauer einer Untersuchung beträgt drei Monate; während welcher die Uhren Temperaturschwankungen von etwa 5–30° ausgesetzt werden. Für niedrige Temperaturen ist ein eigener Eiskeller vorhanden; in einer Heizkammer wird die Luft durch Oefen oder Gasflammen auf die erforderliche Temperaturhöhe gebracht. Zur genauen Kontrolle des Ganges dient ein Chronograph, der mit der Normaluhr der Sternwarte verbunden ist. Bei Konkurrenzprüfungen beträgt die Dauer zuweilen 180 Tage; es wird dabei die Temperatur immer von 5 zu 5 Grad verändert, so daß die Uhren jeder dieser Wärmestufen 30 Tage lang ausgesetzt sind. Die Güte der Aufhängung wird geprüft, indem man den Uhren jede beliebig geneigte Lage gibt und sie längere Zeit so gehen läßt. Um den Einfluß der verschiedenen Bewegungen, die ein Schiff macht, zu bestimmen, wird das Chronometer in einen Apparat gebracht, der nach verschiedenen Richtungen durch einen Motor bewegt werden kann. Eine andere Prüfung erstreckt sich auf den Magnetismus und dauert zwei weitere Wochen. Die Ziffer XII der Uhr wird abwechselnd nach den 4 Himmelsgegenden gekehrt und der Gang darnach kontrolliert.

Im Bisherigen wurde öfters der Ausdruck „Gang" gebraucht. Man versteht darunter den Zeitunterschied, den das Chronometer zeigt gegenüber der wahren astronomischen Zeit. Dieser Unterschied wird mit dem ± Zeichen versehen angegeben und zwar so, daß z. B. der Ausdruck: „täglicher Gang = + 3,5 Sekunden" besagen will, die Uhr zeige in 24 Stunden 3,5" zu wenig, sie bleibe zurück, man müsse also den genannten Betrag addieren, um die genaue Zeit zu erhalten (hier ist Greenwicher Zeit verstanden, oder, wenn auf mitteleuropäische bezogen, immer genau 1 Stunde mehr).

Nun wird auch der beste Chronometer nie absolut genau gehen; ebenso sind Störungen nie ausgeschlossen; aus diesem Grunde führen z. B. Kriegsschiffe drei oder mehr Chronometer an Bord. Zwei anzuwenden, hätte nicht viel Nutzen, da man bei allfälligen Störungen nicht wissen könnte, welcher fehlerhaft zeige. Ein drittes Instrument aber ermöglicht eine gute Kontrolle. Bei den Riesensummen, welche der Bau eines Kriegsschiffes verschlingt, kommen ja die Kosten für einige Seeuhren nicht ernstlich in Frage.

Zweifelsohne stellen die Chronometer den Höhe- und Glanzpunkt der gegenwärtigen Leistungen auf dem Gebiete der Uhrmacherkunst dar; es leuchtet ein, daß nur das Zusammenwirken der mannigfaltigsten Kräfte im Vereine mit strengster Prüfung derartige Erfolge möglich machen.

6. Leistung, Nutzen, Auswahl und Behandlung einer Uhr.

Vom rein mechanischen Standpunkte aus, das ist, als Maschine betrachtet, gehört die Uhr zu den interessantesten Apparaten. Wir tragen sie täglich mit uns herum, verlangen jeden Augenblick ihre Dienste und zwar ganz genau, stellen also große Anforderungen an das kleine Kunstwerk, ohne uns jedoch immer der Größe derselben bewußt zu werden. Es mag deshalb wohl für viele von Interesse sein, etwas über die Arbeit zu vernehmen, welche eine gute Taschenuhr im Verlaufe einer bestimmten Zeit zu leisten hat.

Die Arbeitsleistung einer Taschenuhr während eines Jahres wird erst erkennbar, wenn man sich die Summe der von ihren Hemmungsteilen ausgeführten Bewegungen ausrechnet.[87] Bekanntlich machen die Zylinder- oder Ankeruhren in der Stunde 18000 Schwingungen, wobei jedesmal auch das Hemmungsrad eine sprungweise Vorwärtsbewegung macht, die sich durch das ganze Uhrwerk fortpflanzt. In einem Tag beträgt die Zahl dieser Schwingungen, bezw. Sprünge 432000 und in einem Jahr 157680000. Bedenkt man, daß eine Taschenuhr sehr oft 5 Jahre, ja manchmal 10 Jahre und länger ununterbrochen fortgeht, so muß man in der Tat staunen über die Leistungsfähigkeit, welche dem zarten Mechanismus inne wohnt.

Noch augenfälliger wird diese Tatsache, wenn man sich die schwingende Unruhe als ein beständig in derselben Richtung fortrollendes Rad denkt und den Weg berechnet, welchen dasselbe in dem Zeitraum eines Jahres zurücklegt. Der äußere Durchmesser der Unruhe in einer Herren-Ankeruhr gewöhnlicher Größe ist ungefähr 18 mm, der Umfang derselben somit 56,5 mm. Bei jeder Schwingung macht die Unruhe einer solchen Uhr ca. 1½ Umgänge, was einem Weg von 84,75 mm an ihrem Umfang entspricht. Da die Uhr nun in jeder Sekunde fünf Schwingungen macht, so beträgt der vom Umfang der Unruhe in dieser kurzen Zeit zurückgelegte Weg schon 423,75 mm, also nahezu ½ m. In der Stunde erhöht sich dieser Betrag auf 1520,5 m oder rund 1½ km. In einem Tag legt die Unruhe also einen Weg von etwa 36,5 km Luftlinie zurück. Wenn die Uhr 365 Tage lang ununterbrochen fortgegangen ist, so hat ihre Unruhe einen Luftweg von 13320 km oder 1795 geographischen Meilen zurückgelegt, das ist reichlich ⅓ des Erdumfanges.

Wenn diese Tatsachen im großen Publikum mehr bekannt wären, als es leider der Fall ist und entsprechend gewürdigt würden, so würde wohl ein größerer Teil desselben Verständnis dafür besitzen, daß ein so kleiner und dabei so viel leistender Mechanismus mindestens alle zwei Jahre der gründlichen Reinigung und mitunter auch eines Ersatzes abgenützter Teile bedarf. Während jedermann es ganz begreiflich findet, daß eine viele Zentner schwere Lokomotive z. B., die nur mit entsprechenden Pausen in Dienst gestellt ist, alle drei Monate gründlich revidiert und nötigenfalls ausgebessert wird, sind sehr viele Leute darüber erstaunt, wenn ein winziges Maschinchen im Gewichte von 50 bis 60 Gramm, wie es die Taschenuhr ist, die zudem Tag und Nacht in ununterbrochenem Betriebe steht, alle 12–14 Monate dasselbe nötig hat. — Daraus ersieht man, was eine

Uhr eigentlich in der angegebenen Zeit geleistet hat, ohne — um beim Vergleich der Lokomotive zu bleiben — in dieser ganzen Zeit auch nur für einen einzigen Pfennig Heiz- oder Schmiermaterial beansprucht zu haben. So weit unser Gewährsmann.

Wenn wir noch nach dem Nutzen der Uhren fragen, so wird es vielleicht manchem scheinen, das sei überflüssig, der Zweck sei doch ganz einfach Angabe der Zeit! Gewiß, aber damit ist die Frage lange nicht erledigt. Sie leistet und nützt weit mehr!

Welche Bedeutung der Uhr zukommt im modernen Verkehrswesen braucht hier nicht erst dargelegt zu werden, wir alle erfahren das täglich; wer glaubt, das habe nicht viel auf sich, lasse z. B. einmal seine Uhr stehen, wenn er den Fahrtenplan studiert! Den Nutzen, welchen die Schifffahrt aus dem Chronometer zieht, lernten wir oben kennen; auch die Kriegsführung könnte heute wohl kaum mehr auf genaue Uhren verzichten, man denke an die Granaten, Shrapnells und Torpedos, die zu einem gegebenen Momente ihre verderbliche Wirkung äußern müssen. Durch Beobachtungen an genauen Uhren messen wir die Höhe eines Tones, bestimmen wir den freien Fall der Körper, die Schallgeschwindigkeit u. s. w. Auch dem kranken Menschen nützt die Uhr in der Hand des beobachtenden Arztes. Und in welchem Zustande befände sich wohl noch heute die Königin der Wissenschaften, die Astronomie, ohne genaueste Zeitmesser? Wie wir früher sahen, bemühten sich Tycho Brahe und andere vergeblich, genaue Zeitbestimmungen zu machen, unter Aufwand des größten Scharfsinnes; kämen sie heute wieder, es würde ihnen sicherlich eine Lust sein, „zu leben," d. h. mit unsern vervollkommneten Mitteln zu beobachten. Ohne in weitern Einzelheiten einzugehen, möchten wir nur noch dem Leser raten, sich einmal vorzustellen, was geschehen würde, wie unser modernes Leben sich gestalten müßte, beim plötzlichen Verschwinden aller Uhren! Eine Revolution ohne gleichen auf fast allen Gebieten menschlicher Tätigkeit wäre die unausbleibliche Folge. So sehr stehen wir im Banne der Uhr!

Nun noch ein Wort über die Auswahl und Behandlung unserer Zeitmesser. — Für den gewöhnlichen Laien ist die Wahl, bezw. der Ankauf einer Uhr in besonderem Maße Vertrauenssache. Daraus ergibt sich als erste Regel: Kaufe nur in einem soliden Geschäfte, bei einem Uhrmacher, dessen Solidität wirklich Gewähr leistet für etwas dem Preise Entsprechendes. Heute, in der Zeit schwindelhaftester Reklame gilt das ganz besonders. Der Verfasser erinnert sich hier eines Vorfalles, welcher manchem zur Lehre dienen könnte: irgendwo schrieb eine Firma zweifelhafter Güte viele nützliche und schöne Dinge aus zu einem erstaunlich billigen Preis; als Lockspeise diente „eine genau gehende Uhr mit Kette," die sozusagen darein gegeben wurde. Ein Käufer, der richtig hereinfiel, zeigte mir die Uhr, es war eine „gehende" winzige Uhr, in Schwarzwälderstil, mit drei Rädern und — Kette — für das Gewicht! Aehnliche Beispiele gibt es in Menge. Hier gilt gewiß der Grundsatz: das Teuerste ist das billigste! Sehr flache kleine Uhren haben auch selten einen guten Gang. Wer sich eine wöchentliche Differenz von einigen Minuten gefallen lassen will, mag mit einer soliden Zylinderuhr auskommen, besonders wenn sein Beruf ihm zu viel Bewegung verpflichtet. Eine feine, aber entsprechend teure Ankeruhr, die gut abgezogen und reguliert ist, bietet die gleiche Differenz erst in einem Monat. Ein „Chronometer" im richtigen Sinne, welcher die Zeit bis auf Zehntel Sekunden genau zeigt, ist wohl nur für wenige Börsen erschwinglich, die übrigen unter diesem Namen angebotenen Uhren sind meist Dutzendware. Erfahrene Uhrmacher behaupten auch, daß Taschenuhren, die über 40

Stunden gehen, selten genau zeigen.

Wer aber eine wirklich gut gehende Uhr hat und sie schätzt als solche, wird sie auch richtig behandeln. Wir sahen soeben, daß alle zwei, höchstens drei Jahre, gründliche Reinigung not tut; auch sonst will eine Uhr sorgfältig behandelt sein. Viele behaupten, es sei am besten, sie abends vor Schlafengehen aufzuziehen, andere, und dies mit mehr Recht, wie uns scheinen will, morgens. Denn während der Nacht leidet die Uhr viel weniger durch Erschütterungen, Stöße etc., sie wird also auch bei wenig gespannter Feder doch richtig gehen. Am Morgen jedoch beginnen diese Störungen wieder, welche von der frisch gespannten Feder aber leichter überwunden werden. Die Gefahr des Ueberziehens ist wohl morgens auch geringer, da wir dann ruhiger sind als nach der Arbeit des Tages. Ein Springen der Feder tritt auch weniger ein, wenn die Uhr unaufgezogen auf den kalten Tisch gelegt wird am Abend, was übrigens ein Fehler ist; sie geht am besten in der Lage, in welcher sie unter Tags getragen wird, also nachts hängend, auf einer Unterlage von Tuch etc. Die gewöhnlichen Uhren gehen etwa 30 Stunden; wird eine solche nun morgens aufgezogen, so läuft sie bis zum andern Mittag; sie bleibt also stehen zu einer Zeit, wo man sie leicht wieder richten kann. Wurde sie aber gegen Abend aufgezogen, so kann es sich leicht treffen, daß der Ablauf der Feder in eine Nachtstunde fällt. Eine allzuschwere Kette beeinträchtigt den Gang der Uhr durch die fortwährenden, wenn auch kleinen Erschütterungen, die sich von ihr auch auf das Werk übertragen. Das Gleiche gilt vom Tragen der Uhr in der Tasche des Beinkleides. — Eigene Beobachtung wird hier am besten das richtige finden lassen, so daß eine gute Uhr auch wirklich gut bleibt, ein Gegenstand der Freude für den Besitzer, nicht eine Quelle beständigen Aergers.

VI.
Die fabrikmäßige Herstellung der Uhren.

Als Abschluß der vorliegenden Ausführungen über die Geschichte der Uhren im allgemeinen möge ein kurzer Ueberblick über deren Massenherstellung dienen. Es ist leicht einzusehen, daß bei einem Gegenstande wie die Uhr, welche so rasch sich überall Eingang verschaffte und bald jedem unentbehrlich wurde, schon frühe das Bedürfnis nach billiger Erstellung sich geltend machte. So wäre ein wenn auch nur gedrängter Ueberblick über die Geschichte der Zeitmesser notwendig unvollständig, wenn dieser Punkt übergangen würde, ganz abgesehen von der nationalökonomischen Bedeutung, welche der Uhrmacherkunst in vielen Ländern zukommt.

Im folgenden wird von den Zünften abgesehen, denn hier kann von einer fabrikmäßigen Ausübung des Uhrmacherhandwerkes nicht die Rede sein, es beruhte vielmehr die ganze Produktion auf Handarbeit. Wir bemerken nur noch, daß unter den ersten Städten, in welchen die Uhrmacherei in größerem Maßstabe ausgeübt wurde, Genf und Nürnberg zu nennen sind. Wie wir schon gesehen, waren anfangs des 16. Jahrhunderts die Uhrmacher noch Mitglieder der Schlosserzunft, von der sie erst später sich abtrennten; in Genf 1589, in Nürnberg dagegen schon im Jahre 1565. Der Nürnberger weltbekannte Kunstfleiß hatte sich schon frühe auch dieses Zweiges bemächtigt, wie die lange Liste von Uhrmachern, welche Speckhart aus alten Urkunden veröffentlichte, zeigt. Sie werden dort als „Orelmacher, Orlemacher, Ormacher, Hormacher" etc. aufgeführt. Aehnlich war auch in Frankreich unter Franz dem Ersten (1515–1547) die Uhrmacherei schon in Blüte, und gegen Ende des 18. Jahrhunderts schätzte Pierre le Roy die Zahl der Meister in der Pariser Uhrmachergilde auf 400.

Eigentliche fabrikmäßige Herstellung von Uhren dagegen treffen wir zuerst in der Schweiz und auf dem Schwarzwald; bald folgten auch andere Länder; heute ist die Uhr fast ganz ein Erzeugnis der Maschine geworden.

1. Die Uhrenindustrie in der Schweiz.

Eine der bekanntesten Oertlichkeiten in der ganzen Welt ist das durch seine Uhrenfabrikation berühmte La Chaux-de-Fonds. Gegenwärtig über 25000 Einwohner zählend, die sich meist mit Uhrmacherei beschäftigen, war dieser Ort im 15. Jahrhundert ein einsamer Weiler mit nur 5 Familien. Bis gegen Ende des 17. Jahrhunderts blieben die Uhren daselbst unbekannte Dinge; erst 1679 brachte ein Pferdehändler in das benachbarte La Sagnethal eine Taschenuhr mit, die als Wunderwerk angestaunt wurde. Da die Uhr reparaturbedürftig war, zeigte der Besitzer sie einem geschickten Schmied des Dorfes, bei welcher Gelegenheit er mehrere Arbeiten des erst 15jährigen Daniel Jean Richard, eines Sohnes des Meisters, sah. Gefragt, ob er sich wohl getraute, das Werk wieder herzustellen, bejahte er dieses und wirklich gelang das Wagnis. Der Schmiedelehrling wurde auf diese Weise mit dem Mechanismus einer Taschenuhr vertraut, und faßte den Plan, ebenfalls eine solche zu konstruieren. Mit den Werkzeugen seines Vaters ging die Sache natürlich nicht, es mußten also zuerst neue hergestellt, d. h. ersonnen werden. Darüber verstrich ein Jahr; sechs Monate später war die erste Taschenuhr im Neuenburger Jura fertig, 1681. Die Sache erregte gewaltiges Aufsehen und Aufträge liefen zahlreich ein, welche gewissenhaft erledigt wurden. Große Schwierigkeiten bereitete dem angehenden Künstler, der sich in den Mußestunden auch mit Gravieren beschäftigte, die Einteilung und das Schneiden der Zähne. Er erfuhr, daß man in Genf sich zu diesem Zwecke einer Maschine bediene; sofort reiste er dorthin, um sie zu sehen, was jedoch nicht gelang, weil der Bau derselben geheim gehalten wurde. Nur einige Räder wurden ihm gegeben. An ihnen studierte er die Konstruktion der Maschine und erfand sie so selbständig wieder und noch besser. Nun war der Grund gelegt. Richard machte sich bald auch an die Herstellung von Standuhren, die er mit Repetierwerk versah. Es strömten Scharen junger Leute herbei, um sich unterrichten zu lassen und dann selbst Werkstätten zu gründen. Der erste von ihm ausgebildete Schüler war Jakob Brandt von La Chaux-de-Fonds, welcher später als Mitbegründer der Uhrenindustrie segensreich wirkte.

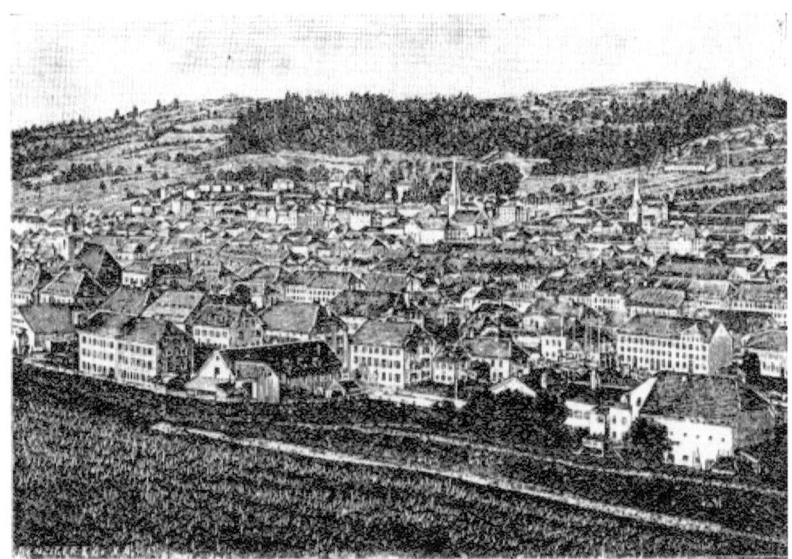

Fig. 63.

Um 1705 siedelte Richard mit seinen 5 Söhnen, sämtlich Uhrmacher, nach Le Locle über. Er starb 1741 im Alter von

75 Jahren. Wie rasch der neue Erwerbszweig sich ausbreitete, ersieht man daraus, daß 1752 in den Neuenburger Bergen schon 466 Uhrmacher beschäftigt waren.[88] 1781 waren es bereits über 2000; 1802 fast 4000. Im Jahre 1868 wurden laut einer Berechnung allein im Kanton Neuenburg 800000 verschiedene Uhrteile im Werte von 35 Millionen Franken geliefert; 13000 Arbeiter fanden dabei Beschäftigung. Es war also nicht mehr als billig, daß Le Locle seinem Mitbürger Richard ein Denkmal errichtete, welches ihn als 15jährigen Knaben darstellt, wie er die erste Taschenuhr voll Eifer ansieht (1888).

Berühmte Uhren gingen auch aus der Werkstätte des Jean Jacques Richard in der Montagne hervor; seine Uhren trugen Schalen aus Kristall, das Werk ist also sichtbar. Die Familie Benoit in Les Ponts verlegte sich besonders auf die Fabrikation von Zifferblättern, sowie auf Emailmalerei (Louis Benoit starb 93 Jahre alt im Jahre 1825). Früher bezog man emaillierte Zifferblätter vorzugsweise aus England und Frankreich, sie waren jedoch sehr teuer. Zu Anfang des 19. Jahrhunderts führten Othenin-Girard und L. Nicolet in den Neuenburger Bergen die Guillochiermaschine ein zur Herstellung verzierter Uhrgehäuse.

Neuenburg zählt noch viele berühmte Uhrmacher unter seinen Söhnen. Wir nennen Daniel Vaucher, ein Schüler Richards, der in Val de Travers 1730 die Uhrmacherei einführte; Abraham Robert und Daniel Perrelet, Erfinder mehrerer nützlicher Uhrmacherwerkzeuge; Houriet, ein sehr geschickter und berühmter Graveur; Jakob Droz (1721–1788); der besonders berühmt war durch seine kunstreichen Automaten.

Aus dem Kanton Neuenburg stammte auch Abraham Louis Breguet (Fig. 64), geboren zu Neuenburg im Jahre 1747, dessen Vorfahren schon frühe aus der Picardie nach der Schweiz eingewandert waren. Bei seinem Stiefvater lernte er die Uhrmacherei, aber erst in Versailles, wohin er mit 15 Jahren kam, entfaltete sich sein Talent, das durch mannigfaltige mathematische und physikalische Studien immer größere Erfolge errang. Er hat u. a. die sogenannten Perpetualuhren (Uhren, die sich durch die geringen Erschütterungen beim Gehen selbst aufziehen) wenn nicht erfunden, so doch vervollkommnet. Die Uhrenwerkstätte, welche von ihm in Paris gegründet wurde, trug seinen Namen in alle Welt. Seine Chronometer und astronomischen Uhren waren sehr geschätzt. Bei der Ausführung des Chappe'schen Telegraphen leistete Breguet ebenfalls wertvolle Dienste. Bekannt sind auch seine Metallthermometer. Hoch geehrt starb er, als Mitglied der Akademie zu Paris im Jahre 1823.

Fig. 64.

Es scheint überhaupt, daß natürliche Begabung und örtliche Verhältnisse in den Bergen dieses Kantons (Armut der früheren Bevölkerung, schlechte Beschaffenheit von Grund und Boden, rauhes Klima u. s. w.) die Entwicklung der Uhren-Industrie besonders begünstigt haben. Dazu kommt noch das schon sehr frühe geübte Prinzip der Arbeitsteilung. Jede unserer Uhren ist durch sehr viele Hände gegangen, bevor sie zu ihrem Dienste tauglich war.

Die rohen Werke (ébauches) werden in Fabriken erstellt; es sind die Platinen, in welche die Radachsen eingelassen sind, die Räder u. s. w. Jeder Fabrikant hält davon einen Vorrat. Der Hauptleiter des Geschäftes, der Visiteur, gibt diese Teile aus und erhält das fertige Werk wieder. Er muß also die gesamte Arbeit von Grund aus verstehen, da er auch entscheidet über Annahme oder Verwerfung des Gelieferten. Nun werden von den Arbeitern (finisseurs) die Tragsäulen der Bodenplatten eingesetzt, die Räder bearbeitet, die Wellen gedreht und eingepaßt, kurz alle Teile so eingefügt, daß die Uhr allenfalls gehen könnte. Die Hemmungen der Zylinder- und Ankeruhren sind besonders geübten und entsprechend gut bezahlten Arbeitern übergeben. Die Uhr kehrt nun zum Visiteur zurück, wird auseinander genommen und geprüft. Diejenigen Uhrteile, welche das Gerüste der Uhr bilden, kommen zum Gehäusemacher (monteur de boîtes); das übrige wird von neuem in Arbeit genommen und endgültig instand gesetzt; worauf es zum Zeigerfabrikanten, zum Zifferblattmaler, Vergolder, Polierer etc. kommt. Das Gehäuse wandert zum Guillocheur, der es verziert, wenn es eine gewöhnliche Uhr aufnehmen soll; andernfalls wird es der Hand des geschickten Graveurs, meist in Genf, übergeben, um dessen Werkstätte als Kunstwerk zu verlassen und die eigentliche Uhr endgültig aufzunehmen. Hier liegt die Hauptbeschäftigung der Genfer Uhrmacher; die Werke kommen aus den Bergen, die Gehäuse werden in der Stadt vollendet.

Im Val de Travers (Neuenburg) werden fast ausschließlich Instrumente aller Art für Uhrmacher verfertigt; daneben noch Ketten, Federn u. s. w. Auch in den einzelnen Dörfern wird meist nur ein bestimmter Zweig der Uhrmacherei betrieben, oder es werden nur Uhren erstellt, die dem Geschmacke eines bestimmten Landes angepaßt sind. In dieser Beziehung zeichnet sich besonders das savoyische Städtchen Cluse aus, wo nur Rohwerke verfertigt werden. „Die Bauern fabrizieren nicht während des Sommers, weil verschiedene Feldarbeiten und die Ernte sie zu dieser Jahreszeit in Anspruch nehmen; aber sobald der Monat September heranrückt und die ersten Schneeflocken in der Luft wirbeln, dann schließen sie sich in ihren Häusern ein, greifen zur Feile und Drehbank und gewinnen durch Herstellung der leichter auszuführenden Teile der Uhr ihren Lebensunterhalt.

Die Arbeit am Tage genügt diesen emsigen Bergbewohnern nicht. Sobald die Dämmerung hereinbricht, sieht man die Lampen der Uhrmacher an allen Fenstern der Häuser vom Erdgeschoß bis zur Dachkammer hinauf wie Sterne glitzern. Bis spät in die Nacht hinein dauert oft ihre Arbeit. In den kleinen bäuerlichen Werkstätten machen sich auch die Frauen nützlich. Neben ihrer Hausarbeit lehren sie ihren Kindern schon in früher Jugend die Kunst, die ihre Väter frei machte und die ihnen Wohlstand und Bürgerglück, die natürlichen Folgen einer segensreichen Industrie, brachte" (Saunier, a. a. O. S. 741).

Nach dem Kanton Waadt gelangte die Uhrmacherei anläßlich der Aufhebung des Ediktes von Nantes. Dadurch wurden französische Uhrmacher veranlaßt, nach der Schweiz auszuwandern. Hauptsitz der Uhrenmacherei ist das Städtchen St. Croix, welches über 1000 Uhrmacher zählt. Im Kanton Bern wird die Uhrenfabrikation namentlich von den Bewohnern des St. Immertales ausgeübt. Lange Zeit war die Herstellung von Spindeluhren eine Spezialität, die hier besonders gepflegt wurde, während jetzt das Geschäft sich auch auf andere Zweige ausgedehnt hat.

Ziemlich jung ist die Uhrenfabrikation in Biel, welches jetzt Hauptsitz dieser Industrie im Kanton Bern geworden ist. Vorzüglich werden Gehäuse, vom gewöhnlichen bis zur feinsten Goldschale hier angefertigt. Auch eine gut besuchte Uhrmacherschule hat in Biel ihren Sitz.

Einen hervorragenden Platz in der schweizerischen Uhrenindustrie nimmt endlich noch Genf ein. Es ist neben La Chaux-de-Fonds der größte Markt für Uhren, wohl auf der ganzen Welt. Seine günstige Lage machten es frühe zu einem Mittelpunkte der Uhrenfabrikation. Hier finden wir schon vom Ende des 18. Jahrhunderts ab eine weitgehende Spezialisierung der Arbeit. Das bedeutendste Haus in Genf dürfte gegenwärtig Patek, Philippe u. Co. sein. Die Uhrmacherschule in Genf ist die älteste überhaupt, ihre Gründung fällt in das Jahr 1824 und umfaßt einen 2½jährigen Kurs; außerdem werden noch höhere Vorlesungen erteilt für Spezialisten. Neben der hier genannten Schule und der schon erwähnten in Biel zählt die Schweiz noch solche zu Fleurier, St. Immer, Locle, La Chaux-de-Fonds, Neuenburg, Solothurn und Pruntrut.

Die Wichtigkeit der schweizerischen Uhrenindustrie mögen zum Schlusse noch einige statistische Angaben dartun. Wir entnehmen dieselben dem Statistischen Jahrbuch der Schweiz, 1902 und 1904.

1903 wurden e i n g e f ü h r t:

| Taschenuhren | 13309 Stück im Werte von | 176000 Fr. |
| Stand- u. | 1754 „ „ „ „ | 756000 „ |

Wanduhren	1754	„	„	„	„	756000 „
Musikdosen	106	„	„	„	„	89000 „
Werke u. Bestandteile	202965	„	„	„	„	2523000 „

Die Gesamteinfuhr betrug 3544000 Fr. Die wichtigsten Herkunftländer sind Frankreich, besonders für Taschenuhren und Bestandteile; für Stand- und Wanduhren Deutschland und Amerika.

Im gleichen Jahre erreichte die A u s f u h r einen Totalwert von 118515000 Fr. Die Stückzahl belief sich auf 8432048. Davon waren:

Goldene Taschenuhren	824576 Stück,	im	Werte	von	44	
Silberne „	2686503	„	„	„	„	32
Metallene „	3046048	„	„	„	„	23
Stand- und Zimmeruhren		im	Werte	von	über	
Musikdosen		„	„	„	„	2
Werke u. Bestandteile	1874921 Stück;		Wert:		16	

Zu den wichtigsten Absatzgebieten zählen Deutschland (26½ Millionen), Oesterreich (11,2 Mill.), England (19 Mill.), während der Absatz nach Amerika früher viel bedeutender war als jetzt (Vereinigte Staaten: 7½ Mill.).

Nach der gleichen Quelle (Jahrb. 1902) belief sich im Jahre 1901 die Anzahl der Arbeiter im Bijouterie- und Uhrenfach auf 24858 in zusammen 645 Betrieben mit 3737 Motoren, deren Gesamtstärke 3274 P.S. betrug. 7594 Arbeiter betreiben Hausindustrie. Bezüglich des letzteren Punktes ist jedoch zu bemerken, daß diese Zahl in Wirklichkeit viel bedeutender anzunehmen ist, da ja in solchen Betrieben meist die ganze Familie arbeitet, während die Statistik nur das Oberhaupt der Familie zählt, respektive denjenigen, welcher mit der Fabrik in geschäftlicher Verbindung steht.

Während früher die Uhrenindustrie ihre Arbeiter vorzüglich daheim beschäftigte, geschieht dies jetzt mit zunehmender Einführung aller Art Arbeitsmaschinen immer mehr in den Fabriken, so daß die Hausindustrie in beständigem Rückgang begriffen ist. Trotzdem ist sie noch bedeutend; so waren z. B. 1902 allein im Kanton Neuenburg 9000 Arbeiter zu Hause beschäftigt. Gewisse Zweige der Fabrikation sind auch jetzt noch meistens Hausindustrie: Polieren, Vergolden, Oxydieren, Füßesetzen u. s. w. und werden meistens von Frauen ausgeübt, einerseits wegen der leichten Hand, anderseits wegen den geringen Lohnansprüchen. Die Fabriklöhne schwanken bei 10stündiger Arbeit zwischen 1 bis 3½ Fr.; während der Hauslohn durchschnittlich um 20–30% geringer ist, bei längerer Arbeitszeit. Angesichts vieler Uebelstände, welche die Hausarbeit für die ganze Familie gar oft im Gefolge hat, ist es schwer zu sagen, ob man sich über die Abnahme dieses Erwerbszweiges freuen, oder sie bedauern soll.

Aus der Weltausstellung in Paris im Jahre 1900 waren die Schweizeraussteller in Klasse 96, Uhrmacherei, am zahlreichsten vertreten; auch die große Anzahl Auszeichnungen (10 große Preise, 14 goldene, 122 silberne und 17 bronzene Medaillen nebst 7 ehrenvollen Erwähnungen) beweisen, daß die Schweiz immer noch auf der Höhe steht und ihrer Aufgabe gewachsen ist.

2. Die Schwarzwälder Uhrenfabrikation.

Bis zum 17. Jahrhundert lebten die Schwarzwälder, von der Welt fast ganz abgeschlossen, einzig der Bebauung des armen Bodens, der Viehzucht und in etwa der Bearbeitung des Holzes, als Köhler u. s. w. Der dreißigjährige Krieg brachte mit den Einquartierungen auch neue Gesichtspunkte von außen, oft allerdings auch Not und

Elend, und damit wohl die Nötigung, sich auf neuen Wegen den Lebensunterhalt zu verschaffen. Steyrer, Benediktiner des Stiftes St. Peter auf dem Schwarzwald teilt uns in einer kleinen Schrift sehr schätzenswerte Einzelheiten über die Entstehung der dortigen Uhrenindustrie mit.[89] Er bemerkt in der Vorrede seines Werkchens: „Niemand wird in Abrede stellen, daß die Kunst, Uhren zu verfertigen, eine der nützlichsten und notwendigsten für Stadt und Land, und alle Vorfälle des menschlichen Lebens sei. Nun aber darf man dreiste sagen, daß eben diese Kunst vielleicht nirgends höher, vielfältiger und gemeinnütziger getrieben werde, als auf dem Schwarzwald, und zwar von dessen Bewohnern, den Schwarzwäldern selbst, deren Geschicklichkeit, Einsicht und erfinderischer Geist schier alle Vermutung in diesem Fach übersteigt. Und was hiebei das Merkwürdigste ist; so beschäftigen sich nicht nur viele Hundert Schwarzwälder mit Verfertigung aller Gattungen der Uhren, sondern sie verschleißen auch diese Waren selbst, handeln damit in die entferntesten Lande, und kommen insgemein mit reichem Gewinne wieder zurück. Der sonst so rauhe und seinem Namen nach fürchterliche Schwarzwald ist es, welcher schon viele Jahre hindurch ganz Europa und neuerdings Asien und Amerika mit vielen Tausend zwar mehreren Teils hölzernen, doch sehr dauerhaften, richtigen, schönen, teils gemeinen, teil künstlichen Uhrwerken versieht. Der Schwarzwald ist es, welcher ohne Lehrmeister, ohne Aufmunterung, ohne Unterstützung einer höheren Macht aus innerem Triebe und durch eigenen Fleiß es in dieser Kunst so weit gebracht hat, daß er jetzt die größten Künstler hierin zählt, seinen Herren Ehre macht, etliche tausend Hände beschäftigt, das Land bereichert, und ein weit aussehendes, beträchtliches Gewerb treibt. Eine merkwürdige Epoche für den Schwarzwald". Diese warmen, von berechtigtem Stolz getragenen Worte beweisen, daß man schon vor einem Jahrhundert die Bedeutung des neuen

Erwerbszweiges gar wohl erkannte und würdigte.

Um die Mitte des 17. Jahrhunderts errichtete das Kloster St. Peter eine Glashütte im sogenannten Knobelwalde, welche bald zu einem Weiler heranwuchs und den Namen „Glaserdörfle" erhielt. Hier entstanden die ersten Schwarzwälder Uhren. Die Glasbläser vertrieben ihre Ware selbst, zuerst in der Umgegend, nach und nach immer weiter hin, als eine Art Handelsgesellschaft mit Niederlagen an verschiedenen Orten. Ein von Böhmen zurückkehrender Glasträger brachte eine Holzuhr mit, welche nicht bloß angestaunt, sondern bald nachgemacht wurde von Gliedern der Familie Kreuz auf dem Glashof bei Waldau, Pfarrei Neukirch. Der gelungene Versuch wurde von anderen Seiten wiederholt. Eine der ersten Uhren kam, wie Steyrer schreibt, in den Besitz des Paters Kalteisen, damals Pfarrverweser zu Neukirch um 1667. Sie versah ihren Dienst im dortigen Pfarrhause bis in den Anfang des 19. Jahrhunderts hinein, um dann zu verschwinden. Nachbildungen davon sind in der Sammlung der großh. Gewerbehalle in Furtwangen und in der Altertumssammlung daselbst.[90] Als zweiter Uhrmacher wird noch der „Hackbretterlenz," Lorenz Frey in der Nähe von St. Peter erwähnt. Diese Uhren, mit rohen Werkzeugen verfertigt, waren Wageuhren und natürlich wenig genau. Infolge der Kriegswirren schlief die Sache wieder ein, so daß die eigentliche Uhrenindustrie erst von später, nämlich aus dem Jahre 1725 datiert.

Fig. 65.

Weil keine früheren Aufzeichnungen bekannt sind, als

die P. Steyrer's, und das Büchlein selten geworden ist, so mögen hier über die zweite Periode der Schwarzwälder Uhrenindustrie aus genanntem Schriftchen einige Angaben mitgeteilt werden.

„Simon Dilger aus Urach fürstenbergischer Herrschaft gebürtig und eben allda haussäßig, seines Handwerkes ein Drechsler, unternahm ohne Lehrmeister durch eigenen Fleiß das Uhrenmachen, wie schon gesagt worden ist, um das Jahr 1725, und verfertigte keine andere, als Waguhren, wiewohl anderswo die weit richtigeren Penduhren schon eine geraume Zeit im Schwunge gingen. Von diesem lernte sein Sohn Friedrich Dilger, der hernach mit seinem Vater die Uhrmacherkunst fortführte, und unter andern auch ein württembergischer Untertan aus dem St. Georger Kirchspiel, namens Weißer, insgemein der Mulenweber genannt, in die Lehre nahm, welcher bald hernach ein Meisteruhrenmacher ward.

Schier zu gleicher Zeit, doch etwas später als Friedrich Dilger, verlegte sich auf das Uhrenmachen Josef Dilger aus der Neukirch im Waagenstal, gleichfalls seines Handwerks ein Drechsler wie Simon Dilger, mit dem er aber in keiner Blutsfreundschaft stand, und Georg Gföll aus der Urach. Alsdann zogen beide in das Klostertal, und trieben allda mit gutem Fortgang ihre Kunst..... Indessen, als sich Josef Dilger in dem Klostertal aufhält, kommt zu ihm, um die Uhrenmacherkunst zu lernen, Anton Ganther aus der Neukirch, welcher, nachdem er dieselbe wohl begriffen, gleich wieder, und zwar 20 Jahre früher als sein Lehrmeister nach Hause wandert, wo er auch einen jungen Buben, namens Christian Wehrle in die Lehre nimmt, ungeachtet diesem hievon alles abwehrte, unter dem Vorwande: die Uhren würden nicht immerdar abgehen, da sie schier ewig dauern. Es vermehrte sich also die Zahl der Uhrenmacher durch Christian Wehrle und Michael Dilger oder Gosemichele, welche beide zu hohem Alter gekommen und unter die ersten Uhrmacher zu zählen sind."

Wir übergehen die folgende lange Liste von Uhrmachern, die Steyrer aufführt; die Ausbreitung der neuen Kunst erhellt am besten aus der Angabe, daß allein in der Herrschaft St. Peter 1796 29 Meister arbeiteten, welche jährlich über 3300 Uhren der verschiedensten Art anfertigten. Zur gleichen Zeit schätzte man die auf dem Schwarzwald ansässigen Uhrmachermeister auf etwa 500, abgesehen von jenen, die auf dem Handel begriffen und ebenfalls der Mehrzahl nach Meister waren. Der Lohn eines guten Gesellen belief sich um diese Zeit auf 30–100 Gulden, eine Summe, die auch heute wohl nur von wenigen überschritten, von den meisten aber nicht erreicht werden dürfte, wenn man den damaligen hohen Geldwert berücksichtigt.

Die Holzuhren waren sehr einfach: drei Räder nebst Getrieben und einem Zeiger; Feile, Bohrer, Messer und ein Zirkel um die Zähne vorzuzeichnen, bildeten das ganze Werkzeug. Sie fanden aber dessenungeachtet guten Absatz und bald traten auch bessere Instrumente an Stelle der alten. Mathias Löffler in Gütenbach (Amt Triberg) erfand einen Apparat zum bequemen Einteilen und Schneiden der Räder, das sogenannte Zahngeschirr. Friedrich Dilger erstellte zuerst eine Teilscheibe. Um 1750 kamen die bekannten Kuckuckuhren auf; auch bewegliche Figuren wurden angebracht, ebenso Planetarien. Steyrer zählt unter den „gemeinen Uhren" solche auf, welche Viertel und Stunden, auch die Sekunden zeigen; Repetieruhren; Werke mit achttägigem Gange, teils mit Gewichten, teils mit Feder versehen. Von „Kunstuhren" erwähnt derselbe u. a.: Uhren, auf denen ein Kapuziner-Bruder alle Stunden läutet; Uhren, worauf eine Schildwache geht und ihre ordentliche Wendung macht; Uhren, worauf ein Scherenschleifer schleift; „Sackuhren von Holz" u. s. w. Ins 18. Jahrhundert zurück geht auch die Fabrikation von Spieluhren, die sich heute gerade im Schwarzwald so hoch entwickelt hat. Um 1740 wurden die gläsernen Glöckchen der Schlaguhren durch metallene ersetzt, die zuerst von auswärts bezogen wurden; etwa 1750 führte Paul Kreuz aus der Herrschaft St. Peter die Glockengießerei mit großem Erfolg ein. Die Zifferblätter wurden anfänglich von Hand bemalt, bis Mathäus Grießhaber aus Gütenbach die Zeichnung auf eine Kupferplatte stechen und Abdrücke auf Papier machen ließ. Am Gehäuse wurden bald auch Schnitzereien angebracht. Das Zifferblatt wurde mit Oelfarben bemalt und gefirnißt, den betreffenden Lack erfanden drei Uhrmacher und gaben so Anlaß zur weitern Verbreitung der Schildmalerei. Auch die Patres von St. Peter unterstützten die neue Industrie auf jede mögliche Weise; so erfand P. Thaddäus Rinderle für die Uhrmacher ein neues Bohrgeschirr. Das gleiche ist zu sagen von den Chorherren zu St. Mergen.

Mit zunehmender Produktion dehnten sich natürlich auch die Handelsbeziehungen immer weiter aus; schon 1740 treffen wir eine Niederlage in Magkraut bei Eisenbach; das erste fremde Land, wohin die Schwarzwälderuhren ihren Weg nahmen, war Frankreich; dann folgten der Reihe nach England, Irland, Schottland, Holland, Rußland, Polen, Ungarn, Italien, Spanien, Portugal, Dänemark, Schweden, Nordamerika, die Türkei und Aegypten. Die Händler fanden vielfach allerlei Hindernisse, welche jedoch ihr zäher Sinn nach und nach überwand. Kaiserin Katharina II. erlaubte den Handel in ihrem ganzen Reich, nachdem ein Händler ihr eine kunstvolle Uhr zum Geschenk gemacht; ebenso erteilte 1779 der Sultan ihnen einen Freibrief.

Dieser Gewerbezweig hatte sich offenbar stark entwickelt. Im Jahre 1800 schätzte man die Anzahl der jährlich erstellten Uhren auf 110000 Stück.

Als 1805 die früheren österreichischen und fürstenbergischen Territorien an das badische Haus übergingen, zählte das Amt Triberg unter 8693 Einwohnern 375 Uhrmacher, 303 Händler neben 109 sonst noch als Nebenarbeiter in der Uhrmacherei angestellten Personen.

Die Revolutionskriege schädigten auch die Uhrenindustrie gewaltig, ohne sie jedoch vernichten zu können; sie breitete sich vielmehr auf weitere Gemeinden aus. Poppe gibt für das Jahr 1840 (Dinglers Journal) als Gesamtproduktion 540000 Stück an, welche nach Meitzen von 1845–1846 die Zahl 600000 erreichten (A. Meitzen: die Uhrenindustrie des Schwarzwaldes. 1848. Neudruck von Fehsenfeld, Freiburg 1900). Im Jahre 1872 endlich belief sich die gesamte Produktion des Schwarzwaldes auf 1800000 Uhren aller Art, im Werte von ca. 18 Mill. Mark. Nach einer Schätzung anläßlich der Berichterstattung über die Karlsruher Ausstellung von 1875 betrug die Zahl derjenigen, welche ihren Unterhalt mit der Uhrmacherei verdienen, mehr als 13000. 1885 wurden im Schwarzwald 92 Gemeinden gezählt, welche sich mit der Herstellung von Uhren beschäftigen.

Aehnlich wie in der Schweiz vollzieht sich auch hier nach und nach ein Uebergang von der Hausindustrie zum Großbetrieb in Fabriken mit den neuesten und besten Einrichtungen. Hieher ist besonders die Fabrikation nach amerikanischem Muster zu rechnen, gegen welche der kleine Betrieb nicht mehr aufkommen kann.

Wir müssen es uns leider versagen, hier näher auf die einzelnen Zentren der Uhrenindustrie im Schwarzwald einzugehen; es möge genügen, kurz auf einige bekannte und berühmte Heimstätten dieses Gewerbes hinzuweisen.

In dem württembergischen Städtchen S c h r a m b e r g

liegt nicht bloß die bedeutendste Uhrenfabrik des Schwarzwaldes, sondern vielleicht der ganzen Welt; es ist dies die „Vereinigte Uhrenfabrik von Gebrüder Junghans und Thomas Haller, A.-G." Der Gründer ist Erhard Junghans, aus einer dürftigen Arbeiterfamilie stammend; zuerst in der Strohmanufaktur hervorragend beschäftigt, gründete derselbe 1860 auch eine Uhrwerkstätte nach amerikanischem Systeme (Ausstanzen der Uhrteile) und es gelang, die amerikanische Ware nicht nur zu erreichen, sondern noch zu übertreffen. Welch gewaltigen Umfang dieses Geschäft hat, beweisen folgende Zahlen, die wir den Ausführungen G. Speckharts entnehmen: im Jahre 1889 belief sich die Zahl der Maschinen auf 776; 850 Arbeiter waren beschäftigt und die Anzahl der fabrizierten Uhren betrug 482930 Stück. 1896 dagegen hatten sich die Maschinen auf 1357, die Zahl der Arbeiter auf 1202 vermehrt, während 1166056 Uhren die Werkstätten verließen, um den Namen Junghans überall bekannt zu machen. Die Fabrik der Gebr. Junghans allein umfaßt 26 meist 6stöckige Gebäude; die zahlreichen Arbeitsmaschinen werden durch Dynamos betrieben, diese wieder durch 2 gewaltige Dampfmaschinen von 800 und 250 P.S. (Die 800 Pferdekraftmaschine repräsentiert einen Wert von 250000 Mk). Auch Wasserkraft kommt noch zur Verwendung. Augenzeugen berichten Wunderdinge über die Maschinen in den sogenannten Geheimsälen, welche stets verschlossen gehalten werden und das denkbar Vollkommenste auf diesem Gebiete darstellen sollen. — In Schramberg ist auch der Sitz der bereits mehrfach erwähnten großartigsten Uhrensammlung der Welt, das sogenannte deutsche Museum für Zeitmeßkunst, gegründet von Arthur Junghans.

Erwähnt sei noch die „Württembergische Uhrenfabrik Schweningen." Gegründet 1848 von

Johannes Bürk, dem Erfinder der tragbaren Wächter-Kontroll-Uhr, hat sich auch dieses Geschäft sehr rasch entwickelt. Bis 1904 betrug die Anzahl der gelieferten Kontroll-Uhren ca. 50000. Außerdem werden noch elektrische Uhren, Triebwerke u. s. w. angefertigt. Die Fabrik beschäftigt 250 Arbeiter. — Noch ausgedehnter ist die Uhrenfabrik von Friedrich Mauthe (jetzt Gesellschaft m. b. H.) am gleichen Ort. Dieselbe erstellt Regulatoren, sowie amerikanische Uhren und zählt in den Haupt- und Nebenbetrieben etwas über 1100 Angestellte. Die Firma Schlenker und Kienzle beschäftigt 1200 Arbeiter. Seit 1900 besitzt Schweningen eine Kgl. Fachschule.

Die badische Stadt Villingen ist ebenfalls ein wichtiger Sitz der Uhren-Industrie; diese entwickelte sich namentlich durch die Ausdauer des jetzigen Direktors der „Uhrenfabrik Villingen. A.-G.", Herrn Wilhelm Jerger.

Seit mehr als einem halben Jahrhundert hat der Großbetrieb in der Herstellung von Uhren in L e n z k i r c h (Baden) seinen Sitz. Die Begründer desselben sind Eduard Hauser und Franz Josef Faller. Die Fabrik beschäftigt 500–600 Arbeiter.

Die nötige wissenschaftliche Förderung erhält die Schwarzwälder Uhrenindustrie durch die 1850 gegründete Uhrmacherschule in Furtwangen, wo schon seit der Mitte des 18. Jahrhunderts Uhren, besonders Spielwerke hergestellt werden. Die Anstalt ging 1863 zeitweilig ein; neu eröffnet wurde sie 1877; die Anzahl der Schüler belief sich im Jahre 1899/1900 auf 64. Die Schule genießt staatliche Unterstützung und unterrichtet ihre Schüler ein Jahr lang.

Alle Anzeichen sprechen dafür, daß die Uhrenfabrikation des Schwarzwaldes sich nicht bloß erhalten, sondern immer mehr ausbreiten werde.

Den Schluß vorstehenden Kapitels möge ein kurzer

Hinweis auf die jetzt bereits so hoch entwickelte deutsche Präzisions-Taschenuhrenindustrie in G l a s h ü tt e i. S. bilden. Es muß dieser Ort hier deswegen genannt werden, weil die Glashüttenuhren sich den besten Genferuhren würdig an die Seite stellen, überhaupt z. Z. von keinem andern Fabrikat übertroffen werden.

Glashütte liegt 30 km südlich von Dresden und besitzt außer einer Uhrmacherschule und verschiedenen großen Uhrenfabriken zahlreiche Werkstätten, die sich mit Herstellung von astronomischen Pendeluhren, Chronometern, Werkzeugen u. s. w. beschäftigen. Uns interessieren hier nur die Taschenuhren. Die Gründung dieser Industrie reicht über 50 Jahre zurück; Ferdinand Adolf Lange (1815–1875) gebührt das Verdienst, seinem Lande durch Einführung der Uhrenindustrie den größten Dienst geleistet zu haben. Nach Ueberwindung vieler Schwierigkeiten setzte er, zuerst mit finanzieller Unterstützung des Staates, sein Unternehmen ins Werk, mit so großem Erfolg, daß 1895, beim 50jährigen Jubiläum der Firma, in Glashütte ca. 50 Werkstattinhaber gezählt wurden. Der jährliche Umsatz beträgt etwa 3500 Uhren, sämtliche feiner und feinster Qualität, da billige Ware hier nicht fabriziert wird. In Lange's Geschäft arbeitete bis zu seinem Tode auch der berühmte Moritz Großmann, bekannt als Schriftsteller auf dem Gebiete der Uhrentechnik. Er gründete auch die deutsche Uhrmacherschule zu Glashütte, im Jahre 1878; sie zählt, sowohl was Unterricht als wissenschaftliche und praktische Hilfsmittel betrifft, unter die besten derartigen Anstalten.[91]

Der Gewerbestatistik des Deutschen Reiches vom Jahre 1882 entnehmen wir noch zu besserem Ueberblick folgende Zahlen:

Württemberg beschäftigte zu genanntem Zeitpunkte insgesamt 2519 selbständige Uhrmacher, Lehrlinge und

Gehilfen (von der Hausindustrie abgesehen). Baden 4696; Preußen 14132; Sachsen 1813; im ganzen Reiche zusammen 29035 Personen. Auf 14988 selbständige Meister kommen nur 14047 Lehrlinge, was also für später ein gutes Auskommen derselben verbürgt.

Aus all dem ergibt sich, daß Deutschland anfängt, sich vom Ausland immer mehr unabhängig zu machen und daß dieses Ziel wahrscheinlich in absehbarer Zeit erreicht sein dürfte.

3. Die Uhrenindustrie in den übrigen Ländern.

Die Staaten, welche hier noch in Betracht kommen können, sind F r a n k r e i c h, E n g l a n d und N o r d a m e r i k a. Ersteres weil es schon frühe viele Uhrmacher aufzuweisen hat und auch jetzt noch eine bedeutende Rolle spielt, das letztere, weil besonders auf seinem Boden der Ersatz der Menschenhand durch die alles besorgende Maschine so allgemein geworden ist. England endlich, die Heimat so vieler berühmter Uhrkünstler ist auch heute noch ein gewichtiger Teilhaber am Weltmarkt.

F r a n k r e i c h zeichnete sich durch seine Erzeugnisse auf dem Gebiete der Uhrmacherei besonders aus zur Zeit des Julien und Pierre le Roy; gegen das Ende des 18. und anfangs des 19. Jahrhunderts galten die Franzosen als die ersten, was Geschicklichkeit und Geschmack betraf. Gegenwärtig hat die Fabrikation von Taschenuhren in Paris aufgehört; diese Stadt ist aber der Stapelplatz für Aus- und Einfuhr des Landes geblieben. Dagegen werden noch Monumentaluhren, Reise- und astronomische Uhren im Großen daselbst erzeugt. Als Hauptsitz der französischen Uhrenindustrie muß B e s a n ç o n bezeichnet werden. Sie verdankt ihre Entstehung zahlreichen 1793 aus der Schweiz, namentlich aus Genf und Neuenburg in das Land der neuen

Freiheit auswandernden Uhrmacherfamilien. Die Emigranten wurden mit offenen Armen ausgenommen und sogar vom Nationalkonvent mit allen Mitteln unterstützt. Wohnungen wurden unentgeltlich zur Verfügung gestellt, Vorschüsse an Geld und Material gegeben, Pensionen für Lehrlinge etc. eingerichtet. Der Konvent gründete auch eine Darlehenskasse und dotierte sie mit 1200000 Franken. Trotz der ungünstigen Zeitverhältnisse entwickelte sich das junge Reis nach und nach und 1820 schätzte man die im Dép. Doubs verfertigten Uhren auf über 30000 Stück; 1856 belief sich die Produktion auf 160165 Stück. Die im genannten Departement ansässige Uhrenmacherbevölkerung wurde 1865 auf 15000 Personen veranschlagt; davon kamen auf die Stadt selbst etwa 3500. Gegenwärtig beläuft sich die jährliche Produktion auf ca. 450000 Stück im Werte von mehr als 40 Millionen Fr.; das ist über vier Fünftel aller in Frankreich verkauften Uhren. Die berühmteste und größte Firma ist das Haus Japy, dessen Ursprung bis zum Jahr 1780 zurück reicht. Es erstellt vor allem Rohwerke, sowohl für Taschen- als auch Pendeluhren. Weil bis in die siebziger Jahre die verzierten Gehäuse meist aus der Schweiz bezogen wurden, beschloß man 1873, auch diesen Artikel im eigenen Lande herzustellen. So wurde Besançon einer der gefährlichsten Konkurrenten der Schweiz und ist es bis heute geblieben.

Neben Besançon und Paris ist noch M o n t b é l i a r d zu erwähnen als Sitz einer bedeutenden Uhrenfabrikation. Es werden von dort aus jährlich 60–70000 Werke für Pendulen, Wecker u. s. w. in den Handel gebracht. — M o r e z, im französischen Jura liefert etwa 80000 Uhren.

Ganz Frankreich produziert jährlich für ca. 80 Mill. Fr. Uhren; die Industrie beschäftigt etwa 35000 Arbeiter; die Ausfuhr weist aber einen bedeutenden Rückgang auf (1887: 22,4, 1892: 14,7 Mill. Fr.) infolge des schweizerischen und amerikanischen Wettbewerbes.

Historisch merkwürdig ist noch die Gründung einer Uhrmacherkolonie in F e r n e y bei Genf (Dép. de l'Ain) durch den bekannten Philosophen Voltaire. Dieser hatte sich schon 1758 nach Ferney zurückgezogen, und als 1770 fünfzig Uhrmacher aus Genf ausgewiesen wurden, nahm er sie auf und brachte in erstaunlich kurzer Zeit eine blühende Industrie zustande, welche bald einen jährlichen Umsatz von über 500000 Fr. erzielte. Voltaire war die Seele des Ganzen, so daß nach seinem Wegzuge der neue Erwerbszweig rasch wie er gekommen wieder verschwand, hauptsächlich durch die Schuld der französischen Regierung, welche die Wichtigkeit des Unternehmens allem Anscheine nach nicht erkannte.

Ueber den Ursprung der Uhrenindustrie in E n g l a n d schwanken die Angaben der verschiedenen Schriftsteller sehr stark. Nach den einen blühte die Uhrmacherei in England schon unter Elisabeth (1558–1603), nach andern Angaben wäre sie erst 1685 gelegentlich der Aufhebung des Ediktes von Nantes entstanden. Wie dem auch sei, sicher ist, daß ausgewiesene Protestanten in England die Uhrenindustrie günstig beeinflußten, und daß Frankreich eine Zeit lang seine besten Uhren von jenseits des Kanales bezog. Dem ist aber jetzt schon lange nicht mehr so. Im 19. Jahrhundert ging die Uhrenfabrikation beständig zurück; einiger Export fand nur nach den Kolonien statt. Es wurden von jeher in England gute, aber auch entsprechend teure Uhren hergestellt; nach dem Urteil von Sachverständigen haben sie aber heute neben den vorzüglichen deutschen, schweizerischen etc. Uhren nur noch den Vorrang in bezug auf den Preis. So stellte sich beispielsweise 1870 der Durchschnittspreis einer englischen Taschenuhr auf 98,2 Mark, während eine importierte ausländische bloß 32 Mark galt. Bis heute mögen ja die Preise noch mehr gefallen sein, sie sind aber doch noch bedeutend höher als im Ausland.

Daher wird namentlich der Arbeiterstand von auswärts mit Uhren versorgt.

Hauptorte der englischen Uhrenindustrie sind London, Liverpool, Coventry und Prescot; in neuerer Zeit scheint auch noch Birmingham ein besonderes Zentrum der Uhrenindustrie zu werden; es ist die Weltzentrale für Uhrgehäuse. Allmählich fangen die englischen Fabriken ebenfalls an, neuere Maschinen anzuwenden, während bis vor kurzem noch veraltete ihren Dienst versahen. Gelobt wird an den englischen Uhren die äußerst sauber und solid ausgeführte Arbeit. Was im Vorstehenden über mangelhaften Fortschritt in der fabrikmäßigen Herstellung von Uhren gesagt wurde, gilt nicht in bezug auf die Chronometer. In dieser Hinsicht steht England an der Spitze und seine Produktion übertrifft die aller andern Länder. Die meisten werden in Clerkenwell, einem Londoner Stadtteil angefertigt. Ebendaselbst befindet sich auch seit 1858 das British Horological Institute; ein Fachverein, dessen Mitglieder aus den bedeutendsten Fachmännern nicht bloß der Hauptstadt und der Provinzen, sondern auch der Kolonien entnommen sind. Mit ihm ist zugleich eine Schule verbunden.[92] In der Schiffsuhrenfabrikation ist der Grundsatz der Arbeitsteilung streng durchgeführt; infolge dessen können dieselben nicht nur gut, sondern auch billig geliefert werden.[93]

Es erübrigt nun noch, einiges über die amerikanische Uhrenfabrikation anzuführen.

A m e r i k a ist vor allen andern das Land der Maschine und der Massenfabrikation. Bei dem energischen, zielbewußten Handelsgeist der Amerikaner sind große Fortschritte auf dem Gebiete der Uhrenindustrie selbstverständlich; ihr Bestreben geht aber dahin, die Einfuhr von Uhren möglichst zu vernichten und das eigene Produkt an die Stelle des fremden zu setzen; Amerika ist auch der weitaus gefährlichste Gegner der Schweizer Uhrenindustrie. Umfassendste Reklame in jeder Form trägt das Ihrige bei, das inländische Fabrikat bekannt zu machen und im vorteilhaftesten Lichte erscheinen zu lassen. Der ausschließliche Maschinenbetrieb ermöglicht einen so niederen Preis, daß er von andern Ländern kaum erreicht, geschweige unterboten werden kann.

So viel bekannt, stellte ein gewisser Eli Terry 1793 zuerst hölzerne und messingene Schlaguhren her; sein Geschäft erweiterte sich offenbar rasch, denn schon 1807 verpflichtete er sich, innerhalb 3 Jahren 4000 Uhren zu liefern. Später verlegte Terry sich auf die Fabrikation von Stutzuhren (Short Shelf Clocks), welche die alten Wanduhren bald verdrängten. Im Jahre 1885 betrug die monatliche Produktion in den Vereinigten Staaten über 200000 Stück. Hiebei sind 11 große Gesellschaften beteiligt, von denen 8 ihren Sitz im Staate Connecticut haben. Zentren sind Waterbury, Thomaston, New-Haven, Busonia, Forestville, Bristol u. s. w. Diese Uhren sind im allgemeinen sehr billig, besonders die „Mercantile Clocks", welche 2 Dollars das Stück kosten. Auf Reparatur wird nicht gerechnet, sondern nach Verbrauch des alten Werkes ein neues gekauft. Nach und nach überschwemmte Amerika fast die ganze Welt mit seinen billigen Uhren; in Europa wurde jedoch das amerikanische Erzeugnis bald ersetzt durch die nach amerikanischem System hergestellten Uhren (besonders im Schwarzwald). Hauptabsatzgebiete für Amerika sind jetzt Japan, Indien, China und Süd-Afrika.

Der amerikanische Techniker begnügte sich jedoch nicht lange damit, geeignete Maschinen für Großuhrenfabrikation herzustellen, er wandte vielmehr dieses Prinzip schon frühe auch auf die feinsten Taschenuhren an. Europa ist in dieser Beziehung nachgefolgt, vielleicht etwas spät zu seinem eigenen

Schaden. Mit ihren Spezialmaschinen fabrizieren die Amerikaner vor allem vollständige Werke, welche bereits genau reguliert die Fabrik verlassen und in jedes Gehäuse sich einpassen lassen. Als praktische Leute sagen sie sich, daß es vorteilhafter sei, eine Anzahl solcher Werke vorrätig zu haben, als Schweizeruhren, deren jede ihr eigenes Gehäuse besitzt und noch genaue Regulierung verlangt, also weiter Zeit und Geld kostet, ganz abgesehen vom größeren Anlagekapital, das sie erfordern. Ein Uebelstand ist übrigens mit dieser Herstellungsart doch verbunden, die Ueberproduktion, wodurch dem Lande schon große Kapitalien verloren gingen; die einzelnen Fabrikanten unterbieten sich gegenseitig; der Preis der Werke sinkt beständig und natürlich auch der Arbeitslohn. So betrug der Wochenlohn eines guten Arbeiters 1873 16–18 Dollars, 1879 war er bereits auf 10–12 gefallen, seither dürfte ein weiteres Sinken eingetreten sein. Aehnlich verhält es sich mit dem Preis der Uhren. Beispiele, daß Großhändler 50% Rabatt erhielten, sind nicht selten. Die Folge dieses Verfahrens ist schließlich, daß die Uhren für ganz wenig Geld zu haben sind, 2–3 Dollars, und zwar gute Qualität, (hier ist das Werk ohne Schale zu verstehen), ein Preis wie ihn die europäische Industrie nicht einhalten kann. Kenner der Verhältnisse behaupten allerdings, daß das Geschäft nicht rentiere, was wir, wegen Mangel genauer statistischer Daten nicht beurteilen können. Einen Erfolg haben die Amerikaner aber sicher gehabt, nämlich den, die ausländische Konkurrenz, besonders die schweizerische lahm zu legen, oder wenigstens bedeutend zu schwächen.

Im Jahre 1885 bestanden in den Vereinigten Staaten 20 Uhrenfabriken, welche täglich etwa 5000 Stück herstellten. Von den bedeutendsten sei hier nur genannt die W a l t h a m W a t c h C o , gegründet 1854, eine der ältesten und größten. Sie fabrizierte 1900 täglich durchschnittlich 2000

Stück in sieben Größen und Qualitäten, zum Preise von 14–400 Mark das Werk. Die Zahl der bei Vollbetrieb beschäftigten Arbeiter beträgt 3000. Der schärfste Konkurrent obiger Gesellschaft ist die E l g i n W a t c h C o ., 1852 gegründet. Die „K e y s t o n e W a t c h C a s e C o ." verfertigt Schalen aus einer harten Metalllegierung, die beiderseits mit einer Platte von 14karätigem Golde überzogen sind und vollen Ersatz bieten für eine ganz goldene Uhr bei einem Drittel oder der Hälfte des Preises der letzteren. Viel verbreitet sind ferner in Amerika die von der „S e l f w i n d i n g C l o c k - C o m p a n y" erstellten, sich selbst aufziehenden Haus- und Zimmeruhren. Sie bestehen aus vollständigen Uhrwerken, welche durch Federn getrieben werden. Der Strom einer auf ein Jahr berechneten Batterie wird stündlich durch die Uhr geschlossen und zieht sie wieder auf. Täglich werden sie von einer Zentrale aus automatisch eingestellt, welche das Signal von der Sternwarte zu Washington empfängt und den Abonnenten übermittelt. (Die Angaben zu Vorstehendem sind z. T. den Ausführungen Speckhart's entnommen, der 1893 den Stand der amerikanischen Uhrenfabrikation persönlich kennen lernte).

Wir sind am Schlusse angelangt. Dem geneigten Leser ist der gewaltige Unterschied zwischen dem ersten Zeitmaß, dessen die heilige Schrift gedenkt und worauf wir anfangs Bezug nahmen und der jetzigen Gestaltung der Zeitmeßkunst, nicht entgangen. Ein großer Zeitraum liegt zwischen uns und jenem Worte („und es ward Abend und Morgen, ein Tag"); vieles ist entstanden und wieder verschwunden, die Sonne aber ist unsere genaueste Uhr geblieben bis zum heutigen Tag. Wenn wir nun die Zeit gegenwärtig mit einer vorher nicht geahnten Genauigkeit messen, so möchten wir das nicht etwa dem kalten Geschäftsgrundsatz zuschreiben: „Zeit ist Geld", sondern vielmehr dem hoffentlich nie schwindenden Bewußtsein, daß der Mensch die Zeit, dieses kostbarste Geschenk seines Schöpfers, gut benützen und einmal Rechenschaft davon ablegen müsse.

Fußnoten

[1] B i l f i n g e r, Die antiken Stundenangaben. Stuttgart 1888. c. 3.

[2] L. III. c. 3.

[3] Bekanntlich begannen die Babylonier, Perser, Römer, Griechen etc. den Tag mit Sonnenaufgang, während die Juden ihn von Sonnenuntergang an zählten. Die alten Aegypter fingen den Tag um Mitternacht an, von Hipparch bis Copernicus auch die Astronomen; diese Einteilung ist jetzt noch im bürgerlichen Leben gebräuchlich, während die modernen Astronomen aus Gründen der größern Zweckmäßigkeit den Tag vom höchsten Stand der Sonne, also von Mittag an zählen. Sagt man z. B. im gewöhnlichen Leben: „den 8. Mai vormittags 9 Uhr," so datiert der Astronom „den 7. Mai 21 Uhr."

[4] E. Gelcich: Geschichte der Uhrenmacherkunst. Weimar 1892. S. 7.

[5] Vergl. Herodot II. 109. u. Vitruv: de Architectura I. 8. c. 7

[6] Wenn die Angabe Appions (Jos. Flav. contra Appionem, I. II. c. II.) wahr ist, so hätte Moses zuerst als Sonnenuhren Säulen verwendet, welche auf einem wie eine Schüssel geformten Fuß standen. Darin ging der Schatten der Säule herum nach dem Laufe der Sonne am Himmel.

[7] Andere Beispiele siehe bei Bilfinger: Die Zeitmesser der antiken Völker. 1886. S. 11.

[8] Hist. nat. XXXVI, 10.

[9] Daß sich der Luxus schon frühe auch der Uhren bemächtigte, beweist die im Jahre 62 v. Chr. von Pompejus im Pontus erbeutete Wasseruhr, die bloß einmal täglich zu füllen war. Gefäß und Zifferblatt bestanden aus Gold, während die Zeiger mit Rubinen besetzt und die Zahlen in Saphir geschnitten waren. Wolf, Geschichte d. Astron. 1877. Nr. 40.

[10] Schafhäutl: Ueber die Geschichte der Uhren. S. 17.

[11] Athen Deipn. l. IV. c. 23. Nach dieser Beschreibung wäre es eine Wasserorgel gewesen, die zur bestimmten Zeit einen Ton gab.

[12] In Athen war im ersten Jahrhundert vor Chr. durch Andronikos aus Kyrrhos der sogenannte „Windturm" erbaut worden, ein Gegenstück der heutigen Uhrensäulen in großen Städten. Auf dem Dache des kleinen Gebäudes war ein Triton als Windfahne angebracht, der immer gegen den Wind stand und mit einem Stab auf das Bild des eben wehenden Windes zeigte. Die Bilder der acht Windgötter liefen rund um das Gebäude herum. An den Mauerflächen sind noch jetzt die scharf geritzten Sonnenzeiger sichtbar. Im Inneren war eine Wasseruhr angebracht, worauf Rinnen und Löcher im Fußboden, sowie Reste eines Reservoirs hinweisen.

[13] l. c. lib. IX. c. 8. Die Uebersetzung ist von Dr. Reber. Stuttg. 1865.

[14] Dazu bemerkt Reber: Man denke sich in einem allmählich sich mit Wasser füllenden Bottich einen deckelförmig gehöhlten Schild mit nach oben gekehrter Höhlung schwimmend und so angebracht, daß kein Hin- und Herschwanken, sondern nur bei regelmäßig sich erhöhendem Wasserstand ein regelmäßiges Aufsteigen desselben möglich ist. An dem Scheitel dieses Schildes nun ist eine senkrechte Stange angebracht, welche selbstverständlich auch mitgeschoben wird. Greift nun diese Stange, auf einer Seite ausgezahnt, mit ihren Zähnchen in die entsprechenden Zähnchen eines Rades oder einer Scheibe ein, so setzt sie auch diese in Bewegung, die sich dann auch durch Vermittlung eines andern gezahnten Rades auf eine zweite mit Zähnen versehene Stange fortsetzt, die auf ihrem oberen Ende eine Figur trägt, welche mit einem Stäbchen auf eine Säule zeigt. An dieser sind aber von unten bis oben die Stundenzahlen verzeichnet. Je höher sich also die Figur hebt, eine desto vorgerücktere Stunde wird ihr Stab zeigen.

[15] Bezüglich näherer Einzelheiten und Abbildungen verweisen wir auf Bilfinger, a. a. O. S. 140 ff.

[16] Wolf, Geschichte der Astronomie. 1877. S. 162.

[17] Wolf, Biographien der Kunstgeschichte der Schweiz.

II. S. 93.

[18] Winckelmann, Monumenti antichi inediti II. N 110.

[19] Streuber, Basler Taschenbuch 1850.

[20] Der Scherz Senecas über die Uhren seiner Zeit läßt ihre Genauigkeit in einem schlimmen Licht erscheinen: „horam non possum certam tibi dicere, facilius inter philosophos convenit, quam inter horologia." (Eher stimmen Philosophen mit einander überein, als Uhren). Senec. in mortem Claudii Cæsaris ludus.

[21] = Sanduhr.

[22] Divin. Lect. c. XXX.

[23] Constitut. Hirsaug. Edit. Herrgott 1726. c. 34. Der „cereus," von dem hier die Rede, ist wahrscheinlich die Kerze, welche im gemeinsamen Schlafsaal brennen mußte; man konnte also an der Abnahme derselben die Zeit ungefähr abschätzen, welche seit dem Anzünden verflossen war.

[24] Vgl. „Ein vließende liht meiner Gottheit"; dieses Werk in oberdeutscher Mundart ist erhalten in einer Handschrift unseres Stiftes, veröffentlicht von P. G. Morell, Regensbg. 1869.

[25] Dissertazioni sopra le Antichità Italiane, t. I, 2. p. 96.

[26] Vgl. Hock: Gerbert oder Papst Sylvester II. und sein Jahrhundert, Wien 1837; Büdinger: Ueber Gerberts wissenschaftl. und polit. Stellung, Kassel 1851.

[27] Wilhelm von Malmesbury war ein um die englische Geschichte höchst verdienter Mann, Bibliothekar und Vorsänger im Kloster Malmesbury; er hat viele Werke verfaßt, von denen aber noch nicht alle veröffentlicht sind. Er lebte noch 1143. Sein Todesjahr ist unbekannt.

[28] Z. B. von Dubois in seiner Histoire de l'horlogerie. Paris 1849. p. 63 u. ff.

[29] Eine derartige große Uhr besaß z. B. das Stift Einsiedeln aus dem Jahre 1663, welche später mit Pendel versehen wurde; sie befindet sich jetzt im Landesmuseum in Zürich.

[30] Vergl. auch Parad. X, 139–144:

„Darauf gleich dem Seiger (Sanduhr), der uns ruft

238

zur Stunde,

Da Gottes Braut aufsteht dem Bräutigam,

Daß er sie lieb', ihr Morgenlied zu bringen,

Da einen Teil zieht, den andern treibt,

„Tin, tin," enthaltend mit so süßem Klange."

[31] Mém. de l'Acad. t. XVI, p. 227; diese Schilderung wurde auch in die Encyclopédie, s. v. „horloges," aufgenommen.

[32] Murat. l. c. t. 17. p. 1092.

[33] Dubois. p. 67.

[34] Froissart schreibt: le duc de Bourgogne fit oster des halles un orologe qui sonnait les heures, l'un des plus beaux qu'on sçeut trouver delà ne deçà la mer; et celuy orologe mettre tout par membres et par pièces sur chars et la cloche aussi. Dub. p. 68.

[35] Vergl. Sammlung bernischer Biographien, IV. Bd., Kaspar Brunner, von Ad. Fluri. S. 437 u. ff.

[36] Vergl. Neues Berner Taschenbuch 1897, S. 185 ff.

[37] Schwilgué G. Kurze Beschreibung der astron. Uhr zu Straßburg. S. 15. Wir folgen in der Schilderung der alten und neuen Uhr zum Teil diesem Werkchen.

[38] R. Wolf, Biographien zur Kulturgeschichte der Schweiz. 3. Cyklus. S. 56.

[39] Hist. Olai Magni Gothi, Archiep. Upsal. De gentium septentrionalium variis conditionibus. Basil. 1557.

[40] Ambrosius Camaldulensis (Traversari) geb. 1386, gest. 1439, spricht in einem Briefe an den Gelehrten Nikolaus de Nicolao von Uhren als etwas ganz Gewöhnlichem. „Deine Uhr ist bereit; ich hätte sie schon gesendet, wenn ein Bote zu haben wäre. Ich ließ sie reinigen; sie konnte nicht gehen, weil der Staub überall eingedrungen war. Weil der Gang aber auch nachher noch nicht befriedigte, übergab ich das Werk dem in solchen Dingen sehr geschickten jungen Angelo ....." Martène et Durand Collectio ampliss. III.

[41] Patron der Schlosserzunft, zu der alle, welche Hammer und Zange führten, gerechnet wurden, war der heilige Petrus, weil er einen Schlüssel führt; da auf seinen Bildern jedoch auch der Hahn, einer der ersten Zeitmesser,

erscheint, so behielten auch die Uhrmacher ihn als Schutzheiligen bei.

[42] 1589 vereinigten sich die Genfer Uhrmacher zu einer Gilde. Nach dem Urteil Großmanns (bei Gelcich, S. 164) lassen diese Statuten an Strenge und Engherzigkeit alles hinter sich, was die Innungen des deutschen Mittelalters hierin geleistet haben. (Auszug dieser Satzungen ebendaselbst a. a. O.)

[43] Ott, Handbuch der kirchlichen Kunstarchäologie des deutschen Mittelalters. Leipz. 1893, S. 290.

[44] Der Ursprung der Zwölfteilung (Duodezimalsystem) reicht bis ins tiefste Altertum zurück; einige Gelehrte sind sogar der Ansicht, sie datiere von der Urzeit des menschlichen Geschlechtes her. Dieses System, das von der Natur selbst gegeben zu sein scheint, findet sich bei den Babyloniern, welche nicht bloß ein Mondjahr zu 354 und das eigentliche Sonnenjahr zu 365 Tagen kannten, sondern auch ein solches zu 360 (12 mal 30) Tagen hatten. Die Indier und Aegypter zählten das Jahr ebenfalls zu 360 Tagen, mit Einschluß der 5 Schalttage (Epagomenen). Der Tag wurde in 12 Doppelstunden oder in 24 einfache geteilt. Die Kreisteilung beruht bekanntlich ebenfalls auf dem Duodezimalsystem.

Auch bei den Längenmaßen findet sich diese Teilung. Einheit der Länge war bei den Babyloniern die Doppelelle, zu 60 Fingern, ein größeres Wegmaß war das Soß zu 360 Doppelellen oder 720 einfachen. Die Hohlmaße und Gewichte wurden von dieser Einheit in ähnlicher Weise, wie beim heutigen metrischen Systeme abgeleitet. Daß wir auf unsern Uhren noch die Einteilung in fünf Minuten haben, ist wahrscheinlich ebenfalls ein Ueberrest dieser alten Zählungsart. — Wenn der Uhrzeiger jetzt zweimal täglich einen Umlauf macht, so erinnert das an die Zeit, wo es noch keine mechanischen Uhren gab, sondern der Himmel direkt befragt werden mußte, einmal des Nachts durch Beobachtung der Sterne (12 Zeichen des Tierkreises), dann am Tage durch Verfolgung des Schattenweges des Sonnenzeigers.

Neuestens soll nun diese alte Duodezimalabteilung durch das Dezimalsystem, die Zehnteilung, verdrängt werden. Was Laplace und einige Staatsregierungen in bezug auf die

Kreisteilung in 400 Teile (Kartographie) schon eingeführt, soll nun auch in der Zeitmessung zur Anwendung gelangen, so daß die Stunde fortan 100 Minuten und 10000 Sekunden zählen würde. Da jedoch gegenwärtig nach großen Mühen endlich das absolute System in die Wissenschaft eingeführt ist, welches ja als Einheit auch die jetzige Sekunde benützt, so erscheint es sehr fraglich, von andern Unbequemlichkeiten zu schweigen, ob die Nachteile einer solchen Maßregel nicht größer wären, als die Vorteile derselben. Vergl. über diesen Punkt z. B. Prometheus 1897. N. 416.

[45] Walther war noch in reiferen Jahren ein Schüler Regiomontans geworden; er erbaute aus eigenen Mitteln zu Nürnberg eine Sternwarte und versah sie mit kostbaren Instrumenten. 1472 beobachtete er mit Regiomontan den eben erscheinenden Kometen. Er war auch der Erbe des literarischen Nachlasses seines Lehrers, dessen Beobachtungen er fortsetzte. Walther berücksichtigte bei seinen astronomischen Arbeiten zuerst die Refraktion; er soll auch bei Ortsbestimmungen der Sonne statt des Mondes die Venus verwendet haben.

[46] Tycho Brahe wurde geboren auf der Insel Schonen zu Knudstrup bei Helsingborg im Jahre 1546. Er studierte in Kopenhagen und Leipzig und machte seinen Namen bekannt durch Beobachtungen des Sterns von 1572. Nach wechselvollen Schicksalen konnte er mit Unterstützung König Friedrichs II. von Dänemark auf der Insel Hven (zwischen Seeland und Schonen) eine Mustersternwarte, die „Uranienborg" bauen, auf welcher er lange Jahre beobachtete. 1597 trat er als Astronom in den Dienst des Kaisers Rudolf II. zu Prag. Er starb 1601.

[47] Astronomiæ instauratæ Progymnasmata. Uraniburgi et Pragæ 1610, p. 148.

[48] Bekanntlich bezeichneten die Alten die 7 Metalle, welche man seit langer Zeit als solche kannte, mit dem Namen und Zeichen der 7 Planeten. Also: Gold, ⊙ (Sonne); Silber, ☽ (Mond); Quecksilber, ☿ (Merkur); Kupfer, ♀ (Venus); Eisen, ♂ (Mars); Zinn, ♃ (Jupiter); Blei, ♄ (Saturn). Wie nun die Astrologen auf astronomischem Gebiete mit den 7 Planeten allerlei höchst sonderbare Ideen verbanden, so ihre Genossen, die Alchemisten, in der Chemie. Eine besonders

wichtige Rolle spielte hier das Quecksilber, als Ausgangspunkt zur Herstellung des Steines der Weisen, und dann natürlich, gerade wie heute, Gold und Silber, der König und die Königin der Metalle. So wird die angeführte Aeußerung Tychos verständlich.

[49] Der bekannte Philosoph Cardanus (1501–1576) hat als einer der Ersten sehr interessante Gedanken über die Federuhren veröffentlicht in seinem Werke Exæreton Mathematicorum (Band IV der Lyoner Ausgabe von 1663 in zehn Foliobänden), Propositio 156 und 157. Propositio 158 behandelt die Einrichtung des Schlagwerkes. In seinem Hauptwerke „de subtilitate," lib. XXI, p. 362 gibt er die Beschreibung der „mola horologii" (Uhrfeder); ebendaselbst p. 612 lib. XVII wird die Erfindung der Uhren ohne Gewicht erwähnt. An gleicher Stelle befindet sich auch eine Besprechung der „Cardanischen Aufhängung," die ihm übrigens mit Unrecht zugeschrieben wird. In seinen Schriften erscheint er als ein excentrisches Genie; er rühmt von sich, bloß zu dem Zwecke geboren zu sein, um die Welt von ihren Irrtümern zu erlösen, behauptet auch, in je 24 Stunden griechisch, lateinisch, französisch und spanisch gelernt zu haben. Seine Verdienste in der Mathematik sind bedeutend, in seiner Ars magna gibt er die Auflösung kubischer Gleichungen; er erfaßte auch zuerst den Begriff der negativen Wurzel einer Gleichung. Man erzählt von ihm, er sei 1576 den freiwilligen Hungertod gestorben, nur um die astrologische Vorhersage seines Endes wahr zu machen.

[50] Tiraboschi t. IV. p. 775 und 1090. Die Ueberschrift des Gedichtes besagt u. a.: „si fanno certi orologi piccoli e portativi."

[51] Ueber die Geschichte der Taschenuhr vgl. Karl Friedrich, Bibliothekar in Nürnberg, im XI. Bande des Allgem. Journals der Uhrmacherkunst; ferner den zusammenfassenden Artikel von Hofuhrmacher Gustav Speckhart in „Antiquitätenzeitung," Stuttgart 1896, Nr. 1 u. ff. Hier werden auch die Ansprüche Augsburgs und Straßburgs, sowie der Franzosen geprüft. Ebenso Saunier-Speckhart; Geschichte der Zeitmeßkunst: S. 337 u. ff.

[52] Encyclopédie, s. v. Horloge.

[53] Gelcich (S. 28) schließt aus einer gegen Ende des

vorigen Jahrhunderts angeblich in dem Schlosse Tifeshire bei Bruce in England aufgefundene Uhr, deren Zifferblatt die Worte trug: „Robertus B. rex Scottorum" auf das hohe Alter der Taschenuhren. Dieser Robertus B. wäre nämlich Robert Bruce, der 1306 die schottische Krone erhielt und 1329 starb. Nun hat aber schon Beckmann, Beiträge zur Geschichte der Erfindungen, Leipzig 1785, Bd. II, S. 468 u. ff. nachgewiesen, daß diese berühmte Uhr eine Fälschung sei. Er stützt sich dabei auf einen gewissen John Jamieson, der den Betrug im „Gentleman's Magazine," 1785, p. 688 zuerst aufdeckte.

[54] Ueber diese Frage vergleiche man: Peter Henlein, der Erfinder der Taschenuhr. Fachgeschichtliche Abhandlung von Gustav Speckhart. Nürnberg 1890.

[55] Vgl. über die Junghans'sche Sammlung u. a. Deutsche Uhrmacherzeitung, 1898, Nr. 8; Handelszeitung für die gesamte Uhrenindustrie, 1898, Nr. 9 und 10 u. s. w. Laut einer Zeitungsmeldung hätte Herr Kommerzienrat Junghans neuestens diese Sammlung dem Gewerbe-Museum in Stuttgart geschenkt.

[56] Tir. VII. p. 1569.

[57] Capobianco brachte auch für den Kardinal von Sitten (Schinner?) an einem Leuchter eine Uhr an, welche zugleich die Stunden schlug und die Kerze anzündete. A. a. O. p. 1570.

[58] Vgl. Lacroix, Les arts au moyen-âge et à l'époque de la renaissance, (Horlogerie). Paris 1877.

[59] Er veröffentlichte diese Erfindung im Journal des Savants von 1675; Robert Hooke soll schon 1658 eine ähnliche Vorrichtung ausgedacht haben; er nahm aber kein Patent, weil er sich mit seinen Genossen nicht einigen konnte. Hautefeuille strengte sogar einen Prozeß gegen Huygens an inbezug auf Priorität der Erfindung der Spiralfeder. Ersterer erfand nebst vielem andern auch eine Pulvermaschine, das Vorbild der heutigen Gasmotoren, bei welcher schon ein Kolben zur Anwendung gelangte.

[60] Almagestum novum, t. I. p. 84 und 117. Daselbst befindet sich auch eine Zeichnung der Pendelaufhängung. Von Riccioli und Grimaldi rührt auch zum Teil die Nomenklatur der Mondgegenden her. Vgl. Stimmen aus M. Laach 1898, Heft III.

[61] Technica curiosa, Herbipoli (Würzburg) 1664, Bd. II, Propositio VII, VIII, IV.

[62] Vergleiche hiezu noch: Wolf R., Biographien 1. Bd. S. 57 u. ff. und desselben Verfassers Geschichte der Astronomie. S. 369 ff.; ferner von demselben: Quellenmäßige Darstellung der Erfindungsgeschichte der Pendeluhr bis auf Huygens, S. 308–344.

[63] Nach Heller, Geschichte der Physik I, S. 296, schreibt Kepler in seinem „Oesterreichischen Weinvisierbüchlein" Bürgi auch die Erfindung des Rechnens mit Dezimalbrüchen zu.

[64] Annalen der Physik und Chemie. Neue Folge von G. Wiedemann, Bd. IV, 1878, S. 585 u. ff.

[65] Memorabilia Tigurina. Zürich 1742. S. 490. Siehe auch S. Vögelin, das alte Zürich. 2. Aufl. I. Bd. an verschiedenen Orten.

[66] Vergl. auch: E. Gerland. Ueber die Erfindung der Pendeluhr. Bibliotheca mathematica. 5. S. 234–247. 1904.

[67] Albèri, Le Opere di Galileo, t. XIV, p. 339: „dell'Oriuolo a Pendolo."

[68] Albèri l. c. veröffentlichte die Zeichnung in seiner Gesamtausgabe der Werke Galilei's; ebenso geben Biedermann (Bericht über die Ausstellung wissenschaftlicher Apparate. London 1877) und andere eine Kopie davon.

[69] Die Beschreibung, welche Viviani gibt, lautet: „Il quale (das Pendel) stando fermo tratteneva il discender di quello (des Gewichtes), ma sollevato in fuori e lasciato poi in libertà, nel passare oltre il perpendicolo, con la più lunga delle due code annesse all'impernatura del dondolo, alzava la chiave che posa ed incastra nella ruota delle tacche, la quale tirata dal contrappeso, voltandosi con le parti superiori verso il dondolo, con uno de' suoi pironi calcava per disopra l'altra codetta più corta, e le dava nel principio del suo ritorno uno impulso tale, che serviva d'una certa accompagnatura al pendolo, che lo faceva sollevare fino all'altezza donde s'era partito; il qual ricadendo naturalmente, e trapassando il perpendicolo, tornava a sollevare la chiave, e subito la ruota delle tacche, in vigore del contrappeso, ripigliava il suo moto seguendo a volgersi e spignere col pirone susseguente il

244

detto pendolo; e così in un certo modo si andava perpetuando l'andata e tornata del pendolo, sino a che il peso poteva calare a basso."

[70] „Huygens," (sprich: Heuchens) nicht „Huyghens," ist die richtige Schreibweise, denn so schreibt sich der Gelehrte selbst. Im physikalischen Kabinett des Collège de N. D. de la Paix zu Namur befinden sich drei von H. geschliffene Linsen, in welche er auch seinen Namen in folgender Weise eingeritzt hat: C. Huygens 15. Mai 1695; C. Huygens 12. Juni 1685; Chr. Hugenius ao 1685. 24. Juli. Heller II. S. 180.

[71] Es war bei den Gelehrten des 17. Jahrhunderts vielfach Uebung, zur Wahrung der Priorität einer Entdeckung dieselbe in ein rätselhaftes Gewand zu kleiden, so daß für jeden Nichteingeweihten ein unverständlicher Sinn herauskam. Galilei veröffentlichte die Entdeckung der „Dreigestaltigkeit" des Saturn in seinem Sidereus nuntius (Sternenbote) unter folgendem Anagramm: „SMAISMRMILMEPOETALEVMIBVNENVGTTAVIRAS." Kepler versuchte sich lange umsonst daran, um endlich einen falschen Satz zu finden, bis Galilei auf wiederholte Bitten das scheinbar sinnlose Buchstabengewirr las: „Altissimum Planetam tergeminum observavi." (den äußersten Planeten habe ich dreigestaltig gesehen). Als er aber später denselben wieder beobachten wollte und nun nichts Auffälliges mehr bemerkte (weil eben die Stellung ungünstig war), soll er, ärgerlich über die vermeintliche Täuschung, Saturn keines Blickes mehr gewürdigt haben. In ähnlicher Weise gab auch Huygens der gelehrten Welt ein Rätsel auf: a a a a a a a c c c c c d e e e e e g h i i i i i i i l l l l l m m n n n n n n n n n o o o o p p q r r s t t t t t u u u u u. Es ist nun ganz klar, daß eine Lösung für jedermann vollständig unmöglich ist, außer für den Verfasser; denn wie die Kombinationslehre zeigt, sind hier viele tausend Billionen Lösungen möglich (die Zahl, welche entsteht, hat ca. 64 Stellen!), von denen doch nur eine richtig sein kann. In der oben genannten Schrift wird diese Lösung gegeben: „Annulo cingitur, tenui, plano, nusquam cohærente, ad eclipticam inclinato," d. h.: Er (Saturn) ist umgeben von einem dünnen, ebenen, nirgends mit ihm zusammenhängenden, gegen die Ekliptik geneigten Ringe. Die modernen Teleskope, welche weite Tiefen des Himmels

durchdringen, beweisen uns, daß dieses Gebilde aus wenigstens drei von einander getrennten Ringen besteht; über ihre wirkliche Beschaffenheit dagegen sind wir noch nicht ins klare gekommen.

[72] Lebte 1605–1694 als französischer Geistlicher und Gelehrter und stand mit Huygens in lebhaftem Verkehr. Er verfaßte u. a.: Ismaelis Bullialdi Astronomia philolaica, Paris 1645, worin er z. B. auch von der Gravitation spricht.

[73] l. c. p. 601.

[74] Vergl. Gerland und Trautmüller: Geschichte der physikal. Experimentierkunst. Leipzig 1899. S. 181.

[75] Dieser Vorschlag Huygens', um zu einem absoluten Maß zu kommen, ist zwar sehr interessant, praktisch aber unbequem, da wir jetzt wissen, daß die Länge des Sekundenpendels eine Funktion der geographischen Breite ist, d. h. von dieser abhängt. Zur Zeit Huygens' war dieser Umstand noch unbekannt. Jean Picard gilt als der erste, welcher behauptete, daß am Aequator ein und dasselbe Pendel langsamer schwinge als am Pol; Jean Richer hat durch Messungen in Cayenne diese Vermutung bestätigt. — Neuestens hat Freycinet (Compt. rend. 105, p. 903), ohne ersichtlichen Vorteil, einen ähnlichen Vorschlag gemacht, nämlich als Einheit der Länge die Geschwindigkeit anzunehmen, welche ein Körper erlangt hat, wenn er in Paris eine Sekunde lang im leeren Raum gefallen ist. Es ist aber gewiß merkwürdig, daß schon vor mehr als 4000 Jahren die Babylonier das Ideal Huygens' betreffs Stundenfuß wahrscheinlich verwirklicht haben. Sicher ist, daß die Längenmaße ursprünglich vom menschlichen Körper hergenommen wurden; z. B. die „Elle" (Strecke zwischen dem Ellenbogen und der Spitze des Mittelfingers), der Fuß, der Daumen u. s. w. Nach der Ansicht von Lehmann, Alsberg u. s. w. (vergl. Jahrbuch der Naturwissenschaften, VI, S. 334 ff.) wären die Babylonier später davon abgegangen und hätten die Norm für das Längenmaß vom Sekundenpendel hergenommen.

[76] Eine solche „Schiffsuhr" findet sich im vorliegenden Werke Huygens' abgebildet und besprochen; ebenso die Aufstellung des Instrumentes. Die Holländer als seefahrende Nation hatten natürlich großes Interesse an allem, was die

Schifffahrt zu heben geeignet war. Hiezu gehört aber in erster Linie eine genaue und leichte Bestimmung der Meereslängen, die aber wiederum nur möglich ist mit Hilfe präzis gehender Uhren. Näheres über diesen Gegenstand folgt später.

[77] Liegt er innerhalb der Peripherie, wie z. B. ein Punkt auf den Speichen eines Rades, oder außerhalb derselben, so heißen die entsprechenden Rollkurven g e d e h n t e oder gestreckte und v e r k ü r z t e oder verschlungene Cykloiden. Rollt der Mittelpunkt des Kreises statt auf einer Geraden auf der Peripherie eines andern Kreises, so entsteht die Epicykloide, welche im Ptolemäischen Weltsystem bis auf Kepler eine wichtige Rolle spielte, indem durch sie die oft verwickelten Planetenbewegungen auf die als allein zulässig geltende Kreisbewegung zurückgeführt wurden.

[78] III. Teil, Propos. VI. Wenn der Krümmungshalbmesser einer Kurve diese selbst durchläuft, so beschreibt bei stets wechselndem Krümmungshalbmesser ihr Mittelpunkt eine neue Kurve, die man E v o l u t e nennt; die ursprüngliche Kurve heißt die E v o l v e n t e ihrer Evolute. Bei der Cykloide ist nun die Evolute auch wieder eine Cykloide; daher ihre Wichtigkeit für das Pendel. Sie ist kongruent mit der Evolvente, aber um 90° gegen diese verschoben. So z. B. in Fig. 32, wo A B E die Evolvente, und A D E die Evolute derselben darstellt.

[79] Johann Mannhardt, geb. 1798, verlor früh seinen Vater; die Mutter, eine, wie es scheint, etwas rauhe Frau, konnte sich um die Erziehung der Kinder nicht viel kümmern, da sie vollauf zu tun hatte, der Familie den nötigen Unterhalt zu beschaffen. Bald wurde der Knabe als Hirtenbube verdingt, und blieb bei seinem Bauer, bis ihn ein glücklicher Zufall in eine Uhrmacherwerkstätte führte, in welche er bald als Lehrling eintrat und acht Jahre blieb. Später als Geselle in Miesbach beschäftigt, fand er in der Person des Generalmaut-Direktors von Miller aus München einen warmen Gönner, der ihn auch später nicht vergaß und die erste Turmuhr, die Mannhardt für Egern verfertigte, von einer Kommission des Polytechnischen Vereins in München begutachten ließ. 1827 siedelte er nach München über, wo sich seine Verhältnisse nach und nach besserten und sein Name in weiteren Kreisen bekannt wurde. Im Jahre 1837 verlieh ihm König Ludwig die goldene Zivilverdienst-Medaille. 1842 verfertigte Mannhardt eine Uhr für die Domkirche in München, welche auf beiden Türmen an 6 Zifferblättern die Zeit angibt. Später kamen Uhren seines Systems nach Berlin (Rathaus), Rom (Vatikan) u. s. w. Mannhardt erhielt auch auf Verwendung Ludwig's I. eine staatliche Unterstützung. Immer mehr suchte er seine Kenntnisse, namentlich durch große Reisen, die er im Fachinteresse unternahm, zu mehren. Außer Uhren wurden in der Mannhardt'schen Fabrik noch alle möglichen Maschinen angefertigt. Der unermüdlich tätige Mann starb nach vielen schmerzlichen Prüfungen im Jahre 1878, 80 Jahre alt. (Vergl. über unsern Meister: E. Gohlke: Die Turmuhr des Berliner Rathauses, von Georg F. Bley. 1894.)

[80] Vergleiche über diese Punkte die Schrift S. Rieflers: Die Präzisionsuhren mit vollkommen freiem Echappement und neuem Quecksilber-Kompensationspendel. München 1894. Die Angaben Herrn Rieflers sind im folgenden teilweise benützt.

[81] Die folgenden Angaben sind größtenteils den Ausführungen Herrn Rieflers entnommen, wie sie in den Preisverzeichnissen seiner Firma, sowie in der schon oben genannten Schrift desselben Verfassers: „Die Präzisionsuhren" etc. gegeben sind.

[82] Rainer Gemma Frisius wurde geboren zu Dorpat

248

1508 und starb als Professor der Medizin zu Löwen 1555. Die hier in Frage kommende Schrift erschien 1530 zu Antwerpen unter dem Titel: de principiis astronomiæ et cosmographiæ.

[83] Galilei hatte sie aufmerksam gemacht auf eine mögliche Verwertung der Beobachtung der Jupitertrabanten für die Bestimmung der Länge. Der Vorschlag blieb jedoch erfolglos, ebenso wie die später seitens der Holländer mit Galilei angeknüpften Unterhandlungen, worin sie ihm eine goldene Ehrenkette für die Lösung des Problems anboten.

[84] Als Maßstab für die hohe, schon vor 150 Jahren erreichte Genauigkeit mag die Angabe dienen, daß z. B. das Pariser Observatorium für moderne Chronometer als Fehlergrenze für 3 Monate 120″, also pro Tag 1⅓″, angibt.

[85] Nach Saunier.

[86] F. Brönimann erwähnt in seinem Jahresbericht der Solothurner Kantonschule 1891: „die Uhr", folgende hübsche Anekdote. Berthoud war Mitglied der Akademie und las öfters über theoretische Fragen der Uhrmacherkunst vor. Seine gelehrten, aber wohl dann und wann etwas trockenen Erörterungen fanden nicht immer den Beifall der Kollegen. Ein Mitglied schrieb nun einst während einer solchen Sitzung folgende Verse auf einen Zettel, der rasch von Hand zu Hand ging:

> Berthoud, quand de l'é c h a p p e m e n t
> Tu nous trace la théorie,
> Heureux qui peut adroitement,
> S'é c h a p p e r de l'académie.

Der Erfolg war, daß schließlich außer dem Vorlesenden nur noch der Präsident nebst Sekretär im Saale anwesend waren.

[87] Die folgenden Ausführungen entnehmen wir einem Aufsatze der deutschen Uhrmacherzeitung, den Speckhart in seiner Bearbeitung des Saunierschen Werkes, S. 549 und 550 mitteilt.

[88] 1766 wurden in Le Locle und La Chaux-de-Fonds über 15000 goldene und silberne Uhren, sowie zahlreiche Standuhren (pendules) verfertigt.

[89] „P. Franz Steyrer's Benediktiners des Stiftes St. Peter

auf dem Schwarzwalde Geschichte der Schwarzwälder Uhrmacherkunst, nebst einem Anhange von dem Uhrenhandel derselben. Eine Beylage zur Geschichte des Schwarzwaldes. Freyburg i. Br. 1796."

[90] Die älteste datierte Holzräderuhr befindet sich in der Sammlung Junghans in Schramberg, mit der Jahreszahl 1613 (Fig. 65). Eine weitere aus dem Jahre 1630 besitzt das germanische Museum.

[91] Diese Schule umfaßt 2 Abteilungen, eine für Uhrmacherei, (Heranbildung von Taschenuhrenfabrikanten, Konstrukteure, Reparateure und Werkführer), die andere für Elektrotechnik (Herstellung elektrischer Uhren, Fabrikanten und Monteure von Haus- und Hôteltelegraphen, Fernsprechanlagen u. s. w.). Der Unterricht umfaßt niedere und höhere Mathematik, Physik und Chemie, Astronomie (Orts- und Zeitbestimmungen), Zeichnen, Technologie, Handelswissenschaft, Französisch und Englisch. Der mehr praktische Teil umfaßt die eigentliche Uhrmacherei. Reiche Sammlungen und Anlagen aller Art machen die Anstalt zu einer der besten, welche zur Zeit existieren.

[92] Eine weitere befindet sich in Coventry; auch auf dem Londoner Polytechnikum wird ein Kurs für Uhrmacher gegeben.

[93] Das Hauptprüfungsinstitut ist in Greenwich; außerdem befassen sich damit die Observatorien in Liverpool, Southampton etc.

Verlagsanstalt Benziger & Co. A. G, Einsiedeln,
Waldshut, Köln a/Rh.

Einige Preßstimmen

über **Benzigers Naturwissenschaftliche Bibliothek**.

Praxis der kathol. Volksschule, Breslau. No. 14 vom
15./VII. 05. Die beiden Bändchen (die Erde; die
Abstammungslehre) bilden den Anfang einer
naturwissenschaftlichen Bibliothek, die auf katholischem
Boden steht. Wenn die Fortsetzung dem Anfang entspricht,
so liegt hier ein Unternehmen vor, das sich unter andern
gleichartigen sehen lassen kann. Der Verfasser zeigt sich als
ein tüchtiger Gelehrter und gründlicher Literaturkenner,
seine Ausführungen sind klar und interessant. Besonders
aber verdient hervorgehoben zu werden, daß er überall die
Tatsachen sprechen läßt und ihnen ganz unbefangen
gegenüber steht. Ungezwungen ergibt sich das für jeden
überzeugten Christen durchaus nicht überraschende
Resultat, daß die Resultate der Naturwissenschaft mit dem
christlichen Glauben durchaus nicht in Widerspruch
stehen. Besonders gilt das vom Bändchen III, das die so heiß
umstrittene Abstammungslehre zum Gegenstande hat.
Gander findet das zum Beweise für die Deszendenztheorie
besonders für die Abstammung des Menschen vom Affen
beigebrachte Material unzureichend. Seine sachlichen
Ausführungen lassen nicht daran zweifeln, daß er dabei
einzig seiner wissenschaftlichen Überzeugung folgt und die
Entwicklungstheorie nicht etwa deshalb ablehnt, weil sie
mit dem religiösen Dogma in Widerspruch geraten könnte.
Er weist vielmehr nach, daß ein solcher Widerstreit
künstlich konstruiert werden muß, in der
Abstammungslehre an sich ist er nicht enthalten ...

Literarischer Anzeiger, Graz. No. 8 vom 15./V. 05. Die

ersten drei Bändchen sind sämtliche von P. Martin Gander, Professor der Naturgeschichte in Einsiedeln verfaßt; sein Name hat besonders in der Geologie einen guten Klang. Die zahlreichen einschlägigen Fragen aus der Kosmogonie, Geologie, der Entwicklungslehre etc. etc., die in diesen drei Bändchen zur Sprache kommen, sind gründlich behandelt. Sehr interessant sind die oft in Bezug auf die wichtigsten Fragen obwaltenden Differenzen zwischen den bedeutendsten Vertretern der Wissenschaft, die manches als Ergebnis der wissenschaftlichen Forschung hingestelltes Resultat in sehr zweifelhaftem Licht erscheinen lassen. Übrigens wird man den Verfasser gewiß keines einseitigen oder rückständigen Standpunktes beschuldigen können, auch nicht in theologischen Fragen.

St. Benedikts-Stimmen, Emaus b. Prag. Heft 9. 1905. Nachdem die ungläubige Naturforschung eingestandenermaßen sich allmählich überzeugt, daß sie in den Fragen über den Ursprung des Lebens auf Erden vielfach nur irregegangen ist und irregeführt hat, ist es eine ungemein wohltuende Sache, von einem in wissenschaftlichen Kreisen schon längst bekannten und geschätzten Autor im Sinne der gläubigen Naturerkenntnis über alle wirklichen Resultate so belehrt zu werden, wie es in vorliegenden Bändchen 1–4 geschieht. Populär gehalten, leicht verständlich und dabei das Gemüt erfrischend, sind diese Spezimina der Benzigerschen naturwissenschaftlichen Bibliothek sich selbst eigentlich die beste Empfehlung.

Biblische Zeitschrift, Freiburg. III. 3. 1905. Diese populär gehaltenen, aber sehr instruktiven Bändchen berühren selbstverständlich auch die Bibel und werden für die Schöpfungsgeschichte eine Apologie der biblischen Auffassung. Der Hauptwert der Schriftchen liegt übrigens darin, daß sie sehr geeignet sich erweisen, Naturerkenntnis nach den neuesten Ergebnissen für einen gläubigen Sinn zu vermitteln.

Theolog.-praktische Quartalschrift, Linz. Heft 3. 1905. Das Unternehmen ist ohne Zweifel auf das wärmste zu begrüßen. Es ist hervorgegangen aus dem Bestreben, dem gläubigen Gebildeten zu zeigen, daß zwischen Glaube und Wissen bei den hauptsächlich in Betracht kommenden Fragen kein Widerspruch vorhanden ist. Wie aus der Inhaltsangabe ersichtlich ist, werden in den bereits erschienenen Bändchen sehr interessante aber zugleich auch heikle Themata besprochen. Ihre Bearbeitung lag in tüchtigen Händen. P. Martin Gander O. S. B., Professor der Naturgeschichte in Einsiedeln, verstand es, die weit verzweigten und oft vom verschiedensten Standpunkt aus beantworteten Fragen in knapper und dabei doch verhältnismäßig erschöpfender, gut verständlicher und ansprechender Form auseinanderzusetzen und war redlich bemüht, sowohl der Offenbarung als den neuesten Ergebnissen der naturwissenschaftlichen Forschung gerecht zu werden ...

Wissenschaftliche Beilage zur Germania, Berlin. No. 4 1905 ... Der Inhalt dieser ersten Bändchen zeigt, daß der Verfasser sowohl naturwissenschaftlich als philosophisch wohl orientiert und mit dem neuesten Stand der Forschung vertraut ist. Die Polemik ist im allgemeinen ruhig und vornehm. Die bisherigen Bändchen können nach allem als zuverlässige Führer in den behandelten Fragen aufs wärmste empfohlen werden.

Literarischer Handweiser, Münster. No. 3. 1905. Wenn die folgenden Bändchen das halten, was man nach den vorliegenden drei sich versprechen zu können glaubt, — und es ist kein Grund, daran zu zweifeln, — so ist das Unternehmen auf das wärmste allen Gebildeten zu empfehlen und nicht zuletzt der gebildeten Jugend.

Neue Zürcher Nachrichten. No. 13 vom 24./VII. 04 ... Wer Ganders drei erste Bändchen von Benzigers Naturwissenschaftliche Bibliothek studiert, ist auf der Höhe des heutigen naturwissenschaftlichen Tages und darf kühn mit jedem Darwinisten auf die Mensur gehen. Der Verfasser läßt uns tief ins Chaos der Systeme blicken, er entwirrt uns mit leichter Hand das ungeheuere Netz der Hypothesen, alles in naturgemäßem Gang der Forschung. Dann setzt er selber ein, er mit seiner klugen, klaren, sichern Denkweise, mit seiner ungezwungenen Würdigung des Für und Wider, mit der Bloßstellung der Schwächen und der Anerkennung der Vorzüge im Untersuch, endlich mit dem rechnerisch kalten Kassasturz, womit dieses naturwissenschaftliche Theater abschließt ...

Hochland, München. Die bisherigen drei Bändchen von Benzigers Naturwissenschaftliche Bibliothek, sämtliche von P. Martin Gander O. S. B. verfaßt, behandeln das Problem der „Schöpfung und Entwicklung." Die Einzeltitel lauten: „Die Erde; ihre Entstehung und ihr Untergang," — „Der erste Organismus" — und „Die Abstammungslehre." — Grundtatsachen werden jedesmal in gemeinverständlicher Sprache mitgeteilt und durch reichen Bilderapparat angemessen verdeutlicht. Die wichtigsten Theorien werden erörtert und, soweit sie als sachlich begründet erscheinen, ihre Übereinstimmung mit der christlichen Weltauffassung dargetan. Besonders glücklich sind, namentlich im ersten Bändchen, die Hinweise, wie sich oft ganz moderne Theorien den Vorstellungen altchristlicher Denker nähern ... Die Bändchen verdienen weiteste Verbreitung.

Korrespondenz- und Offertenblatt für die ges. kathol. Geistlichkeit Deutschlands, Regensburg. No. 6. 1905. Was die erschienenen Bändchen vor allem auszeichnet, ist der durchaus wissenschaftliche Ernst, der alles durchzieht.

Trotzdem ist die Darstellung nicht allzuschwer geraten, so daß die reifere Jugend, besonders unsere Gymnasiasten, die Bändchen schon mit Erfolg benützen. In den Versuchen, die wissenschaftlichen Ergebnisse mit den Andeutungen der Bibel zusammen zu stellen, zeigt der Verfasser eine sehr glückliche Hand; er will nicht mehr beweisen, als bewiesen werden kann und bewahrt sich so das Vertrauen auch kritischer Leser ...

☛ **Ähnlich lautende Urteile finden sich in zahlreichen angesehenen Zeitschriften und Zeitungen des In- und Auslandes.** ☚

Durch alle Buchhandlungen zu beziehen.

FIDES ET SCIENTIA.

Benzigers Naturwissenschaftliche Bibliothek.

Erschienen sind bis jetzt:

No 1. Die Erde. Ihre Entstehung und ihr Untergang. Von P. Martin Gander, O. S. B., Professor der Naturgeschichte. Mit 28 Textillustrationen und einer Spektraltafel. 160 Seiten.

No. 2. Der erste Organismus. Von P. Martin Gander, O. S. B., Professor der Naturgeschichte. Mit 28 Textillustrationen. 160 Seiten.

No. 3. Die Abstammungslehre. Von P. Martin Gander, O. S. B., Professor der Naturgeschichte. Mit 28 Textillustrationen. 182 Seiten.

No. 4. Die Bakterien. Von P. Martin Gander, O. S. B., Professor der Naturgeschichte. Mit 23 Textillustrationen. 160 Seiten.

No. 5 und 6. Die Pflanze in ihrem äußeren Bau. Von P. M. Gander, O. S. B., Professor der Naturgeschichte. Doppelbändchen. Mit 117 Illustrationen. 336 Seiten.

No. 7. Die Uhren. Ein Abriß der Geschichte d. Zeitmessung. Von P. Fintan Kindler, O. S. B., Professor der Physik. Mit 65 Textillustrationen. 192 Seiten.

☛ Demnächst wird erscheinen:

No. 8. Naturwissenschaft und Glaube. Angriffe u. Abwehr. Von P. M. Gander, O. S. B., Professor der Naturgeschichte. ca. 180 Seiten.

Vom gleichen und andern Verfassern sind in Vorbereitung und liegen teils druckbereit vor:

Naturwissenschaft und Glaube.
Darwin und seine Schule.
Wunder der Kleintierwelt.
Die Vulkane und Erdbeben.
Die fünf Sinne des Menschen.
Das Gehirn und seine Tätigkeit.
Der Kalender.
Wind und Wetter.
Die Pflanze in ihrem inneren Bau.
Die Energie.
Die Ameisen.

Preis des Bändchens in Leinwand gebunden Mk. 1.50.